SERAP KURT

Bin Gün

Yıllarca saçma sapan şeylerin peşinden koştum...Sen dahil...

FENOMEN
KİTAPLAR

Fenomen Kitaplar: 021
Türk Edebiyatı: 17

BİN GÜN
SERAP KURT

Yayına Hazırlayan: Aylin Karagöz
Mizampaj ve Kapak Tasarımı: Sevil Şener
Basım: 2017
ISBN: 978-605-4688-64-7
YAYINEVİ SERTİFİKA NO: 24408

Basım ve Cilt: Baskı: MY Matbaacılık San. ve Tic. Ltd. Şti.
Maltepe Mah. Yılanlı Ayazma Sk. No: 8/F
Zeytinburnu / İstanbul Tel: 0212 674 85 28
Sertifika No: 34191

FENOMEN KİTAPLAR
Cevizli Mah. Fatih Cad. Atilla Sok. No: 1
Maltepe / İSTANBUL
Tel: 0 216 442 16 42 Fax: 0 216 442 16 42
www.fenomenkitaplar.com / info@fenomenkitaplar.com

SERAP KURT

Bin Gün

Yıllarca saçma sapan şeylerin peşinden koştum...Sen dahil...

FENOMEN
KİTAPLAR

Acım bitti sanıyor herkes.
Hâlbuki mutluluğun kırk rolünü oynuyor,
kılıktan kılığa giriyorum…

Her aşk mutlaka biter demişti anneannem,
ama bir günde ama bin günde…

Bahadır'a

GİRİŞ

İçim üşüyor... Odamın sıcaklığı 25 derece ama kalbim kaskatı donmuş durumda. Dile kolay, tam on yedi yıl. Onsuz geçen kaçıncı bin gün? Ardından daha ne kadar üzüleceğimi, daha ne kadar gözyaşı dökeceğimi ben de bilmiyorum. Gerçi ne çok alıştım bu üzülmelerime. Günlük tutmaya devam edip, adını bir daha yazmayacağıma, hatta tüm yaşadıklarımı unutacağıma dair sözler veriyorum. Meşhur diyetim gibi o da yalan oluyor. Şimdiye kadar yazdığım kaç sayfada onu sayıkladım kim bilir? Peki, herkese lafımı dinletebilirken, neden kendime bir türlü sözüm geçmiyor? Aşk bu kadar acizlikse, neden izin veriyorum dört bir yanımı böyle sarmasına? Neden attım kendimi, ne zaman kurtulacağımı bilmediğim bu karanlık zindana? Deli miyim, neyim? Annem gibi, geri dönmeyecek birinin peşinden bakıyorum hâlâ. Keşke onu unutmayı başarıp başkasına âşık olabilsem. Bıraktığım yerden hiçbir şey olmamış gibi yeniden başlasam. Unutsam yüzünü, yosun yeşili gözlerini, sesini. Sonra uyansam artık onsuz rüyalarımdan ve yepyeni bir ben olsam. Zaman süpürse tüm anılarımızı ve hiç karşılaşmamış olsak o köşede. Nasıl bilmiyorum ama olacak. Bundan böyle sadece iyi anılarımı dökeceğim kâğıtlara. Onun o müthiş hatırasını bu kitapla ölümsüzleştirip, sonra da onunla birlikte sonsuza gömeceğim. Ve gün gelecek belki tebessümle, belki birkaç damla gözyaşıyla bu sayfaları yine aralıyor olacağım. Bakalım birlikte yaşayıp göreceğiz.

BİN GÜN ÖNCE
1997

Sobası olan ama kömürü genelde olmayan gecekondu evimizde kışlar çok çetin geçer. Annem sabahları sessizce odama gelir; kışın en deli soğuğunda bile üzerimde yorgan, battaniye ne varsa alır gider. Gerçi başımdan aşağı buzlu su dökmediğine de şükür. Deli ne de olsa... İleride çocuğum olursa aynı muameleyi yapar mıyım bilmiyorum ama annemin beni uyandırmak için yaptığı tek şey bu. Kendileri bu yöntemi Diloş teyzemin, "Ne var canım çocuk uyandırmakta? (Çocuk ben oluyorum!) Üzerinden yorganını al, git," demesinden sonra keşfetti. O gün bugündür çok sevdiğim yatağımdan kalkmam sadece birkaç dakika sürüyor. Giderken yorganımı da yanında götürüyor deli kadın. Bari ayak ucuma ya da yatağımın hemen karşısındaki çekyata bıraksa ama nerede? Annemin peşi sıra, önce kollarımla vücudumu hediye paketlermişçesine sarıyor, olmayınca da soğuktan sağa sola dönüp, anneme oflayıp puflayarak uyanıyorum.

Bu sabah da sevgili annem, her zamanki kurnazlığıyla parmak ucunda odama girdi. Zaten çok önceden uyanmış olduğumdan gülmemek için kendimi zor tuttum. Bir yere çarpıp da ses çıkartmamak için şekilden şekile giren annemin masumane gelişini kısık gözlerimle izledim. Uyuma numaram, yorganımı sessizce köşesinden tutup çekmeye çalışmasıyla son buldu. Var gücümle canım yorganımı iç tarafından tuttuğumdan, bir ileri, bir geri yalpalayarak yatağa, ayak ucuma düştü. Düşmesiyle de numaradan ortalığı inletmem bir oldu. "Anne dikkat etsene ya," diye çığlık çığlığa bağırdım. Sevgili annem, beni hiç duymuyormuş gibi poposuyla ayaklarımın üzerine iyice yayıldı. Bana dönüp, "Madem uyandın, neden hâlâ kalkmıyorsun benim geri zekâlı kızım? Ay yoksa prensesimiz yatağına mı isterlerdi kahvaltılarını? Tabii bu evin eşeği benim nasılsa," diye söylenmeye devam ederek ve açılan dallı güllü eteğini düzeltmeye çalışarak yatağımdan kalktı.

Rengi yıkanmaktan azıcık solmuş mor çiçekli yorganımı üzerimden fırlatıp hızlıca karşısına dikildim.

"Annelerin gülü, bundan sonra sen hiç yorulmayacaksın. Çünkü bütün kahvaltıları biricik kızın hazırlayacak. Sen hiç merak etme," dedim. Parmak ucuma çıktım. Onu kendime zorla çekip yanağına kocaman, tükürüklü bir öpücük kondurdum. Her zamanki memnuniyetsiz yüz ifadesiyle kendini geri çekti. "Deli kız, git bir önce o pis yüzünü yıka. Beni de böyle leş gibi öptü. Senin yüzünden şeytanlar yalayacak suratımızı. Allah'ım sen bana sabır ver."

"Emrin olur şekerim," deyip en kibar hâlimle karşılık verdim. Banyoya koştum.

Arkamdan söyleniyordu.

"Yarın kalk da kahvaltıyı hazırla bakalım sabahın yedisinde. Okul kıyafetlerini giymeye takatin olmayacak. Öyle lafla söylemesi kolay tabii."

Gerçekten de içimdeki dünden kalma enerjimle tatil falan demeyip bugün bile okula gidebilirdim. Banyo yaparken oturak olarak kullandığımız mavi tabureye çıktım. Yüzüme soğuk suyu çarpmamla, tamamen ayılmam bir oldu. Dedemin kendi boyuna göre duvara alçıladığı minik dikdörtgen aynada yüzüme baktım. Dün de aynı şeyi yapmıştım ama bugünkü yüzüm, dünkü yüzüm değildi. Gözlerimin içini, dibini, bal rengini, retinasını, lensini adını bilmediğim her nesi varsa hepsini görebiliyordum. Diğer günler ne garip ki hiç böyle olmamıştı. Resmen gözlerimin içi gülmüyor, kahkahalar atıyordu. Yüzümü iki avcumun arasına alıp küçük bir çocuk severcesine kendimi sevdim. Hollywood yıldızlarının kırmızı halıda, kameraları görünce yaptığı gibi etrafıma sahte öpücükler göndermeye başladım. Kendimi öyle kaptırmıştım ki, aynanın karşısında onca zamanın nasıl geçtiğini hiç anlamadım. Ta ki annemin, "Daha ne oyalanıyorsun orada, hadisene kızım," diye ortalığı inletmesiyle tozpembe hayallerimden uyanıp, gerçek dünyaya dönmüş oldum. Annemin sayesinde kendimi, nikâh günü yanındaki Brad Pitt kıvamındaki adama tam evet diyecekken uyandırılan evde kalmış çirkin kız gibi hissettim. Sonuçta her evde kalan kız çirkin olmasa gerekti. Eylül yağmurlarının bastırması ve damımızı akıtması nedeniyle salonun kapısının eşiğine koyduğumuz, yeşil renkteki koca leğenin yanından geçebilmek için kendimce kocaman bir adım attım. Az kalsın yine deviriyordum. Dökülseydi annemle evde kedi fare oyunu oynayacağımız kesindi. Rutubetli köşede, anneannemden kalma kafasına göre arada çalışan kırmızı elektrikli sobanın yanına geçtim. Salonun tam ortasına kurulu yer sofrarmız fevkalade görünüyordu. Sofrada, kahvaltılıklar arasında gözüme ve kokusu burnuma çarpan en güzel şey, annemin haftada iki, üç kez yapmazsa olmazı çökelek peynirli sündürmeydi. Peyniri anneannem özel yöntemleriyle yapar, her gelişinde en az üç beş torba getirirdi. Ayrıca çayın bergamot aromalı mis kokusu da tüm odayı sarmıştı. Annem sıcak ekmek alması için Samet'i iki hafta önce mahallenin sonuna açılan, kalbimizi ve midemizi fetheden Gül fırına göndermişti.

Elinde çaydanlıkla odaya giren anneme, "Günaydın köyün en güzel kızı," dedim. Gülmeyen asık suratıyla cevap vermedi, sofranın diğer köşesine sessizce oturdu. Çaydanlığı sofra bezinin üzerindeki çay atlığının üstüne koydu. Yer soframızdaki çay bardaklarından birini yarıya kadar sıcak suyla doldurdu. Sonra da o bardaktaki sıcak suyu diğer iki bardakta gezdirip benim bu aralar favori bardağım olan altın renkli su bardağına döktü. O bardak artık kahvaltımız boyunca bize çay çöpü bardağı olarak eşlik edecek olan şanssız bardaktı. Eskiden manyak gibi çay çöplerimizi döktüğümüz bardakların ve yemek artıklarını koyduğumuz tabakların üzüldüğünü, diğerlerinden ayırdığımız için yalnızlık çektiğini düşünürdüm. Hatta birkaç kez üzerlerindeki şekillere anlamlar yükleyip onlarla konuştuğum bile olmuştu. Pek tabii yalnızken yapmıştım bunu. İlkokul öğretmenim Nadire Hanım'a benzetip el salladığım bulutları hatırlamak bile istemiyordum... Kadın da beni nasıl etkilemişse, kopardığım ekmekte, yürüdüğüm yollarda, tepemdeki bulutta hep onu görürdüm. Annem gözünün ucuyla bana bakıp çayını yudumlamaya çalışıyordu ki uzanıp sağ yanağından hızlıca yine öptüm. Eli öyle titredi ki az kalsın elindeki çay göğsüne devriliyordu. Ben de gerçekten salaktım yani. Hayır, ondan sonra tüm hafta annemin söylenmelerini dinlemem gerekecekti. Zaten pireyi deve yapmakta üstüne yoktu.

"Dikkat etsene kızım, az kalsın senin yüzünden yanacaktım!"

Bardağını bırakıp eliyle öptüğüm yanağını sildi. Suratının asık olma sebebi pek tabii o mis kahvaltımızı hazırlarken, benim sıcacık yatağımda keyfi yapıyor olmamdı. Artık onu avcumun içi gibi bildiğimden ortamın buz havasını değiştirebilmek için, "Anne o değil de, sen bugünlerde çok fena güzelleştin. Yeni bir krem falan mı keşfettin? Yoksa âşık oldun da bana mı söylemiyorsun? Kız yoksa gittiğin o resim kursunun hocası mı?" dedim. Bu arada anneme doğru parmağımla seni gidi seni işaretimi yapıyordum.

"Zevzek zevzek konuşma. Ne saçmalıyorsun yine."

Ben duymazlıktan gelip, "Ay tabii ya azıcık yaşlı ama çok karizma bir adam. Zeki birine de benziyor. Gerçi sen, ben dâhil zeki insanlarla anlaşamıyorsun ama olsun. Hem ileride evlenince, gözüm arkada kalmaz bari," diye devam ettim.

"Adam resmen deden yaşında. Kala kala ona mı kaldım? Ayrıca şu dünyada senin kadar kendini seven başka biri var mı acaba? Yok zekiymiş. Sen zeki değil uyanıksın kızım. Bu ikisi arasında çok fark var." Daha hızını yeni alıyordu ki üzerime hiç alınmayıp konuyu yine ona getirdim.

"Erkek milleti bu anneciğim, ne kadar genç o kadar iyi onlar için. Ayrıca bilmiyorsun sanki bakkalından tut, manavına, hatta şu Gül fırında çalışmaya başlayan adamlara kadar, bütün hepsi sana hasta. Sen şu kapıdan çıktığın anda Allah bizim mahalledeki önce kadınlara sonra erkeklere sabırlar versin. Böyle bir endam, böyle bir güzellik görmemiş ki hiç kimse. Bence en kısa zamanda kocaman bir nazar boncuğu al tak boynuna. Milletin kem gözleri değmesin sana."

Annem sözlerimden sahiden etkilenip, çaydanlığın kırmızı tutacaklı üst kapağını yüzüne doğru tutarak kendine bakmaya başladı. Diğer eliyle de yanağına dokunup, "Cidden güzelleşmiş miyim?" diye sordu. Ben kahkahalarla, "Hem de çok anneciğim çok," diye gülmeye başlayınca dalga geçtiğimi anladı. Kapağı sertçe çaydanlığın üzerine geri koydu. Bağdaş kurduğu ayaklarını çözüp, ucunun sarı süngeri görünen kahverengi terliğini çıkardı. Başıma neler geleceğini bildiğimden ellerimi kafama siper ettim. Yine de kısa mesafemiz nedeniyle, terliğinin topuk kısmıyla kafama bir iki vurdu. Sonra da ettiği ahlar cabası tabii. "Benim yaşıma gel, üç çocuk doğur, seni de göreceğim. Ben size hem analık, hem babalık ediyorum. Beğenmiyorsan git kendine başka anne bul. Hem baban olacak o şerefsiz kim bilir kaçıncıyı almıştır. Tabii sen bu evde prensesler gibi takıldığından nereden bileceksin ki benim çektiklerimi. Şu evimizin hâline bak. Kış geldi mi yağmur tepemize yağıyor. Kendine gel biraz."

Annem sinirlendiği anda konuyu illa babama ve yıkık dökük evimize bağlamasa olmazdı. Sonuçta ev dedem ve anneanneme ait olduğundan kira bile ödemiyorduk. Dediklerine hiç aldırış etmeden, "Evet anneciğim gerçekten de bu evde prensesler gibi yaşıyorum. Aç değiliz, açıkta değiliz. Sağlığımız yerinde. Dünyalar tatlısı kardeşim var. Abimi şimdilik saymıyorum. Çok şükür ki anneannem ve dedem de iyiler. Ayrıca ben, evimizi de, damlayan tavanını da çok seviyorum. Her ne kadar Eda'lar gibi yükseklerde ve sıcak bir evde oturamasak da ben mutluyum bu hâlimizden. Ayrıca ben ileride matematik profesörü olayım, o zaman saraylarda yaşatacağım seni bak gör."

Annem tabii tabii manasında başını sallayıp, "Boş boş konuşacağına git şu kapıya bak, Samet geldi," dedi.

Kapıyı açmaya giderken arkamdan, "Köyün en güzel kızının, çirkin kızı. Bakalım pabuç kadar dilinle seni almak isteyen birileri olacak mı? Seni alan olsa iki gün sonra çenen yüzünden kapıya geri koyar. Sen evlen git de ben yalnız kalırım merak etme. Hem ben senin yaşında çoktan gitmiştim kocaya," diye söylenmeye devam etti.

"Sen erkenden kocaya gittin de ne oldu? Seni de sonunda koymuşlar kapıya," diye laf yetiştirdim ben de. Annem de beni vermeye dünden razıydı. Ben onun gibi olmak, çocuk yaşta evlenip çoluk çocuğa karışmak istemiyordum. Geleceğime dair bin tane planım vardı. Zaten çirkin oluşum kendimi garantiye almamı şart koşuyordu. Annem de ne çekmişse güzelliğinden çekmişti.

Bir keresinde evde kimse yokken, annemin salondaki tekli koltuğun altına sakladığı siyah beyaz fotoğraflarını incelemiştim. Yanında babamın olduğunu tahmin ettiğim bazı fotoğraflar yırtılmıştı. Bu bana kalırsa annemden çok, anneannemin işiydi. Annem her fotoğrafında simsiyah uzun saçları, bembeyaz teni, bebeksi suratıyla melekleri bile kıskandıracak güzellikteydi. Terzilik kursuna gittiği dönemden kalma fotoğraflarında bir dünya çirkin kız içerisinden güzeller güzeli annemi tak diye bulmak cidden çok ayrı bir zevkti. Gerçeği belirtmek gerekirse hâlâ da çok güzeldi. Allah çirkin şansı versin lafı sanki annem için söylenmişti.

Kapıyı açmamla Samet'in elindeki ekmek poşetiyle eve fırlaması bir oldu. Çorapsız, ceketsiz çıkmış, üşümüştü.

"Neden üstünü giydirip göndermedin ki çocuğu?" diye seslendim.

"Parayı aldığı gibi kaçtı, ben ne yapayım?"

Allah'tan böyle ayak işlerine artık Samet gitmeye başlamıştı. Tabii onun derdi ekmek almaktan çok kalan para üstüyle kendine şeker, sakız gibi şeyler alabilmekti. Samet ağzında lolipop şekeri, sofrada her zamanki yerini aldı ve annemin dizinin dibine oturdu. Annem şekeri görür görmez Samet'in ağzından çıkarıp, sert bir şekilde sofraya koydu. "Kaç kere söyledim sana, aç karnına çikolata, şeker yok diye. Dinlemiyorsun ki hiç beni."

Annemin her zamanki gibi heyheyleri üstündeydi. Ben yine de kaşındığım için, yatak odasından aldığım annemin en son yağlı boya çizimi olan beyaz at resmiyle eski yerime geçtim.

"O ne o elindeki? Allasen, bırak o resim kurumadı daha." Resmi alabilmek için üzerime doğru çevik bir sıçrayış yaptı. Resmi havaya kaldırıp, sırtımı koltuğa yaslar gibi geri çektim.

"Evet, fark ettim merak etme. Yalnız, prensi mi yok bu resmin?" Resmi dikkatsizce aldığımdan sağ başparmağımı da resmin gökyüzü tarafına dokunup mavi boya yapmıştım.

Annem ciddi anlamda sinirlenmeye başlıyordu. Ayağa kalkar gibi yaptı. "Ver kız onu bana çabuk."

"Tamam, sinirlenme. Şöyle karşımıza koyalım da içimiz açılsın." Resmi, en sevdiğim koltuğumuz olan çiçekli berjerin sağ köşesine dayadım. Ona çaktırmadan sofranın altındaki ıslak bezle elime yapışan boyayı çıkarmaya çalıştım. Çıkmadı tabii. Yağlı boya öyle kolay çıkar mıydı? O ara annemin ateşler saçan gözlerine bakıp, "Hem anneciğim sen de resim için ekleme yapmak ister misin onu düşünmüş olursun. Sanat bazen bakmak, bazen görebilmek, bazen de sadece düşünmektir," dedim. Yine çok felsefik konuşmuştum.

"Geri zekâlı mısın kızım sen? Geri zekâlısın, babana çekmişsin tabii. Allah'ım azıcık da bana benzeseydi şu kız, ne olurdu?"

"Samet'in her şeyi sana çekti de ne oldu? Hem ben zekâmı babamdan, resim yeteneğimi senden aldığımı düşünüyorum. Ayrıca resim öğretmenimiz geçenlerde yaptığım orman resmimi öyle çok beğendi, öyle çok beğendi ki, İstanbul geneli ortaokullar arası yarışmaya bile gönderdi."

"Hani şu ağaçsız çizdiğin, sulu boya, pastel boya karışımı saçma sapan renklere boyadığın hatta yetmemiş gibi üstüne bir de toprak sürdüğün resim mi? Ay çöptü o resim be. Sanki ödül almışsın gibi konuşuyorsun bir de. Gerçi sen o resimle birinci olursun olursun da, sondan tabii." Katıla katıla gülme sırası ondaydı.

"Anne ya geniş düşün. Öğretmedi mi sevgili karizmatik resim hocan? Biz öyle resimlere soyut resimler diyoruz. Anlatmak istediğini senin yaptığın gibi herkesin anlayacağı basit bir dille anlatmıyorsun." Annemin yaptığı resme bakıp çokbilmiş havamla devam ettim. "Bembeyaz bir at resmi çizmişsin. Güzel. Ne demek istediğin de gayet belli oluyor. Somut bir resim bu ama atı buldum hâlâ prensimi bulamadım demekse niyetin o ayrı tabii. O zaman soyuta girebilir." Katıla katıla gülmeye başladım. Ee gülmek bile parayla değil, sıraylaydı. Yoksa öyle değil miydi? Her neyse, annem kıpkırmızı oldu. Tam bir şeyler söylemeye yeltendi ben yine söze girdim. "Ayrıca benim resmime Eyşan hoca resmen bayıldı."

"Bu resim uluslararası yarışmaya girse orada bile ödül alır," dedi.

"Tabii tabii kesin öyle demiştir."

"Vallahi ben onun yalancısıyım. Resmim yarışmadan ödülle gelsin, sen de al hocana götür. Adam kızınızın ressam olduğunu neden bana söylemediniz Melek Hanım demezse, ben de ne olayım?"

Annem hadi oradan manasında bir bakış attı. Samet bizi umursamadan bol şekerli, ılık çayını içiyordu.

"Sen önce insan ol insan. Neyse ne de olsa yarın ikinizi de erkenden okula gönderip kurtulacağım sizden."

"Of anne ya hatırlatmasan ölürsün sanki!"

Annem kendimi iyi hissettiğimde moralimi bozacak illa bir şeyler bulurdu. Yan komşumuz Emoş abinin tabiriyle iki kuruşluk keyfimizi böyle anlarda piç etmese olmazdı.

Samet okul lafını duyunca dikkat kesildi ve üzgün bakışlarıyla, "Bana ne, ben okula gitmeyeceğim," diye ağlamaya başladı. O an Samet'in beynini patlatasım geldi. Zaten bu aralar onun böyle durduk yere ağlamalarına dayanamıyor, ona ablalık etmekten hiç mi hiç keyif almıyordum. Samet aç mısın, Samet üşüyor musun, Samet çişin geldi mi? Samet öyle mi, Samet böyle mi? Eve misafirliğe gelen herkesin de onun üzerine ayrıca düşmesi tahammülsüzlüğümü had safhaya taşıyordu. Annem, Samet'in saçlarını okşayıp öptü. "Yavrum ben seni yarın tüm gün okulun bahçesinde bekleyeceğim. Kocaman adam oldun niye korkuyorsun ki? Hem ablanın okulu da senin okulunun yanında. Ablası teneffüs aralarında kardeşinin yanına gelirsin, biricik kardeşini yalnız bırakmazsın değil mi?" Annem olumlu bir şeyler söylemem için her zamanki kaş göz işaretini yaptı.

"Tabii ablacığım," dedim Samet'in yanağından sıkı bir makas alıp. "Akşamları birlikte ödevlerini de yaparız. Sayemde benim gibi okul birincisi olacaksın sen de." Samet eliyle acıyan yanağını ovdu. Hafif kızarmıştı ama sesi hiç çıkmadı. Onu böyle sert sevmeme alışmıştı.

Annem gözlerini fal taşı gibi açıp elime vurdu. "Nasıl seviyorsun şu çocuğu anlamıyorum ki? Morarttın yine yanağını."

"Seni de öyle seveyim istersen?" Bir makas da annemden aldım. Samet o ara bizimle ve kahvaltısıyla olan bütün ilişkisini kesip TV'deki Tom ve Jerry'ye daldı. Annem de sıcak ekmeğe bandırdığı sündürmeden onun ağzına tıkmaya başladı.

"Rahat bıraksana çocuğu, kendi yesin," diye söylendim.

"Bilmiyorsun sanki onun keyfine bıraksam açlıktan ölür. Koca gün bir daha yemek yiyecek mi bakalım."

"Sen yediriyorsun diye zahmet etmiyor. Bana da sen yedirsen hiç hayır demem. Oh mis vallahi. Okulda aç kalsın da, bak gör nasıl kendi kendine yemeye alışacak. Bir de orada babası yokmuş, çok hastalık çekmiş, annesinin de el bebeği gül bebeğiymiş demezler. Öğretmenler diğer öğrencilere nasıl muamele ediyorlarsa ona da aynısını yaparlar. Hatta belki zekâ geriliği var diye daha da beterini." Göz ucuyla Samet'e baktım. Bizi dinlemiyordu.

"Saçma sapan konuşma. Samet diğer çocuklardan farklı olabilir ama bu onda zekâ geriliği olduğunu göstermez. Daha yeni yeni kendine gelebildi çocuk. Bebekliğinden beri neler çekti yavrum. Ayrıca abin ya da sen hasta olsaydınız size de aynı şekilde bakardım, biliyorsun."

"Tabii tabii bilmez miyim, kim bilir neler yapardın? Babamın seni terk edeceğini bilseydin abimi de, beni de asla doğurmazdın," dedim, tavana, yağmurun damladığı yere doğru bakıp. Sonra ıslık çalmaya başladım umursamazca.

Samet gerçekten de çok zor günler geçirmişti. Kalbi delik doğmuştu ve her doktor geleceği ile ilgili farklı bir hikâye anlatıyordu. Bazı doktorlar yaşamasının bile mucize olduğunu söylemişti. Annem, anneannem ile birlikte aylarca hastanede kaldı. O dönemde abime, bana hatta dedeme, Diloş teyzem gelip bakmıştı. Tabii babamdan hiç ses soluk yoktu. Annem için atlatması ne kadar zor bir süreçti tahmin edebiliyordum ama onun Samet'in hastalığından kaynaklı olan aşırı ilgisini de elimde olmadan kıskanıyordum. Samet'e olan hassasiyeti yüzünden abime ve bana her zaman daha az ilgili davranıyordu.

"Aşk olsun Yağmur, eğer benim anneliğimi beğenmiyorsan git biraz da babanda kal. Bu konuda ben çok ciddiyim." Altın vuruşunu yapmıştı yine. Bugün solundan kalktığı belliydi. Şaşkın şaşkın yüzüne baktım. Daha saati dolmadan içi kahkahalarla gülen gözlerimden neredeyse yaşlar boşalacaktı. Sanki babamın bizi arayıp sorduğu vardı. Abimi bir kez olsun hapishanede ziyaret etmediğinden emindim. Gitseydi abim dayanamaz, söylerdi. Samet'in bunca yıl yüzünü dahi görmemişti. Bir insanın ne kadar vicdansız, umursamaz olabileceğini babam sayesinde çok önceden öğrenmiştim. Annem boş bakışlarımdan üzüldüğümü anlamış olacaktı ki konuyu değiştirmek için, "Kankan gelir birazdan. Bugün dışarı çıkma, dinlen evde. Hasta yatıyor derim, gönderirim onu, tamam mı?" dedi.

"Her şeye de bir yalan uydur zaten. Senin bu huyun beni deli ediyor. Çıkmak istemezsem, canım bugün evde oturmak istiyor, ben gelmiyorum derim ve çıkmam. Ayrıca anne, bugün tatilin son günü, Allah aşkına şimdi çıkmayayım da, ne zaman çıkayım?"

Annemin bilmediği ve hiç bilemeyeceği, günlüğümü yine okumazsa tabii, dünkü olaylardan sonra kimse beni evde tutamazdı. Alt mahallenin, hatta tüm mahallelerin en yakışıklı çocuğu benimle ilgileniyordu. Acaba ben mi Eda mı sorusuna dün net bir şekilde açıklık getirmişti. Tabii ki her aklı başında, yakışıklı, zengin delikanlının yapması gerektiği gibi beni seçmişti.

Dün öğle vakti, Eda ile bisikletlerimizle, onların mahallesinden geçerken kaldırımda onu görmüştük. Bütün yakışıklılığıyla tek başına orada öylece oturuyordu. Elim ayağım boşalmış, karnıma kramplar girmişti. Resmen bir anda filmlerdeki aptal âşık kızlara dönmüştüm. O hâlimle sağ elimi bırakıp artistlik hareketler bile yapmayı düşündüm ama iyi ki de yapmamışım. Tam onun önünden geçerken, "Allah'ım şu siyah bisikletli, (Eda'nınki kırmızı), kumral (Eda sarışın) kuluna platonik âşığım ama o beni hiç görmüyor!" diye bağırdı. Sesi kadife gibi yumuşacıktı. Mutluluktan ölebilirdim. Karşı kaldırımdaki arkadaşları da alkışlarla, "Yürü be koçum, işte bu, güzel yengemiz bizim," gibi sözleriyle durumu desteklediler. Bu çocuk resmen deliydi. Öyle tuhaf olmuştum ki, sanki rüyalar âleminde gibiydim. İçimde tatlı, ılık tarifi olmayan bir esinti oluşmuştu. Heyecandan da tir tir titriyordum. Yanından duygularımı belli etmemeye çalışıp, yüzüne bakmadan, daha doğrusu bakamadan geçip gittim. Tabii Eda baktıysa günahı onun boynunaydı.

Babasız bir evde, babası başındaymış gibi büyütülen biri olarak ne yapmam gerektiğini gayet iyi biliyordum. Plan 1: Onu süründürecektim. Plan 2: Uzun süre süründürecektim. Plan 3: Sürüm sürüm süründürecektim. Öyle hemen kollarına atılmak bana yakışmazdı. Zaten büyük aşklar çekilen cefalardan sonra gerçek aşk olurdu. Acaba annem ile babamın evliliği de bu yüzden mi çok sürmemişti? Birbirlerini görmüşlerdi ve ertesi gün annem babama kaçmıştı. Tüm hikâye buydu. Anneannem, annem babama kaçtığında kim bilir nasıl sinirlenmişti? O dönemi hep kafamda canlandırmaya çalışırdım. Anneannemin annemi evde bulamadığında yaşadığı şoku, mahalle mahalle annemi aramaya gitmesini, sonra Melek yavrum diye dizlerini dövmesini anneannemden dinlediğim kadarıyla biliyordum. Annemlerin kısacık aşkı hakkında anlatacak çok şey olmasa da anneannemin dedemle evlenme hikâyesini öğrenince anlamıştım gerçek aşkların zor aşklar olduğunu. Sonrasında romanlardan okuduğum, filmlerden gördüğüm aşk hikâyeleri de pekiştirmişti bu tezimi. Gerçekten de bu yaşıma kadar hiç acı çekmeden, çektirmeden birbirimize deliler gibi âşık olduk evlendik ve hâlâ çok âşığız diyen bir çift görmemiştim. İçimden Eda iyi ki sarışın diye geçirdim. Kumral mı yoksa bu kız? Yok canım bisikleti de basbayağı kırmızı. Ayrıca hiç sapsarı bir kıza kumral denilir mi? Sarışınlığına küfür etmek olur resmen. Kafamı bu sorularla meşgul ederken Eda bir ara arkasına dönüp, “Hadi yine iyisin,” dedi. Onun sözünden sonra kafamdaki çöp yığını başıboş düşünceler kaybolup gitti. Eda da onayladığına göre, artık hangimizi seviyor diye daha fazla düşünmenin gereği yoktu.

Mahallemize döndüğümüzde bisikletlerimizi Eda'ların bahçeye bıraktık ve çatıya çıkmak üzere onların binaya girdik. Burası Eda ile benim gizli yerimizdi. Orada bazen saatlerce kalır, üstümüzden gelip geçen uçakları seyrederdik. Her uçağın geçişinde birbirinden ayrı ve güzel hayaller kurardık. Bir gün öncesinde sözleştiğimiz gibi Eda'nın güzelliğine güzellik katmak için saçlarına oksijenli su sürecektik. Merdivenlerde, Eda'ların evinin olduğu beşinci kattan geçerken, "Neden hadi yine iyisin dedin ki bana?" diye o gereksiz soruyu sordum. Eda eliyle sessiz ol anlamında işaret yaptı. Pek tabii annesinin çatıya çıktığımızdan haberi olsun istemiyordu. Elimi pardon anlamında kaldırdım. Çatıya vardığımızda kilitli olan küçük tahta kapısını, cebinden çıkardığı neredeyse benim günlüğümü ve özel eşyalarımı koyduğum gizli kutumun anahtarı kadar minik bir anahtarla açtı. İkimiz de oradan buradan halı, kilim, minder ne bulduysak bu şekilde gizlice çatıya taşımıştık. Merdiven boşluğunun minik bir evi andıran kırmızı kiremitli kısmı, bizim yağmurlu havalarda sığınağımızdı. Diğer zamanlarda ise çatının kocaman, dümdüz boşluğuna kilimlerimizi serip geniş geniş uzanırdık. Eda sessiz olmaya çalışarak kapıyı geriye doğru yavaşça itip kapadı. Çatının orta yerine ilerleyip, "Ne sırıtıyorsun? Neredeyse ağzın kulaklarına varacak," dedi ve saçlarıyla aynı renkteki sarı tokasını çıkartıp saçlarını önüne doğru savurdu. Parmaklarını tarak gibi kullanarak saçlarını taramaya başladı. Ben boş bulunup, "Sonunda aşkını itiraf etti. Çok bile beklemişti," dedim. Başını geriye atıp, masa olarak kullandığımız pazar tahtalarının arasına sakladığı kocaman kahverengi oksijenli su şişesini aldı. Tutmam için bana uzattı. "Hadi be sen de. Daha düne kadar acaba seni mi, yoksa beni mi beğeniyor diye soruyordun. Hemen de havaya girdin." Saçlarını tekrar öne savurdu. İki avcunu birleştirip bana doğru uzattı. Avuçlarına azar azar döktüğüm oksijenli suyu elleriyle saçının her yerine yaydı. Eda yılda üç, dört kez bu işlemi yapardı. "Senin saçlar sarıdan beyaza çalacak yakında," dedim. Boynu aşağıda, uzun güzelim sarı saçları önüne düşmüş vaziyette, "Alışınca böyle oluyor, hep daha da sarışın olmak istiyorsun," dedi. Oksijenli suyla her saç telinin ıslandığına emin olunca, başını tekrar geriye attı ve elleriyle saçlarını biraz daha karıştırdı. Sonra elimdeki şişeye bakıp, "Hadi kalanını da senin saçlarına dökelim," dedi.

"Yok canım ben almayayım. Annem anlarsa bir sürü laf eder, çekemem onu şimdi."

"O zaman sadece uçlarına sür. Anlamaz, güneşten açıldı sanır. Hem güzel olmak senin de hakkın."

"Ben zaten güzelim canım, hiç gerek yok böyle şeylere," dedim, güzelliğimden hiç emin olmadan.

"Evet, köyün en güzel kızının, çirkin kızı," dedi gülerek. Annemle yaptığımız her muhabbeti de bilmese olmazdı.

"Annemin laflarını çalmayalım lütfen." Zorla da olsa gülümsedim.

İçten içe Eda gibi sarışın olmayı da istemiyor değildim. Hatta her ne kadar matematik zekâsına hayran olmasam da, onun görsel anlamda hep benden daha güzel olduğunu düşünürdüm. Saçlarının sarısı kadar, gözlerinin mavisini de çok beğenirdim. Bir de gözle görülür boy farkımız vardı ki onun upuzun boyunu her daim kıskanırdım. Kız bayağı bayağı güzeldi. Ayrıca benden sadece 5 ay büyüktü ama erkek arkadaş meselesinde beni beş kez sollamıştı. Geçen sene birkaç hafta aralıklarla üç farklı kişiyle çıkmıştı. Hatta bir ara iki kişiyi aynı anda bile idare etmişti. Bense hâlâ ilk aşkımı bulmanın peşindeydim. Annem benim yaşımda kocaya kaçmışken, benim elime bir erkek eli bile değmemişti. Olayı daha fazla uzatmadan kalan oksijenli suyun tamamını, zaten ince telli ve bir tutam olan saçlarımın özellikle uç kısımlarına döktüm. Şişeyi yere bırakıp, iyice yedirebilmek için saçlarımı iki avcumun arasında ufaladım. O da arkama geçip saçlarıma iyice yedireyim diye bana yardım etti. Birden şok vaziyette ellerime baktım, parmaklarımda ve avuç içimde minik minik beyaz baloncuklar oluşmuştu. Korkarak, "Kızım bir şey olmasın, baksana," dedim.

"Geçer birazdan bana bak," deyip bembeyaz baloncuklarla dolan kendi avuç içlerini gösterdi. O ara üzerimizden bir uçak geçti. Hemen çatının korkuluklarına koşup, dizlerimizi karnımıza çektik ve mest olmuş bir şekilde uçağın bulutların arasından gidişini izledik. Sessizliğimizi ilk Eda bozdu. Başını bana doğru çevirip, "Nereye gidiyor acaba?" diye sordu huzurlu ses tonuyla.

"Bilmem ki. Bizden çok uzaklara olduğu kesin," diye karşılık verdim, anında hayaller âlemine dalıp.

"Şimdi o uçakta olmak isterdin değil mi Yağmur? Düşünsene en başköşede, özel müşteri koltuğundasın. Yurt dışına alışveriş için gidiyorsun. Başında kocaman şapkan, elinde şampanyan, önünde çılgın aşk kitabın. İstediğini ye iç, bacaklarını istersen tavana uzat." Öyle tatlı anlatıyordu ki bir an kendimi Avrupai tozpembe kocaman şapkamla ve şık kıyafetlerimle gerçekten de o uçakta hissetmiştim.

Oldum olası rüzgârın beni doğru zamanda, doğru yere savuracağına inandığımdan gelecekte hep çok mutlu olacağımı düşünürdüm. Bazen yaşadığım şeyler beni mutsuz etse de, hayat beni ileride yaşayacağım güzel günlere hazırlıyor diyerek avunurdum. Ciddi anlamda Pollyanna'cıydım. Eda ise benden çok farklıydı. Kendimi bildim bileli onu tanırdım. Tek çocuk olduğundan şımarık yetişmişti. Annesi maddi ihtiyaçları olmadığından çalışmıyordu. Her zaman dediğim dedik biriydi. İleride bir villada yaşayacağından, altında son model arabası olacağından emindim. Zenginlik takıntısı olduğundan zengin bir kocası olacağına da emindim ama tip olarak nasıl bir eşi olacağını hiç mi hiç kestiremiyordum.

Normalde; çok isterim, kim bilir içinde ne kadar zengin, şık insanlar vardır? Şampanyanın tadı da kim bilir ne kadar güzeldir? Ah şimdi Paris'te olsam gibi cümleler kuran ben başımı iki yana sallayarak, "İstemezdim," dedim. Çekindiğimden Eda'nın yüzüne bakamadım.

O da beni anlamış olacak ki, "Seninki, saçlarını görünce sana daha da âşık olacak merak etme," dedi.

Güldüm. Bu fikir ciddi anlamda içimi hoş etmişti. Beni yandan keserek konuşmaya devam etti. "Olmadı beraber gidersiniz Paris'e, İtalya'ya, hatta Çin'e. Hem balayınızı da çıkartmış olursunuz aradan." Gülmeye başladı. Güldükçe mavi gözleri kısılıyor, bembeyaz dişleri daha da ortaya çıkıyordu. Sonra bir süre sustuk. Beni kıskandığı belliydi. İkimiz de günlerdir birbirimize çaktırmamaya çalışarak aynı çocuğun peşine düşmüştük. Şimdi o sessiz anlaşmamız gereği aramızdan çekilmek zorundaydı.

Sessizliğimizi ben bozdum. "Neyse canım üzülme. Sana da, onun yanında dolaşan Balık Erhan dedikleri iri çocuk var ya, onu ayarlarız. Siz de Maldivler'e gidersiniz balayına. Cidden çok yakışırsınız." Özellikle Erhan'ı hayalimde kumsalda koşarken canlandırıp kıkır kıkır gülmeye başladım.

"O beni ancak rüyasında görür." Yüzüme ters ters bakıp bir şeyler söylemek istedi ama sustu. Niye bu kadar ciddiye aldıysa beni? Sonuçta her zaman birbirimize takılırdık. Yüzünü mahalleye döndü. Bana küsmüş gibiydi. Ortamın havasını değiştirmek için, "Eda?" dedim.

"Ne Eda?" Ses tonundan da hâlâ sinirli olduğu belli oluyordu.

"Adı Serkan inanabiliyor musun?"

"Ee ne var bunda?" dedi. Ortamı biraz olsun neşelendirebilmek için ayağa kalktım. Çatının orta yerine geçtim. Sırtını korkuluklara dayayıp bana doğru döndü. Sağ avcumu sıkıp mikrofon tutarmış gibi ağzıma yaklaştırdım. "Diğer elimle de yumruk yaptığım elime birkaç kez vurup, "Ses bir iki, ses bir iki," dedim. Sonra sesimi düzeltmeye çalışır gibi öksürüp, "Efendim, Yağmur ile Serkan'ın düğün törenlerinde sizleri de aramızda görmekten mutluluk duyuyoruz," dedim dalga geçerek.

Kendi kendime alkış yapıp, tekrar elimi sıkıp mikrofon gibi ağzıma yaklaştırdım ve devam ettim.

"Oo aramızda kimler varmış efendim. Bakın gelinin kankası Eda Hanım ve biricik eşi balık Erhan Bey de buradalar. Allah sizi de bir yastıkta kocatsın efendim." Az da olsa tebessüm etti.

Sonra yanına doğru gidip, "Kızım ne kadar da yakıştı adlarımız, baksana Serkan ile Yağmur. Bakalım ne zaman evlenme teklifi edecek?" dedim merakla.

"Salaksın kızım sen, su katılmamış saf salak. Çocuk daha sevgilin bile değil. Kim bilir kaç kıza aynı lafları atıyordur. Hemen gelin güvey oluyorsun. Neyse ki benim gibi bir arkadaşın var. Sana yardım edeceğim hiç merak etme."

"Ne yardımı ya, ben hallederim. Hem sen üzüldün değil mi sana değil, bana laf attı diye?"

Bu kadar açık sözlü olmama ben bile şaşırtmıştım.

"Değişiklik olsun diye sana laf atmıştır. Erkekler kızları birbirine düşürmeyi sever. Biz beraberken, beni görüp de, sana laf atan kaç kişi oldu? Acele etme yani. Bir dur, bir kendine gel."

Eda'nın bu sözleri içimi acıtmıştı. İşin kötü yanı haklıydı da. Ne zaman beraber bir yerlere gitsek, "Of sarışına bak, aman

Allah'ım, o ne güzel gözler. Denizi buraya mı getirmişler," gibi sözler duyardım. Kimse onun yanında beni fark etmezdi. Benim tipimde biri için Eda büyük ve yenilmez bir rakipti.

Altta kalmamak için, "Onu matematik zekâmla, diğer yeteneklerimle büyüleyeceğim göreceksin. Şimdi beni rahat bırak da, Çırağan Sarayı'ndaki düğünümde giyeceğim beş metre kuyruklu gelinliğimi ve tabii biricik, yakışıklı kocamı hayal edeyim," dedim.

"Benim bilmediğim ne yeteneklerin var bakayım senin?" dedi gülerek. Sonra da, "Yağmur senin gibiler ancak hayal eder, benim gibilerse yaşar. Bunu da sok o kalın kafana," diyerek bana kıçını döndü. Kollarını çatının korkuluklarına dayayıp aşağıya, mahalledekilere bakınmaya başladı.

"Kızım çocuk zengin ve yakışıklı ama ben de çok zekiyim. Ona göre birazcık kısa ve çirkin olabilirim ama sevdikten sonra ne anlamı var ki başka şeylerin? Hem neden olmasın? Bence sen de birazcık hayal dünyanı genişlet. Yoksa zengin koca bulmuş, sıradan bir ev kadınından farkın kalmayacak." Bu sözleri çok sert ve yüksek sesle söylemiştim. Düşünmeden bir anda ağzımdan çıkıvermişti işte.

Arkasına sinirle döndü. "Anlamıyorsun değil mi? Ben hayal kurmam Yağmur, hayallerimi yaşarım. Asıl sen biraz yere sağlam bas. Yoksa tepe taklak düşünce anlarsın ne demek istediğimi."

"Aman sen bilirsin. Uçarım da düşerim de. İkisinden de alacağım tadı, sen ömrün boyunca alamayacaksın ya, ona yan. Ben zengin olsa da olmasa da onu sever, onu seçerim. Sen öyle değilsin. Parası yoksa asla yüz vermezsin kimseye. Bu arada balık Erhan da çok zenginmiş. Bizim Kemal tanıyormuş çocuğu. Babası bildiğin fabrikatörmüş. Ona göre bence şişman falan deme iyi davran çocuğa. İleride bakarsın lazım olur."

Kızla resmen sidik yarıştırıyordum. Aşkın tehlike ve kıskançlık çanları aramızda çalmaya başlamıştı. Eda sesini çıkarmadı. Bana laf yetiştirmedi. Başını tekrar mahalleye doğru çevirdi. Üzgün müydü bilmiyordum ama öylece sustu. Ben de bir şey söylemeden gidip üst üste serdiğimiz kilimlerin üzerine uzandım. Saçlarımı geriye doğru attım. Üzerime de Eda'nın kilimin üzerine attığı ceketini serdim. Gökyüzü her zamankinden daha temizdi. Güneş bulutların arasından kendini bir gösteriyor, bir kayboluyordu. Yağmur yoktu. Martılar dans edermiş gibi önce bir araya geliyor sonra aynı tempoda birbirlerinden uzaklaşıyorlardı. Eda derin sessizliğiyle mahalleden gelip geçenleri izliyordu. Bir uçağın daha bulutların arasından kayboluşunu gördüm. Sonra biraz kestirmişim.

Annemin, "Yağmur!" diye bağırmasıyla yerimden sıçramam bir oldu. Bağırması maşallah ki mahallenin bir ucundan diğerine ulaşıyordu. Gözlerimi açtığımda Eda duvarın arkasına doğru çökmüş, gözlerini fal taşı gibi açmış hâlde, "Annen seni arıyor, kalk çabuk," dedi. Annemin amacı her zamanki gibi çok geç olmadan –akşam ezanı okunmadan– beni eve sokmaktı. Yerdeki kilimleri toplayıp hızlıca her zamanki yerine koyduk. Yerimizi kimsenin öğrenmesini istemediğimizden yine sessizce kapıyı kilitleyip parmak ucumuzda aşağıya indik. Annemle Eda'ların bahçesinde pişti olduk. Alelacele kendimi attığım divandan sakince kalktım.

"Neredesin kız sen?" Sanki Eda'ların bahçesinde çoktandır oturuyormuşuz gibi, "Geliyorum, buradayım ya anneciğim," dedim.

Tek istediğim onca güzel şeyden sonra odama gidip Serkan'ın o güzel esmer yüzünü düşünerek hayaller kurmaktı. Acaba öylesine miydi söyledikleri? Herkese aynı lafları atıyor muydu? Gerçekten Eda ile beni birbirimize mi düşürmekti amacı? Yoksa gerçekten beni mi seviyordu? Dün akşam yemeden, içmeden, canım kardeşimi çimdiklemeden tek yaptığım şey onun hayaliyle uyumak oldu. Sabah da yine aynı güzel hayallerle, annem uyandırmadan çok önce uyanmıştım.

İşte bu yüzden farklıydı bugün. İlk kez âşık olduğumu hissettiğim, aynada kendimi daha gösterişli, daha sevilesi gördüğüm ilk gündü bugün. Boyum bile sanki birazcık uzamıştı. Acaba o hangi okulda okuyordu? Eda ile bizim mahalledeki çocuklardan onun hakkında öğrenebildiğimiz; sadece iki mahalle aşağıda oturdukları ve babasının bir otobüs firmasının sahibi olduğuydu. Benden büyük gösterdiğine göre muhtemelen lise öğrencisiydi. Eğer okulunda öğlenci ise karşılaşmamız yıl boyunca çok zor olacaktı. Bunları düşündükçe kendimi bir an önce evden dışarı atmak ve onu görebilmek istiyordum.

Kahvaltıyı annemle birlikte topladıktan sonra, odama geçtim. Eda'nın, "Yağmur," diyen sesiyle gardırobumdan alelacele kıyafet bakmaya başladım. Eda bisikletini bizim kapının önündeki kaldırıma dayamış, beni bekliyordu. Giyinme işimin uzun süreceğini anlayınca odamın tahta camını açıp elimle ona eve gel işareti yaptım. Eda bisikletini alıp bahçeye benim bisikletimin yanına koydu. Daha da açılmış sapsarı dümdüz saçları, siyah açık yaka kazağı, mavi beyaz düz çizgili jean ve mavi kot ceketiyle inanılmaz güzel görünüyordu. Boynunda benim en sevdiğim mavi taşlı kolyesi vardı. Makyaj da yapmıştı. Sanki bugün daha bir özenmiş, süslenmiş püslenmişti. Belli ki yenilgiyi öyle kolay kabul etmeyecekti. Eda'nın güzelliğine baktıkça Serkan konusunda daha da temkinli olmam gerektiğini anlıyordum.

Bir süre, gözlerimle onu süzmekten kendimi alamadım. Giyinme işinde de onun gibi becerikli değildim. Maddi durumumuz yüzünden çok sık alışveriş yapamıyorduk. Annem arada temizliğe gittiği kadınların benimle yaşıt kızlarından eski kıyafetler getirirdi. Bazen içlerinden marka ve güzel şeyler de çıkardı ama genelde ya tiftiklenmiş ya da düğmesi kopmuş eski kıyafetlerdi bunlar. Yalnız hiç unutmam, bir keresinde Beymen marka kırmızı kısa kollu bir gömlek getirmişti. Gömlek gıcır gıcırdı. Üzerime de cuk diye oturmuştu. Evin hanımı gömleği cam silmesi için anneme vermişti. O da kıyamamış gizlice çantasına koyup bana getirmişti. Hayat işte bu kadar adildi. Hava iyi olsa güzelim gömleğimi giyebilirdim ama bu havada donardım. Eda'ya bakıp, "Çok güzel olmuşsun," dedim.

"Teşekkür ederim canım arkadaşım. Ee sen de hazırlansana, ne duruyorsun?"

"Kızım hiç güzel bir şeyim yok, ne giyeceğim ben şimdi? Senin dolabından mı bir şeyler giysem? Hani geçen hafta aldığın koyu yeşil kadife kazağını getirsene bana." Eda ile arada kıyafetlerimizi paylaşırdık. Gerçi o benim dolabımdan giyecek pek bir şey bulamazdı da genelde ben ondan geçinirdim.

"Saçmalama ya. Senin de bir sürü güzel kıyafetin var." Eda dolabıma doğru yöneldiği sırada annem pat diye odama girdi "Siz ne haltlar karıştırıyorsunuz yine?"

"Ne karıştıracağız anne, sen de yani. Eda annesinden harçlık almış, bana tatlı ısmarlayacak."

Böyle anlarda hiç aklımda olmayan şeylerin dilimden kendi kendine çıkıyor olması çok garipti. Dara düştüğüm anlarda sanki aklım ve dilim birbirinden bağımsız iki ayrı mekanizma gibi çalışıyordu. Annem Eda'nın saçlarına daha dikkatli bakabilmek için kızın dibine kadar gitti. Onunla da kalmayıp elleriyle kızın saçlarını karıştırdı ve saç analiz uzmanı edasıyla, "Kız sen saçlarını mı boyadın yoksa?" diye sordu.

"Yok, Melek teyze, onu da nereden çıkardın, güneşten açıldı."

"Hangi güneş, güneş mi kaldı ayol?"

Ben o ara annemden korkup saçlarımı geriye doğru attım. Dikkatli bakılınca benim de saç uçlarımın biraz açıldığı belli oluyordu.

Annem bu sefer de Eda'nın yüzüne dikkatlice bakıp, "Makyaj da mı yaptın sen? Zamane gençlik. Sizin ne yapacağınız belli olmuyor. Ben bu yaşıma geldim yüzüme bir parça krem dahi sürmedim," dedi.

"Ona rağmen hâlâ ne kadar güzelsin Melek teyze. Bir de süreydin kim bilir nasıl olurdun?"

Eda kalp alma, çalma tabii bir de kalp kırma konusunda resmen profesyoneldi. Annemin sesi hemen de yumuşadı.

"Tabii canım. Hey gidi günler. Bir zamanlar Hülya Avşar'dan bile güzeldim ben. Hayat işte. Erkenden kocaya kaçınca, erkenden kocuyor insan. Siz siz olun yirmi beşinizden önce evlenmeyin." Annemin de bir dediği bir dediğine uymuyordu. Eda ile birbirimize bakıp annemi onaylarcasına başımızı salladık. Daha fazla konuşup oyalanmamızın bir anlamı yoktu. Bir an önce giyinip sokağa çıkmak istiyordum. Annem sessizliğimizden dolayı daha fazla uzatmadan, "Çok geç kalmayın, yarın okul var," deyip gitti. O çıkınca Eda ile birbirimize bakıp güldük. Eda bana yaklaşıp sessizce, "İyi ki senin saçları fark etmedi. Sonra benim başıma ekşirdi kızımı da yoldan çıkardın diye," dedi.

"Aynen," deyip hızlıca dolaba bakmaya devam ettim. Ortak karar verdiğimiz üzere kırmızı dantel yakalı kazağımı ve giymekten azıcık bollaşmış siyah kotumu giydim. Saçlarımı da kırmızı tül kumaştan yaptığım gül şeklindeki tokayla topladım. Çok hafif pembe ruj ve şeffaf rimel sürdüm.

Banyodan gizlice Diloş teyzemin anneme hediye ettiği çiçek kokulu parfümü alıp üç kez sağ, üç kez sol boynuma sıktım. Sonra da Eda ile anneme tekrar görünmeden bahçeden bisikletlerimizi alıp çıktık.

Eda, "Serkanların mahallesine mi gidiyoruz?" diye sordu. Pis pis gülüyordu tabii.

"Yok, canım daha neler. Peşinden koşacak hâlim yok ya. O gelsin benim ayağıma, bana ne." Sonra da onu deli gibi görme isteğimden ötürü, "Biz en iyisi bizim mahalleden çok fazla ayrılmayalım. Hem gelirse görürüz," dedim ve pedalı çevirmeye başladım.

Mahallenin bir ucundan öbürüne en az yirmi kez dolandıktan sonra kıtlıktan çıkmışçasına acıktık. Bisikletlerimizi Eda'ların bahçeye bırakıp, mahallenin sonundaki Ermil bakkaldan ekmek arası salam ve kola aldık. Aslında bakkalın adı Köşem'di ama genelde bakkala Adem amcanın oğlu Ermil abi baktığından ve bizden önce herkes öyle alıştığından, biz de Ermil bakkal demeye başlamıştık. Ermil abi bizden beş altı yaş büyüktü. Kafasına göre veresiye yazıyor, bazen az para alıyor, bazen unutuyor hiç almıyordu. Tam bizim istediğimiz abi modeliydi. Biz de sık sık, bu durumdan istifade ediyorduk. Ermil abi bugün çok yakışıklı olmuşsun, gömleğin çok yakışmış, saç modelin harika olmuş gibi iltifatlarla kafasını karıştırıp ne istersek alıp çıkıyorduk. Babası bakkalda olunca da cebimizdeki para ne kadarsa –ki genelde benim sakız ya da şeker alacak kadar ancak olurdu– ona uygun şeyler alıp çıkardık. Elimizde poşetlerle Eda'ların kapısının önündeki kaldırıma oturduk. Bisiklet sürmekten öyle acıkmıştım ki, aceleden Ermil abinin özenerek hazırladığı salamlı ekmeği sardığı gazeteyle birlikte ısırdım. Ağzıma gelen gazetenin saman gibi tadı sebebiyle yüzüm ekşidi. Tam ağzımdan geri çıkarıyordum ki, o sırada benimki balık Erhan ile bir anda karşımızda belirmez mi? Serkan bize, hatta direkt bana bakıp, "Afiyet, bal, şeker olsun," dedi. Ağzımdaki koca lokma yüzünden cevap veremedim. Öylece kalakaldım. O lokmayı çiğneyip yutmak sanki bir yılımı aldı. Ellerim titriyordu. Arkalarına bakmadan çekip gitmişlerdi. Yutkunur yutkunmaz Eda'ya, "Gamzesi mi vardı? Aman Allah'ım bir de gamzesi mi var? Hem de bu kadar yakışıklılığın üzerine. İnanılır gibi değil!" dedim.

"Çok yakışıklı çocuk cidden," diye karşılık verdi Eda da.

"Balık Erhan da yakışıklı canım şimdi," deyip gülmeye başladım. "Kız kime dedi afiyet olsun diye, bana dedi değil mi?"

Eda'nın ekmeğine baktım, henüz İngiliz asaletinden ödün verip ısırmamıştı bile. Yani demek oluyordu ki bu çocuk bana abayı yakmıştı. Eda, "Keşke bir abisi falan olsa, o da benim olurdu. Gerçi bu kadar yakışıklı çocuğun eminim bilmediğimiz kusurları vardır ama neyse ileride görürüz nasılsa," dedi imalı bir şekilde.

"Şist benimkine sulanmak yok! Bak çocukluk arkadaşı falan demem, saçını başını yolarım. Ayrıca balık Erhan da biraz kilo verse cidden fena değil. Hem o da senden gözünü alamadı. Bugün yarın sana çıkma teklifi ederse hiç şaşırmam. Hem ne kusuru olacakmış ki Serkan'ın?" Kafa karıştırma konusunda Eda'nın üzerine yoktu. Serkan gri kotu, bembeyaz gömleği, gri siyah karışımı ceket görünümlü hırkasıyla inanılmaz hoş görünüyordu. Boyu çok uzundu. Erhan bile yanında kısacık kalmıştı. Eda ile olan boy farkımız, beni o kadar rahatsız ederken Serkan ile yan yana yürümenin kendimi ne kadar kötü hissettireceğini tahmin bile edemiyordum. Boyu en az bir seksen beş vardı. Esmer, koyu kahverengi gözleri olan, yüzünden masumiyet ve yakışıklılık akan bir çocuktu. Kusur denilen şey onun vücudunda tanımsız kalıyordu. Üstelik gamzesi de vardı. Sevgili için arkadaş, dost satılmaz denilir ya bu çocuk için ne var ne yok satılırdı.

Ekmeklerimizi ve buz gibi kolalarımızı afiyetle bitirdikten sonra, "Annem çağırmadan ben gideyim," dedim. Yarın ne yazık ki okul başlayacaktı. Eda dalgın gibiydi. Beni duymamıştı.

Ayağa kalktım. "Gideyim, banyo yapar uyurum. Sen de git bence. Geç oldu hem. Tamam, mı?" dedim.

Eda dalgın bakışlarını bana çevirdi.

"Aa yok, ben biraz daha bisiklete bineceğim. Biliyorsun bizimkiler senin annen gibi karışmıyorlar bana."

"Benimki de normalde karışmazdı da anneannemle dedem alıştırdı onu." Sonra Eda'nın büyülü güzelliğiyle onların mahalleye gitmesinden ve onu elimden almasından korktuğumdan, "Neyse canım annem çağırana kadar beraber takılalım o zaman," dedim. Tekrar yanına oturdum. Eda kıskançlığımı anlamışçasına gülümsedi. Yeniden bisikletlerimize bindik. Tabii Serkan'ların mahallesinden hiç geçmedik. Üst mahallelerde gezindik. Bir ara tiplerinden serseri oldukları çok belli olan iki bisikletli çocuk peşimize takıldı. Bizden bayağı büyük görünüyorlardı. Arkamızdan sürekli laf atmaya başladılar. Resmen ödümüz koptu. Nereye gitsek peşimizden geldiler. Onlardan korkup mahalleye hızlıca geri döndük. Komşumuz Nazım amcayı görür görmez yanına bisikletlerimizi çekip numaradan hâl hatır sorduk. Çocuklar da bizim o mahallede oturduğumuzu anlayınca tüydüler. Eda bahçeye bisikletini bırakıp evine gidene kadar gözüm ondaydı. Bana şimdiye kadar hiç yanlış yapmamıştı ama bu saatten sonra babama bile güvenemezdim. Gerçi ortada güvenip güvenemeyeceğim bir babam hiç olmamıştı. Annem kapıyı açar açmaz, "Ben de seni aramaya çıkacaktım şimdi," dedi. Baştan aşağı üzerimi süzüp, "Banyoya gir hemen, yüzün gözün toz içinde kalmış. Samet'ten bile fenasın vallahi," diye ekledi.

Sıcak banyo sonrası kendimi yatağıma attım. Okula dair içimde hiçbir heyecan hissetmiyordum. Yine aynı arkadaşlar, aynı öğretmenler, aynı dersler bana yarını düşündürmüyordu. Vücudumun her bir hücresinin daha hızlı çalışmasına sebep olan tek şey Serkan'dı. Daha önce benden hoşlanan çevre mahallelerden başka çocuklar da olmuştu ama hiçbirine karşı hislerim böyle değildi. Aşk denilen şeyin beni farklı ve iyi hissettireceğini biliyordum ama kalbimi bu kadar yerinden oynatacağını hiç tahmin etmemiştim. Sadece bir insan için nefes alınır mıydı, demek alınırdı. Onu kim bilir tekrar ne zaman görecektim? İstediğim her an gözlerimin önünde yüzünü eksiksiz canlandırabiliyordum ama bu bana kaç gün yeterdi ki? Şimdi, şu an yanımda olması için anneanneme zorla aldırdığım canım bisikletimi, Emoş abinin çilli oğlu Kemal'e bile hediye edebilirdim. Uyuyup uyanmak en kolay yoluydu zamanı ileriye atmanın. Hem belli mi olur belki rüyalarıma gelirdi. Gelirdi de onsuz geçirmekte zorlandığım her dakikayı durdururdu o üç beş saniye. Aşk, ne zor, ne sabırsız, ne yaramaz bir çocukmuşsun sen meğer. Beni kendine mahkûm edip elimi kolumu bağladın da, diğer yanıma sakın Serkan'dan başkasını koyma emi. Âmin...

Okula gittiğimde beni kötü bir sürpriz bekliyordu. Sınıfımızın kapısında asılı olan öğrenci listesinde adım yoktu. Şaşkın bir hâlde, benim adımı atlayarak listeyi yazdıklarını düşündüm. Kızlar bana yardımcı olmak için diğer sınıfların listelerini kontrol etmeye başladı. Koridorun sonundan Bilge'nin sesini duydum.

"Yağmur seni 8-E'ye yazmışlar," diye bağırdı. 8-A'nın kapısında tüylerim diken diken olmuş hâlde Bilge'ye uzaktan bakakaldım. Tüm arkadaşlarım eski sınıfımızda kalırken ben ve bizim sınıftan kırık Orhan 8-E'de gözüküyorduk. Şok vaziyette koşa koşa gittiğim öğretmenler odasının kapısında sınıf öğretmenimiz Nuray Hanım'a denk geldim. Ona durumu anlattım.

"Bir yanlışlık yapılmış demek, neden bilmiyorum ama düzeltilene kadar kayıtlı olduğunuz diğer sınıfa gitmelisiniz," dedi.

Dersin başlamasına çok az kalmıştı. Şennur, Ayşegül, Süreyya, Gülşah ve Bilge peşimden gelmiş, ben Nuray öğretmen ile konuşurken onlar da olayı anlamaya çalışıyorlardı. Yanlarına gidip durumu kısaca anlattım sonra da sinirlenmiş bir hâlde koridorun sonundaki yeni sınıfıma geçtim. Boş bulduğum bir sıraya oturdum. Mutsuzluğum hat safhadaydı. Dün gece bugünü hiç böyle düşlememiştim. Ya bu sınıfta koca bir yıl kalırsam diye karnımda müthiş bir ağrı hissettim. Kırık Orhan da gelip yanıma oturdu. Sanki hiçbir şey olmamış gibi yüzünde güller açıyordu. Pembe beyaz çiçekli defter kabıyla kaplanmış defterini çıkardı. Pembe kalemliğinden, yine pembe rengi kalemini çıkarıp ders masasının üzerine koydu. Bu çocuğun annesi ve babası acaba renk körü falan mıydı? İşin garibi ona sınıftaki diğer çocuklar, kız Orhan dediklerinde hiç kızmıyor, hatta gülüyordu. İlk ders sosyal bilgiler olduğundan mı bilmem, geçmek nedir bilmedi. Sınıftaki diğer öğrenciler özellikle de bana, gayet ılımlı davrandılar. Birkaç öğretmenimizin dışında, diğer öğretmenlerin aynı olduğunu söylediler. Matematik öğretmenimiz de yine Mehmet Bey'di ama bu bile kendimi mutlu hissetmem için yeterli olmadı. Hatta Serkan ile aynı sınıfa düşseydim yine de bir yanım mutsuz olabilirdi. Demek ki ben hiç farkında olmadan o sıradanlığıma, sınıfıma, arkadaşlarıma deli gibi alışmıştım. İlk teneffüs zilinin çalmasıyla kendimi öğretmenler odasına atmam bir oldu. Durumumu bütün öğretmenlerin şaşkın bakışları altında yeniden anlattım. O ara Nuray Hanım odaya girdi. Sorunu hallettiklerini, bu yıl bizim sınıfa iki yeni öğrenci kaydı yaptıklarından, listede yanlışlık yapıldığını açıkladı.

"Listenin düzeltilmiş hâlini hademeyle göndereceğim, Orhan ile eski sınıfınıza geçebilirsiniz," dedi. Nuray öğretmeni kollarımla sarıp sarmaladım.

"Çok sağ olun benim gül kokulu biricik öğretmenim," dedim ve koşarak 8-E'deki eşyalarımı almaya gittim. Bu durumu hiç iplemeyen Orhan'a da toparlanmasını söyledim. Sınıfa giderken koridorda kızları gördüm. "Çok şükür hallettim," dedim ve hepsine teker teker sarıldım. Bizim sınıfın kapısından ayaklarını süre süre zoraki giren Orhan'a baktım. Elinde çantası, eski sırasına Volkan'ın yanına yerleşmeye çalışıyordu. O ara gözüm kendi sırama kaydı. Süriş ile benim sıramda tanımadığım iki yabancı çocuk oturuyordu. Nuray öğretmenin bahsettiği çocuklar bunlar olmalıydı. Kızlara onları işaret edip, "Kim bu salaklar?" diye sordum. "Yeni cici sınıf arkadaşlarımız," dedi Süreyya. "Birinin babası polismiş, hani şu yakışıklı olanın. Babasının mecburi hizmetinden dolayı Antalya'dan gelmişler. Diğeri de Konya'dan gelmiş. Annesi hemşireymiş. Babası da burada iş mi ne kurmuş. O yüzden ailecek İstanbul'a taşınmışlar."

"O gelmese de olurmuş," dedim gülerek. "Demek bunlar yüzünden, bu kadar karışıklık çıktı."

Şennur, "Boş ver onları da, diğer sınıf nasıldı? Yakışıklı birileri var mıydı bari?" diye sordu.

"Aman yok, gözüm mü gördü Allah aşkına. O sınıfta kalacağım diye aklım çıktı resmen."

"Neyse hallettin ya artık kesin buradasın değil mi?" dedi Ayşegül.

"Aynen. Halledemeseydim acısını bunlardan çok fena çıkarırdım ama," deyip yeni öğrencilerin suratına baktım. Biri çok çirkinken diğeri sanki ona inat Süriş'in de dediği gibi çok yakışıklıydı. "Şu Brad Pitt gibi olanın adı ne?" diye sordum. Şennur, "Bahadır," dedi. Biraz sesli söylediğinden çocuk başını kaldırıp bize doğru baktı ve gülümseyerek buradayım dercesine el salladı. Gözleri inanılmaz güzeldi. Yosun yeşiliydi... O mesafeden bile kaşıkçı elması gibi parlıyordu. Ailesi kim bilir ne çekmiştir onu büyütünceye kadar diye düşünmeden edemedim. Şimdi bile yolda görünce, durup bakılacak güzellikteydi.

"Öz güveni de çok yüksekmiş maşallah," dedim.

"İlk ders burada olsaydın anlardın sebebini," dedi Gülşah. "Niye, ne alaka, çok mu zenginlermiş?" diye sordum.

"Bundan önceki okulu Antalya'da, Sevgi Koleji'ymiş ve orada yüzde yüz burslu okuyormuş," dedi Bilge. Anlaşılan Bahadır tek bir derste bizim kızların ilgi odağı olmayı başarmıştı.

"Vay hem zeki, hem yakışıklı, hem de havalı, iyiymiş," dedim.

"Süreyya canım bunlar bizim yerimizde oturuyor ve sen hiçbir şey yapmıyorsun öyle mi?"

"Senin sınıf olayı için koştururken yerleşmişler. Ben de yeniler diye kaldırmak istemedim, bir arka sıralarına geçtim," diye cevapladı. "Hem belki siz geri döndüğünüze göre, onları diğer sınıfa alırlar." Sesinden biraz burukluk hissediliyordu. Çocuk daha ilk derste sınıfın gözdesi olmuştu. Yakışıklılık işte böyle kutsal bir şeydi.

"Hiç sanmıyorum, Nuray Hoca öyle bir şey demedi,"

diye karşılık verdim ben de. Bizim sınıftaki kırık Orhan ve diğer saçma sapan tiplerden sonra böyle bir çocukla aynı sınıfta olmak hoş olabilirdi. Gerçi bunu aklımdan geçirmek bile Serkan'ı aldatmışım gibi hissettirmişti. Hâlâ bize bakmakta olan Bahadır'ın yanına gittim. Ona ve yanındaki çocuğa doğru bakıp, en kaba sesimle, "Merhaba," dedim.

İkisi aynı anda ve neşeli bir şekilde, "Merhaba," diye karşılık verdiler.

Bahadır hemen elini uzattı. "Gerçi biliyorsun ama yine de söyleyeyim. Ben Bahadır. Antalya'dan geldim. Buralarda yeniyim yani." Sesi şarkı söyler gibi inişli çıkışlı ve ahenk içindeydi. "Ba-ha-dır," darararato Dararam.

Elimi memnuniyetsiz bir bakışla uzatıp Bahadır'ın elini hafifçe sıktım ve hemen geri çektim. Adımı söylemeden ve diğer çocuğun adını dahi sormadan direkt konuya girdim. "Ben de diğerleri gibi normalde bu sınıfta okuyorum. Fakat ikinizin kaydı yüzünden beni ve arkadaşım Orhan'ı yanlışlıkla yan sınıflardan birine aldılar." Yüzüme devamında ne söyleyeceğimi merak ederek bakıyorlardı.

"Neyse, uzun lafın kısası hoş geldiniz diyemeyeceğim çünkü pek hoş gelmediniz. Ayrıca şu an oturduğunuz sıra ben ve arkadaşım Süreyya'ya ait." Kapıda şaşkınlıkla beni izleyen, ne konuştuğumuzu merak eden kızlara şöyle bir baktım. Sonra, "O ben olmayınca yeni olmanızdan ötürü sizi rahatsız etmek istememiş ve bir arka sıranıza geçmiş. Tabii ben sizi, sizin beni ettiğiniz gibi rahatsız etmek istediğimden kendi sırama geçebilmek için sizi bir arka sıraya alabilir miyim lütfen?" diye devam ettim.

"Tekerleme gibi oldu," dedi Bahadır. Böyle bir cevap beklemediğimden şaşırmıştım.

"Ne tekerlemesi ya, kalkın işte burası bizim," dedim. Elimi hadi hadi kalkın artık der gibi sıraya birkaç kez vurdum.

Bahadır, "Tabii madem siz istiyorsunuz derhâl efendim," dedi ve yanındaki çocukla birbirlerine bakıp toparlanmaya başladılar. Sessiz bir şekilde, "Buyur bakalım, rahatsız güzel kız," dedi. Sırasına öyle yakınımdan geçmişti ki, parfümünün kokusu burnumun direklerini sızlattı. Çocuk okula gelirken yakışıklılığı yetmiyormuş gibi bir de parfüm şişesini üzerine boşaltmıştı. Ayrıca bu aralar etrafımdaki tüm yakışıklı erkeklerin beni güzel görmesi ne kadar garipti. Bir anda ne olduysa kısmetim açılmıştı. Anlamazlıktan geldim. Diğer çocuksa yüzü düşmüş, hiç konuşmadan arka sıraya geçmişti. Bu durum canımı sıkmış ve ayıp mı ettim acaba diye düşünmeme sebep olmuştu. Ayrıca Bahadır'ın aşırı öz güveni ve parfümünün müthiş kokusu hem sinirlerimi bozmuş, hem de inanılmaz hoşuma gitmişti.

Süriş'e yanıma gelmesi için işaret yaptım. Artık eski sınıfımda olduğumdan içim rahattı ve her horoz kendi çöplüğünde öter hesabı, burada benim sözüm geçecekti. Okulun ilk günü olduğundan ders yapılmadı. Tüm gün gır gır, şamatayla geçti. Son dersteyken bir ara Bahadır sırtımdan dürttü. Ben de arkama doğru iyice yaslandım. Yaklaşıp sessiz bir şekilde, "İyi ki o sınıfta kalmamışsın," dedi. Sinirli bir hâlde arkamı dönüp, "Eğer sen ve yanındaki şahıs bizim sınıfımıza kayıt yaptırmamış olsaydınız zaten diğer sınıfa hiç gitmemiş olacaktım," dedim. "Mustafa," dedi. "Ne Mustafa?" dedim daha sinirli bir hâlde. Matematik öğretmenimiz sevgili Mehmet Bey, "Sessizlik lütfen," diye seslendi ikimize doğru bakıp. Bahadır aldırış etmeden: "Yanımda oturan arkadaşımın adı," dedi başıyla yeni gelen diğer çocuğu göstererek. "Ayrıca benim ilk adım da Mustafa."

"Ha iyi," dedim. "Mustafa ile tanıştığıma çok daha memnun oldum o hâlde." Salak gibi saniyesinde onun diğer adının da Mustafa olduğunu unutmuştum. "Ben de seninle tanıştığıma çok memnun oldum," dedi gülerek. Tekrar önüme dönüp, "Ya sabır!" dedim. Kıs kıs gülme sesleri kesilmiyordu. Arkamı dönüp yüzüne baktım. Sağ yanağında, güldüğünde gamzeyi andıran ince bir çizgi vardı. Dişleri Eda'nınkiler gibi bembeyazdı. Saçları önüne düşmüş hâldeydi ve altın sarısıydı. Tarz bir görüntüsü vardı ve bizim okuldaki çocuklardan çok farklı olduğunu daha ilk bakışta hissettiriyordu. Resmen büyülenmiştim. Sesimi çıkaramadan tekrar önüme döndüm. O ara okulun bitiş zili çaldı. Kızlarla beraber çıktık.

"Anlayalım, ders boyunca sürekli Bahadır ile fısır fısır ne konuşuyordunuz?" diye sordu Gülşah.

Süriş, "Ben size söyleyeyim kızlar. Yok, iyi ki bu sınıfa geri geldin. Yok, tanıştığıma çok memnun oldum falan, çocuk açık açık yazıyordu işte Yağmur'a," dedi.

Kızlardan vay, hadi iyisin, okulun ilk günü olaylara gel gibi sesler yükselmişti.

"Yok, bir şey kızlar. Süriş sen de abartma lütfen. Hem benim kalbimin sahibi belli artık," dedim ve, "Ah, ah," diye de uzatarak sözlerimi pekiştirdim.

"Ne ara ayol? Kimmiş bakalım kalbinin sahibi?" diye sordu Süriş.

"Serkan," dedim şımarık bir şekilde. Şennur, Ayşegül, Gülşah ve Bilge Süriş'in yanına geçerek beni köşeye sıkıştırdılar. Hepsi meraktan ölüyordu. "O kim ki? Nereden çıktı şimdi? Sahiden sevgili mi oldunuz?" diye her kafadan bir ses çıkıyordu. Yaz dolayısıyla herkes köyüne, tatil için bir yerlere gittiğinden kızlara Serkan'dan hiç bahsedememiştim. Zaten ondan önce de Sedat diye bir çocuktan platonik olarak hoşlanıyordum. Kızlar aklımda hâlâ o var sanıyorlardı. Sedat annemin arkadaşı Mukaddes ablanın yeğeniydi. İzmir'de yaşadığından sadece yaz tatillerinde olmak üzere topu topu üç kez görebilmiştim çocuğu. Tabii bu ondan hoşlanmama ve onunla ilgili evlilik hayalleri kurmama yetmişti.

"Vallahi ben de çok ilginç şekilde yeni fark ettim onu. Gerçi çocuk bana bildiğiniz sırılsıklam âşık. Bizim iki alt mahallede oturuyor. Bildiğiniz esmer yakışıklısı. Kızlar ama görmeniz lazım o kadar tatlı, o kadar tatlı ki," dedim. Etrafta tahta bir şeyler aradım ve yanında durduğumuz sınıfın tahta kapısına vurdum. "İşin tahtalara kaldıysa çok zor," dedi sol yanımızdan geçen ses. Bir de baktım yine Bahadır. "Sana ne ki, işine baksana sen?" dedim hiç düşünmeden. Kızlar şaşkındı. Bahadır tüm havasıyla cevap vermeden yanımızdan sırıtarak çekti gitti. Nasıl kendine bu kadar güvenebiliyordu. Bir gün öncesinde biri bana bu yaşayacaklarımı anlatsa kıçımla gülerdim. Şimdiyse her şey çok başkaydı. Bahadır okuldan daha çıkmadan ceketini ve kravatını çıkarmış, gömleğinin kollarını kıvırmıştı. Bileğinde sarı lacivert Fenerbahçe'nin bilekliği vardı. Serseri tipli bir çocuk olduğu belliydi. Nasıl bu tipiyle Allah bu kadar zekâ vermiş, şaşırmıştım doğrusu.

"Bu da deli mi ne?" dedim kızlara bakıp.

Ayşegül, "Sen onu boş ver de Serkan'ı anlat bize. Ay çok merak ettim şimdi!" dedi heyecanla.

Kızlarla kantine gidip yuvarlak masa dedikodusuna başladık. "Senin şu Serkan, Bahadır'dan daha yakışıklı olamaz herhâlde," dedi Şennur.

"Bahadır mı?" dedim alay eder gibi. "Kızlar kelimelerle anlatamam onun yakışıklılığını. Picasso yaşasaydı, o bile saygısından çizemezdi çocuğun resmini. O bu dünyadan değil sanki. Bu yüzden lütfen yormayın beni. Bizim mahalleye gelin, kendi gözlerinizle görün." Aslında Bahadır'a haksızlık ediyordum. Bahadır sarışın, Serkan ise esmer güzeliydi. İkisi de birbirinden çok farklı ama yakışıklılık konusunda bir o kadar da aynıydı.

"Şimdi gelsek görebilir miyiz peki?" dedi Bilge.

"Liseye gidiyor sanırım. Hangi okulda olduğunu bilmiyorum. Sabahçı mı öğlenci mi onu da bilmiyorum. Hafta sonları bizim mahallede takılıyor. Benim için geliyor tabii. Bu hafta sonu gelin görün işte. Hem size Fatma abladan öğrendiğim keki de yaparım."

Süriş, "Kalpli aşk keki mi yapacaksın kız yoksa bize?" dedi gülerek.

"Aşk keki mi olur, yine kabartamadığı limonlu kek mi göreceğiz bakalım," dedi Gülşah da.

En son kızlara yaptığım limonlu kek cidden hiç kabarmamıştı ama Gülşah'ın da bunu ulu orta dillendirmesi kırıcıydı.

"Olmadı anneme söylerim o yapar," dedim ben de kızları memnun etmeye çalışıp. Sonra Serkan'ın dışında oradan buradan bahsedip kızlarla hasret giderdik. Saat çok geç olmadan kalkmaya karar verdik. "Yarın konuşuruz kalan detayları da," dedi Süriş. Hepsi de yeni ilişkim adına beni teker teker tebrik etti. Ayşegül, "Madem senin Serkan'ın var, Bahadır bizimdir o hâlde," dedi. Daha ilk günden Bahadır'ın benimle konuşma çabaları herkesi şüphelendirmişti. Gerçi ben de Bahadır'ın onca güzel kız arasından benimle ilgilenmesinden ayrı bir keyif almıştım.

"Aman be alın sizin olsun, tepe tepe..." Beş kıza bir Bahadır vay anasını. Kızlara el sallayıp bizim mahalleye çıkan üst sokaktaki yola girdim. Karşı kaldırıma geçmek için arkamı döndüğümde, benim gibi karşıya geçmekte olan Bahadır'ı fark ettim. Bu şekilde denk gelebilmemiz çok şaşırtıcıydı. Sonuçta kızlarla okulda o kadar oyalanmıştık. Onunla konuşmak istemediğimden, görmezden gelip yürümeye devam ettim. Ya bizim oralarda bir yerlerde oturuyor ya da daha kötüsü beni takip ediyordu. Ona izimi kaybettirmek için Ermil bakkala uğradım. Adem amca vardı. Muhabbeti fazla uzun tutmayıp bir sakız alıp çıktım. Artık mahallemdeydim ama nedense korkuyordum. Hızlı adımlarla yürüyüp evin demir bahçe kapısını açtım. Arkamdan kapının sürgüsünü çekerken sağa sola baktım. Ortalarda kimse görünmüyordu. Kapıyı çaldım, evde kimse yoktu. Annemin neden evde olmadığı o anda kafama dank etti. Bugün Samet'in okuldaki ilk günüydü ve ben koca gün onların yanına hiç uğramadan eve gelmiştim. Tüm gün sınıf değişikliği, yeni öğrenciler, kızlarla muhabbet derken Samet'i ve annemi tamamen unutmuştum. Bahadır'dan ve evde kimsenin olmayışından dolayı kalp atışlarım hızlanmıştı. Ellerim titreyerek anahtarı çantamın ön gözünden çıkardım ve kapıyı açtım. Eve girince direkt odama geçtim. Perdenin arkasından sokağa baktım. Sokak sessiz ve boştu. Ben sağa sola bakınmaya devam ederken bir anda o penceremin önünden geçti. Bizim eve doğru öyle dikkatli baktı ki sanki benim bu evde oturduğumu, hatta perdenin arkasında olduğumu biliyordu. Neler oluyordu? Bu çocuk kimdi? Neden evimi öğrenmek istemişti, hiçbir anlam veremedim. Kendimi siyah önlüğümle yatağa attım. Boynumu acıtan kolalı yakalığımı bile çıkaracak enerjim kalmamıştı. Tavana bakıp Bahadır'ın beni bu dünyadan alıp götürmek için görevlendirilmiş uzaylı bir yaratık olduğunu hayal ettim. Evet, o Brad Pitt kılığına girmiş uzaylı bir yaratıktı. Çocuk kızlara itiraf edemesem de gerçekten de çok yakışıklıydı. Kusursuzdu. Hatta gerçekçi olmak gerekirse yakışıklılık konusunda Serkan'ı bile azıcık sollayabilirdi. Acaba beni öpünce, ben de uzaylı olacak mıydım? Bu saçma hayalimi çok ilerletemeden Samet ve annemin dışarıdan gelen seslerini duydum. Kapıya koştum, tabii annemin suratı yine mahkeme duvarı gibiydi. Ellerinde alışveriş poşetleri vardı. İçeri girerken yüzüme bile bakmadı. Zaten hiç kavga edecek modda değildim. Poşetlerle mutfağa geçti. Ben de hiç konuşmadan odama geçtim, üzerimi değiştirdim ve yemek yemek dışında odamdan dışarı çıkmadım. Akşam vakti bir ara annem seslenip Fatma ablalardan ödünç aldığımız fırın tepsisini geri vermemi söyledi. Evde ayak işlerine bakan sevgili kardeşim Samet, okulun ilk günü olmasından sebep erkenden uyumuştu. İyi ki de uyumuştu. Mecburen tepsiyi alıp çıktım. Bahçenin kapısını açarken Serkan'ın bizim evin karşısındaki kaldırımda, gece lambasının altında tek başına oturduğunu gördüm. Bizim evi gözetliyordu. Çok kalın giyinmemişti. Montu yoktu. İşin kötü yanı hava soğuktu ve hafif hafif de yağmur çiseliyordu. Üzerinde kot pantolon ve koyu renkli ince bir kazak vardı. Benim de üzerimde saçma sapan eşofman altıyla, annemin krem rengi kocaman kazağı vardı. Giyim kuşam konusunda artık daha hazırlıklı olmalıydım.

Beni görünce, duyabileceğim ölçüde, "Ey aşk sen nelere kadirsin? Yağmur için, yağmurda ıslanmak da varmış," dedi. Çok utandım. Ya birileri duyduysa diye içim hop etti. Yüzüne bakmamaya çalışarak elimde kocaman tepsiyle hızlı adımlarla Fatma ablalara gittim. Elim ayağım titreyerek tepsilerini geri verdim. Fatma abla bende bir gariplik olduğunu hemen anladı. "Yağmur kızım bir su vereyim geç dinlen biraz," dedi.

"Yok, Fatma abla, yağmur başlamak üzere yakalanmadan gideyim."

"Tamam canım. Bunları da annene ver. Dün yaptım çok leziz oldu." Elime yeni bir kurabiye tarifiyle, bir tabak kurabiye iliştirdi. Kurabiyelerin üzerini beyaz bir peçeteyle örttü. Pasta börek konusunda kimse Fatma ablanın eline su dökemezdi. Güzel de bir kadındı. Kumral orta boylu, hafif kilolu, güleç yüzlü biriydi. Ona rağmen eşi sürekli onu aldatır, evine beş kuruş para getirmezdi. Hatta lanet eşinin birlikte olduğu kadınları utanmadan otel yerine evlerine bile getirmişliği olmuştu. Her günkü kavgalarından adamın ne mal olduğunu tüm mahalle biliyordu. Fatma ablanın neden bu adama tahammül ettiğine ben dâhil herkes şaşırırdı. Sonuçta çok becerikliydi. Yaptığı hamur işlerini kafelere, küçük pastanelere satıp para da kazanmaya başlamıştı. Annem de onun sayesinde bir sürü tarif öğrenmiş, evde ne malzeme varsa uydurup bir şeyler yapar olmuştu. Bu tarz aile ilişkilerine oldum olası akıl sır erdiremiyordum.

Aynı hızla eve geri döndüm. Serkan gitmemişti. Anlaşılan beni tekrar görmeyi o da istiyordu. Heyecandan bahçenin kapısını bile kapayamadım. Bir de yanıma gelseydi, benimle konuşsaydı kim bilir ne olurdu? Artık ondan emindim. Beni seviyordu. Odama gittim, ışıkları kapatıp, prize koyu lacivert ışık saçan gece lambamı taktım. Perdenin arkasına geçip güneşliği azıcık araladım. Kollarını göğsünün üzerinde bağlamış hâlde, üşüyen vücudunu ısıtmaya çalışıyordu. Yağmur şiddetlenmeye başlamıştı. Beş dakika içinde sırılsıklam oldu. Benim yüzümden hasta olacaktı. Onu eve alıp pamuklara sarmalamayı, sıcak bir çay ikram etmeyi öyle istedim ki ama bu imkânsız üstü bir durumdu.

Yarım saate yakın tek başına öylece oturdu. Ona bakmak, benim için sokak lambasının altında ıslandığını görmek tarifi olamayacak kadar güzeldi. Acaba yarın da gelecek miydi? Onunla mahallede konuşmam doğru olmazdı. İki güne kalmaz kesin annemin kulağına giderdi. Doğru yeri ve zamanı yakalamam gerekiyordu. Gerçi bekleyecek sabrım da kalmamıştı. Artık ne olacaksa bir an önce olsun istiyordum. Ayrıca ona bakmayışım, kendimi böyle ağırdan alışım ters tepebilirdi. Sonuçta Eda gibi bir rakibim vardı. Yok, yok bir an önce bir şeyler yapmalıydım. Benim ondan yeterince hoşlanmadığımı düşünmesi an meselesiydi. Kavuşamayan âşıklar kitaplardaki, filmlerdeki hâliyle güzeldi. Ona bu kadar yakınken acı çekmenin de mantığı kalmamıştı. Yatağıma uzandım. Serkan'ı ve onunla geçireceğimiz güzel günleri hayal ettim. Sonra yaptığı fedakârlığı, beni görememe ihtimaline rağmen yağmurun altında ıslanışını... Gerçekten de tepsi olayı çıkmasa orada olduğunu nereden bilecektim? Belki daha önce de defalarca gelmişti. Ey aşk sen ne kadar güzel şeymişsin. "Allah'ım sen herkese âşık olma fırsatı ver, lütfen," diye diye odamın rutubetten kararmış tavanına bakıp dualar etmeye başladım. Sonra az önceki gerçek olan sahnede bu sefer hayali olarak Bahadır belirdi karşımda. Yüzü bizim eve dönük, yağmurun altında beni bekliyordu. Üzerinde siyah, dizlere kadar uzanan kaşe montu vardı. Sokak lambası bembeyaz yüzünü daha da aydınlatmıştı. Beni tepsi vermeye giderken görünce, ayağa kalktı. Yanıma geldi. Cebinden çıkardığı kırmızı kadife, kalp şeklindeki kutuyu bana doğru uzattı ve kapağını açtı. Nedense etrafımdaki tüm sesleri en ince ayrıntısına kadar duyabiliyordum. Yağmurun yere düşerken çıkardığı sesi, Bahadır'ın bana yürürken, ayakkabılarının çıkardığı topuk sesini, kadife kutunun kapağını açtığı sırada çıkarttığı pıt sesini. Bir filmin final sahnesinde gibiydik. Kalpli kutudaki tek taş elmas yüzüğün ışıltılı parlaklığı gözlerimi kamaştırıyordu. Bir anda yağmur kesildi. Etrafım rengârenk mis kokulu çiçeklerle doldu. Bahadır sol dizinin üzerine çöktü. Gülümsedi. Yanağındaki gamzesi belli belirsiz göründü. "Benimle evlenir misin?" dedi. Cevabımı beklemeden sol elime uzanıp yüzüğü, yüzük parmağıma taktı. Bir anda güneş doğdu. Artık tane tane kirpiklerini ve yosun yeşili gözlerinin her çizgisini de görebiliyordum. Şaşkınlıkla elimdeki tepsiyi yere düşürdüm. Tepsinin çıkardığı o korkunç sesle gözlerimdeki hayali perde açıldı. Hâlâ odamın siyah tavanına bakıyordum.

Yataktan fırladım. Kalın perdeyi ileriye itip ince tülün arkasından sokağı kolaçan ettim. Serkan yoktu. Kimse yoktu. Sokak bomboş ve sessizdi. Etrafın sessizliğini boş gözlerle izlerken bir anda sokağın diğer ucundan kösele ayakkabı giymiş birinin ayak seslerini duymaya başladım. Ses, adım adım daha da yakınlaşıyordu. Çok geçmeden siyahlar içinde biri odamın camının önünde durdu ve yüzünü odamın penceresine döndü. Sanki benim tam da orada olduğumu biliyordu. Kalın perdeyi geri çektim ve camdan dehşet içinde uzaklaştım. Kalbim yerinden çıkacakmış gibi atmaya başladı. Gördüğüm kişi Bahadır'a benziyordu ama emin değildim. Beni odamın belli belirsiz karanlığında perdenin arkasından görmesi imkânsızdı. Peki, orada olduğumu nasıl anlamıştı? Hayal ve gerçek hepsi birbirine karışmıştı. Kim bizimle uğraşırdı ki? Anneme söylesem durduk yere işkillenecekti. Melek yüzlü Serkan'ım değildi. Serkan'ın boyu çok uzundu. Bahadır'ın ise evimi öğrenmesi, tüm gün peşimde dolanması onun üzerinde yoğunlaşmama sebep oluyordu. Yarının olmasından, okula gidecek olmaktan ve Bahadır'ı görmekten çok korkuyordum. İçimden bir ses hiç tanımadığım bu çocuğu, yakında çok iyi tanıyacağımı ve tüm hayatımı altüst eden kişinin de o olacağını söylüyordu. Bakalım önümüzdeki günlerde beni ne gibi sürprizler bekliyor olacaktı? Geleceği görebileceğim bir kürem olsaydı keşke diye düşündüm. En azından yakın geleceği. Çok farklı bir gün atlatmıştım ve çok yorgundum. Uyumaktan başka yapacak bir şey yoktu. Önce içimdeki sesi, sonra kendimi ertesi gün olacaklara daha iyi hazırlayabilmek için zorla uyuttum.

BİN GÜN SONRA

O okuldan adımımı attığım anda hiçbir şeyin eskisi gibi olmayacağını biliyordum. Annem elinde bir sürü evrakla, okul değiştirme işlemleri için bir odadan diğerine koşturuyordu. Zamanımız kısıtlıydı. Annem sabahtan Samet'i okuluna bırakıp eve geri gelmişti. Tekrar uyuduğundan ve geç uyandığımızdan yeni okulumun, ikinci dönemki ilk gününe geç kalmıştık. Az sonra dışarıdaki tüm öğrenciler bu boş koridorlardan geçerek birer birer sınıflarına gideceklerdi. İçimden hâlâ atamadığım belli belirsiz bir sıkıntı vardı. Acaba kendim için en doğru kararı vermiş miydim? Dışarıdaki öğrenci kalabalığından sesler yükselmeye başlamıştı. Bir ara annem aceleyle yanıma gelip, "Senin sınıfını 12 Fen-B yaptılar," dedi.

"Kesin bizim kızların sınıfı değil mi?" diye sordum.

"Evet, işte Ayşegül ve Şennur ile aynı sınıftasın. Git arkadaşlarını bul, sırana gir. Benim çok az işim kaldı halledip çıkacağım."

Gömleğimin yakasını düzeltti. Açık bıraktığım saçlarımı omzumun arkasına doğru attı. "Keşke balıksırtı örseydim saçlarını, çok daha güzel olurdun. Saç uçların da yine sararmış, görmüyorum sanma. Uğraşma diyorum şu saçlarınla ama dinleyen kim? Eda da, sen de kel kalacaksınız sonunda, olacağı o," diye söylendi.

"Senin de dikkatini çekti mi? Kızların hepsinin saçları örülü. Garip doğrusu..." diye karşılık verdim. Parmak ucuma çıkıp annemin yanaklarından nazikçe öptüm. "Sen benim iyilik meleğimsin, iyi ki varsın canım annem."

"Hadi deli kız git de ilk günden kovdurtma kendini," dedi ve popoma bir şaplak indirdi. Elimi başıma koyup asker selamıyla, "Emredersin köyün en güzel kızı," dedim ve ana kapıya doğru yürüdüm. Duvarlar tertemizdi ve okulun içi yeni boyanmış olduğundan her yer mis gibi boya kokuyordu. Temizliğe dair her kokuyu sevdiğimden okulun kokusunu ciğerlerime çeke çeke kapıdan dışarı çıktım. Sırama gidebilmek için sahneyi andıran kocaman mermer taşlarıyla döşenmiş yerden geçmeli ve yaklaşık yirmi basamak merdiven inmeliydim. Bir de bu öğrenci karmaşasının içinde bizim kızları bulmam gerekecekti. Gerçi onlardan önce görmem gereken çok önemli biri vardı. Kalbimin avuç içindeki minik bir serçenin kalp atışları gibi pır pır atmasına sebep olan kişi... O benim bu okulda bulunuş sebebimdi.

Kalabalığın yüzü okulun girişinde, benim gibi sahnede yerlerini almış olan öğretmen ve okul yöneticilerindeydi. Duruma aldırış etmiyor gibi gözüküp sessiz sakin bir şekilde merdivenlerden inmeye başladım. Amacım stres sebebi şu sahneden inip çabucak sırama geçebilmekti. Sanki herkesin gözü benim üzerimdeymiş gibi hissediyordum. Daha beşinci basamağa adımımı atmışken koca göbekli, iri cüsseli, kel bir adam sağ kolumu hızlıca tuttu. Kimseye aldırış etmeden beni merdivenlerden sürüklercesine hızlıca indirdi. Okulun dış kapısına yaklaşınca da kolumu bırakmadan beni karşısına doğru savurdu.

Başımı kaldırıp yüzüne, sert ve şaşkın bir ifadeyle baktım. Kolumu elinden kurtarmak için geriye çektim ama olmadı. Şişko adam, "Sen kimsin? Bu eteğin boyu ne? Ceketin, kravatın nerede senin? Bizim öğrencimiz olamazsın sen! Saçlarını da toplamamışsın," diye bağırdı.

Diğer eliyle çenemden tutup yüzümü sağa sola çevirdi. "Aman Allah'ım makyaj da mı yaptın sen? Bu yaşta. Yani bu kadarı da fazla ama." Diğer kızların neden bu kadar hanım hanımcık göründüğünü artık anlıyordum.

Adam anlaşılan okulun kılık kıyafet ve makyaj sorumlusuydu. Sağ kolumu bir ileri, bir geri çekiştirip beni hırpalamaya devam ediyordu. Daha konuşmaya devam edecekti ki onun yanında kuş gibi cikleyen sesimle, "Ben daha az önce okulunuza kayıt oldum. Okulunuzda yeniyim. Hatta annem hâlâ müdürün odasında. Benim eski okulumda istediğimiz gibi giyinebiliyorduk. Ben okulunuzun kurallarını bilmediğimden bugün bu şekilde geldim. İlk günün hatırına beni böyle kabul edin. Yarın söz daha dikkatli olurum," diyebildim.

Aslında bir gün öncesinde Şennur beni kılık kıyafet disipliniyle ilgili uyarmıştı ama daha ilk günden o kadar öğrenci arasından dikkat çekmeyeceğimi düşünmüştüm.

"Olmaz diğerleri de özenir şimdi. Sen git yarın başlarsın okula," dedi. Umurunda olmadığım aşikârdı. Yüzüm kızarmaya, kalp atışlarım hızlanmaya başlamıştı. Ağzımdan kötü bir şeyin çıkmasından korkuyor, bu mudur sizin eğitim anlayışınız dememek için kendimi zor tutuyordum. İçimden inşallah "o" beni bu hâlde görmüyordur diye dualar ettim. Beni çekiştirmeye devam ederek dış kapıya kadar götürdü. Kolumu öyle sert tutuyordu ki kesin morarmıştı. O sırada kurtarıcım süper annem yanımızda belirdi.

"Hey, ne oluyor burada Yağmur?" dedi. Adamın elinden kolumu kurtarıp adamın çirkin suratına gözlerinden alevler çıkarcasına bakıyordu. O an kel adamın gerçekten de ne kadar çirkin olduğunu düşündüm. Göbeği o kadar kocamandı ki ceketinin düğmesini ilikleyememişti. Gömleğinin düğmeleri de neredeyse patlamak üzereydi. Annemin varlığıyla adamın aslan görünümü bir anda kediye dönüştü.

"Bakın hanımefendi burası kuralları olan disiplinli bir okuldur. Ben de bu okulun müdür yardımcısıyım. Tahmin edersiniz ki gençler bu zamanda birbirlerinden çok fazla etkileniyorlar."

Annem "Ee?" dedi adama sadede gel dercesine. Ben az sonra olacakları tahmin ettiğimden annemin varlığıyla gayet gevşemiştim. Bir çirkin okul müdür yardımcısına, bir annemin gözlerine bakıyordum.

"Yani hanımefendi kızınızı bu kılık kıyafetiyle, örülmemiş saçlarıyla ve bu makyajıyla okula almamızı beklemiyorsunuz herhâlde?"

"Ne varmış kızımın kılık kıyafetinde? Bu arada adınız nedir beyefendi?" dedi adı gibi kendi de melek olan annem.

"Adımın şimdi konuyla ne ilgisi var?" dedi müdür yardımcısı bey yeniden kabalaşmaya başlayıp.

"Sizi nüfusuma alacak hâlim yok, hitap etmek için soruyorum. Adınız nedir beyefendi?" diye tekrar sordu annem. Adamın cevap vermemesinden ötürü siniri daha da artmıştı sanki. Yine de hanım hanımcıklığından taviz vermiyordu.

"Ahmet," dedi adam sert bir şekilde ve devam etti. "Kızınızın etek boyuna bakın, bir de buradaki diğer öğrencilerin etek boyuna. Bizim okulumuzda hiç gördünüz mü böyle mini eteğiyle gelmiş birini? Ayrıca bizim kız öğrencilerimiz saçlarını uzunsa örerler ya da atkuyruğu yaparlar. Tabii sizin kızınız gibi makyaj da yapmazlar." Ahmet Beyciğim makyaj meselesine o kadar çok takmıştı ki eve gidince annemin bu konuda bana söyleneceği kesindi.

"Evet, kısa etekli bir sürü öğrenciniz olduğunu gördüm Ahmet Bey," dedi annem, gerçekten görmüş gibi emin bir şekilde.

Ahmet Bey gol yemiş, sus pus olmuş hâlde ve daha az sesli, "O hâlde bana da gösterin," dedi.

Annem sıradaki kızlardan birini işaret etti. "Şu sağ yanımızda, en baştan üçüncü sıradaki kızı görüyor musunuz?" Üçümüz de bakışlarımızı o talihsiz kıza çevirdik.

"Evet," diye cevapladı okulun kel müdür yardımcısı. "Onun eteği gördüğünüz üzere dizinin altında," diye devam etti. Kızın eteği asimetrik bir şekilde yamuk yumuk duruyordu. Önü uzundu ama arka tarafa doğru kısalıyordu. Üzerinde oynandığı belliydi.

"Evet, haklısınız. Fakat az önce Yağmur'un eteğinden daha da kısaydı etek boyu. Kontrol yapacaksınız diye, daha az önce eteğini bel kısmındaki katlanmış yerinden açtı. Ben de şaşırdım hatta neden böyle bir şey yaptı diye ama artık anlıyorum sebebini. Siz ve sizin gibi insanlar yüzünden... Yani Ahmet Bey sizin okulunuzun kızları sadece sizin gibi zihniyettekileri kandırır ama bu durum görüntüde farklı olsa da gerçeği değiştirmez. İçsel anlamda hissettiği buysa siz ne kadar olması gereken bu deseniz de sizin çekim alanınızdan çıktığı anda kendi gerçeğine dönecektir. Sizce de kızlarımıza öncelikli olarak öğretmemiz gereken dürüst olmaları değil midir?"

Ahmet Bey'in şok vaziyetteki sessiz kalışından istifade eden annem devam etti. "En azından benim kızım gizli saklı yapmıyor bunu. Kapıdan girmeden önce de böyleydi eteği, girdikten sonra da. Eski okulunda okulun yöneticileri, böyle saçma sapan şeylere takılmıyordu. Hem siz merak etmeyin eğer göstermelik oluyorsa bunlar ben yarın kızımın eteğine yama yapar ayak bileklerine kadar uzatırım."

Annemin suratına daha fazla abartma dercesine bakmaya başladım. Birinin annemi bu aşamadan sonra susturması gerekiyordu. Babamın annemi terk ediş sebebinin de bu olduğunu düşünmemek elde değildi. Susmak bilmeyen çokbilmiş çenesiydi her şeyi mahveden. Gerçi benim de bu konuda annemden aşağı kalır yanım yoktu. Çene çalma konusunda ana kız birbirimizi aratmıyorduk. Ahmet Bey, sönük kalan karizmasını tekrar cilalayıp parlatmak istercesine, "Peki ne ceketi var, ne kravatı. Ona ne diyeceksiniz hanımefendi?" diye sordu.

"Melek," dedi annem. "Benim adım da Melek, Ahmet Bey." Bir sessizlik oldu sonra annem yine devam etti.

"Bakın Ahmet Bey, biz fakir bir aileyiz. Babamız yok başımızda. Kızımı sizin okulunuza aldırdım çünkü diğer okul maddi anlamda çok zorluyordu bizi. Ben temizlik yaparak para kazanıyorum ve benim elimden gelen de ancak bu kadar. Sonuçta Yağmur'un liseyi bitirmesine şunun şurasında ne kaldı? Doğruyu söylemek gerekirse yarım dönem için yeni kıyafetler alamam. Yağmur'un üzerindekileri sorup soruşturduk, daha önce sizin okulunuzdan mezun olmuş bir öğrencinizden aldık. Hatta kitaplarını da aynı şekilde mezun olmuş eski öğrencilerinizden temin ettik. Kıyafetleri aldığımız öğrencinizin ceket bedeni Yağmur'a uymadığından, ceketimiz şimdilik yok. Tabii okulunuzun fakir öğrenciler için ayırdığı bir bütçe varsa memnuniyetle kabul edebiliriz. Yoksa da ben yine araştırırım eski öğrencilerinizden. Buluruz bir şekilde. Kravat konusunda da ben şimdi giderken kırtasiyeden alırım, yarın takar. Ayrıca Ahmet Bey, Yağmur diğer okulunda okul birincisiydi. Deniz Bey sizin okulunuza kayıt yaptırdığımız için çok sevindi. Hatta az önce odasındaydım. Bizim Yağmur gibi öğrencilere bu okulda çok ihtiyacımız var, dedi."

Deniz Bey'i bilmiyordum da ayrıldığım okulun müdür yardımcısı Emine Hanım, "Bizim Yağmur gibi öğrencilere ciddi anlamda ihtiyacımız var, lütfen kaydını almayın," demişti. Hatta tüm masraflarımı da okulun fonundan ödeyeceklerine söz vermişti. Kapı aralığından onları dinlerken, annemle göz göze geldiğimiz bir an –Emine hanıma çaktırmadan– elimle hayır işareti yapmıştım. Annem de binbir türlü yalanla kaydımı Ataköy Lisesi'nden, bu liseye aldırmıştı. Tabii eve gidene kadar bu güzelim okulunu nasıl bırakırsın diye bana yapmadığını bırakmamıştı.

Ahmet Bey, yenilgiyi kabullenmiş ve fakirliğimize inanmış bir hâldeydi. Sonuçta gerçekten fakirdik ve eteği de Özlem diye bir kızdan almıştık. Ben sadece birazcık boyunu kısaltmıştım. "Hadi sırana geç," dedi ciddi bir tavırla. Beni böyle daha çok göreceksin Ahmet Bey diyen yüz ifademle ve anneme el sallayarak yanlarından ayrıldım. Zeki olmam bu sorunu bir nebze olsun çözmüştü. İleride Ahmet Bey'e peki bu öğrencinizin etek boyu neden çok kısa diye sorduklarında çünkü bu kızımız çok zeki diyebilecekti. Aslında herkesin de bildiği üzere okullarda zeki kızların etek boyu, tembel kızlara göre hep daha uzun olurdu. Çünkü süslü kızlar kendileriyle ve etek boylarıyla ilgilenmekten ders çalışmazlardı. Yaşadıklarımın bir gün önce kurduğum hayallerle hiçbir ilgisi kalmamıştı. Kalabalık had safhaya ulaştığından onu bulma ihtimalim de yok gibiydi. Bizim kızlara sizin için okulumu değiştiriyorum dediğimden o nerede, hangi sınıfta okuyor diye sormak istemiyordum. Sınıflara göre ayrılmış sıraların en arkasından yürüdüm. En son sırada olanlara, hangi sınıfın sırasında olduklarını sorarak kendi sınıfımı buldum. Hemen Ayşegül ve Şennur'un yanına geçtim. Okulumu değiştireceğimi bilmelerine rağmen beni görünce çok şaşırdılar. Oracıkta öpüşüp koklaştık. Gülşah ve Bilge de bizimle aynı okuldalardı ama bölümleri Türkçe-Matematik olduğundan onları ancak teneffüs aralarında görebilirdim. Süriş ise Bahçelievler'de bir meslek lisesini tercih etmişti. Onunla da son zamanlarda evlerimiz yakın olmasına rağmen çok sık görüşemiyorduk. Kızların hepsiyle bir arada olamasam da Şennur ve Ayşegül ile aynı sınıfa kayıt olmak beni müthiş rahatlatmıştı. Her şey sil baştan olsaydı benim için çok daha zor olurdu. O ara müdür yardımcısı Ahmet Bey kürsüdeki yerini aldı. İçli açılış konuşmasının ardından sözü okulun müdürü Deniz Bey'e bıraktı. Yüz ifadesinden ve konuşmalarından, Deniz Bey'in şişko Ahmet Bey'e göre daha ılımlı, tabiri caizse yufka yürekli biri olduğu belliydi.

"Bahar döneminin hepimize hayırlı uğurlu olmasını diliyorum," sözünün ardından ilk günün coşkusuyla İstiklal marşımızı ve andımızı bağıra bağıra okuduk. Sonra sınıflarımıza dağıldık. Ben pek tabii Şennur ve Ayşegül'ün yanına oturdum. Sıramız orta tarafta, en arkanın bir önündeki sıraydı. Sınıftaki diğer öğrenciler, yeni olmamdan, açık saçlarımdan ve giydiğim mini etekten dolayı beni merak etmeye başlamışlardı. Şennur etrafımıza toplananlara beni tanıtmak için, ortaokuldan arkadaş olduğumuzu, Ataköy Lisesi'nden geçiş yaptığımı söyledi. Onların beni incelediği gibi olmasa da, ben de çaktırmamaya çalışarak onları incelemeye başladım. Bizim okuldaki gibi yüzünden ve üstünden zenginlik akan tipler yoktu. Maddi durumu normal ya da fakir ailelerin çocuklarıydılar. En azından artık eskisi gibi kasılmayacağımı hissetmiştim. Ayrıca çok içtenlerdi. Her dakika başka biri yanıma gelip hoş geldin, hayırlı olsun gibi insancıl şeyler söylüyordu. Sınıfta Ayşegül ve Şennur'un dışında bir tanıdık yüz daha vardı, Serpil... Serpil bizim üst mahallemizde oturuyordu. Ailesinin maddi durumu gayet iyiydi. Dışarıdan bakıldığında zenginliği anlaşılamayacak kadar o da diğerleri gibi olmuştu. Serpil'in bu okulda olduğunu bilmediğimden şaşırmıştım. Onca zenginlikle bir kolejde okuduğunu düşünüyordum. Mahallede çalışkan diye ünlendiğimden, birkaç kez ders çalıştırmam için kapımızı çalmıştı. Her defasında içimden gelmediğinden ya işim var ya da dersim var diyerek onu reddetmiştim. Sırf bu yüzden bana uzaktan uzağa bakıyor, yanıma hiç sokulmuyordu. Yeni sınıfımda tek yakışıklı bulduğum çocuk da, Bahadır'ın kopyası gibi olandı. Yeşil gözler, sarı saçlar, bembeyaz ten rengi. Çocuğun adı Aykut'tu. Aykut ben kızların yanına oturur oturmaz sırasını değiştirip, bizim bir önümüzdeki sıraya, kızların tanıştırdığı yeni sınıf arkadaşlarım olan Mehmet ile Burcu'nun arasına oturdu. Hocanın gelmesini beklerken ikide bir arkasına dönüp gözlerimin içine bakıyor, olur olmadık her şeye gülüyordu. Diğer öğrencilere de bu durumu çaktırdığından hepsi Aykut ne iş, anlayalım abi gibi sözlerle onu sorgulamaya başlamıştı bile. Onunla ilgilenmemeye çalışsam da söylediği komik bir söz ya da sürekli arkasını dönüp bana bakması, benim de tebessüm etmeme sebep oluyordu. İlk dersimiz matematikti. Yani benim en sevdiğim ders... Sevgili yeni ve çok asil matematik öğretmenim geldiği gibi beni fark ederek, "Sen yeni öğrencimiz olmalısın, bize biraz kendinden bahseder misin?" dedi. Ataköy Lisesi'nden geçiş yaptığımı, adımın Yağmur olduğunu, söyledim. "Hımm, oradaki matematik öğretmenin kimdi peki?"

"Canan Korkmaz," diye karşılık verdim.

"Demek Canan Hanım'ın öğrencisisin, o hâlde matematikten yana hiç sorunun olmayacak."

Ayşegül, "Yağmur Ataköy Lisesi'nde okul birincisiydi hocam. Yani hiçbir dersten yana sorunu olmayacak," diye beni tüm sınıfa reklam etti.

Canan Hanım'ın namının buralara kadar gelmiş olmasına açıkçası pek de şaşırmamıştım. Bize lisenin daha ilk yılında, üniversite matematiği düzeyinde dersler vermeye başlamıştı. Sayesinde çok şey öğrenmiştik.

Ayağa kalkıp, "Peki, hocam siz bana kendinizi tanıtır mısınız? Sonuçta ben de yeniyim ve sizi tanımak isterim," dedim. Sonra birazcık kızarıp yerime oturdum.

Sınıf bir anda gülmeye başladı. Vay kıza bak, daha ilk günden havalara gel gibi bir şeyler söylediler. Hoca da benden böyle bir çıkış beklemediğinden şaşırmıştı. Eliyle sınıfa sessiz olun işareti yaptı. "Tabii ben Murat Bulut. On yıldır matematik öğretmeniyim. Meslekteki ilk beş yılımda Muş'ta görev yaptım. Son beş yıldır da bu okulda çalışıyorum. Başka sorun var mı Yağmur?"

Ayağa yeniden kalktım. "Var hocam, nerelisiniz? Evli misiniz ayrıca. Çoluğunuz çocuğunuz var mı?" Sesler daha da yükseldi. "Adanalı. Evli ve üç tane de çocuğu var," dedi Aykut bana doğru dönüp.

Sessizce, "Bana ne. Benim derdim dersi kaynatmak," diye karşılık verdim ben de. Murat hoca da cinliğimi anlamış olacak ki, "Yağmur boşuna yorma kendini burada dönemin ilk günü ders olmaz kızım. Sen de yeni okuluna, arkadaşlarına alışmış olursun hem. Şimdi oturabilirsin," dedi.

Her ne kadar ayağa kalkıp sorular sorarak artistlik yapsam da, birazcık utanmıştım. İnanılır gibi değildi. Ders boştu. Ataköy Lisesi'nde olsaydım Canan hoca türevle integralle başlardı derse. Kızlar bırak toplama çıkarmayı, sınıfta doğru düzgün okuma yazma bilmeyen çocukların bile olduğunu söylediler. İnanamamıştım. Nasıl bir öğrenci lise son sınıfta olup da okuma yazma bilmezdi ki?

İlk ders zilinin ardından Ayşegül ve Şennur'u yalvar yakar dışarı çıkardım. Amacım onu bir an önce görebilmekti. Hava soğuktu ama en azından yağmur yağmıyordu. Ortaokuldan tanıdık yüzler beni görünce şaşırıyor, senin ne işin var burada diye beni soru yağmuruna tutuyorlardı. Ben de ortaokul yıllarımızı ve kızları çok özlediğimden okul bitmeden kaydımı kızlarla aynı sınıfa aldığımı anlatıyor, kısacası onları geçiştiriyordum. Bir ara kızlarla, diğerlerine çaktırmadan bahçenin en sakin köşesine geçtik. O ara Gülşah'larla aynı sınıfta olan Volkan bizi fark edip yanımıza geldi. Beni görünce çok sevindi. Birkaç kez boynuma sarıldı. Müzikle ilgilendiğinden, lise biter bitmez Bodrum'daki bir mekânda sahne almaya başlayacağından bahsetti. Kızlar Volkan'la müzikle ilgili konuşurlarken, ben de onları dinler gibi yapıyor arada boş boş evet, tabii gibi laflar ediyordum. Bedenen yanlarındaydım ama aklım fikrim başka yerdeydi. Her yerde onun yosun yeşili gözlerini arıyordum. Acaba hangi sınıfta okuyordu? Eski sınıfımızdan bir tek Semra onunla görüşmeye devam ediyordu. Arada arayıp hâlimi hatırımı sorardı. Ondan Bahadır'ın bu okulda bir yıl hazırlık okuduğunu duymuştum. Yani lise ikiye gidiyordu. Okulda genel olarak hiyerarşik bir sıralama vardı. Hazırlık sınıfı zemin katta, birler birinci, ikiler ikinci, bizler de üçüncü kattaydık. Onun sınıfı da muhtemelen bizim bir alt katımızdaydı. Bahçede olan herkese dikkatlice bakındım. Ortalıkta yoktu. Gözlerimi bir an olsun öğrenci kapısından ayırmıyordum. Ders zili çaldı ama o dışarı çıkmadı. Acaba okulda değil miydi? Onu görmeden eve gitmeyi hiç istemiyordum. Diğer derslerde aynı şekilde ilk ders günün hatırına boş geçti. Okulun bitiş zili çalmıştı ve ben onu bir türlü görememiştim. İsteksiz bir şekilde çantamı toparlayıp Şennur, Ayşegül ve onların samimi arkadaşı Burcu ile sınıftan çıktım. Aykut da çantasını alıp peşimize takıldı. Neşeyle havadan sudan muhabbet etmeye başladılar. Benim tüm enerjim bitmişti. Arkadaşlarımı, öğretmenlerimi, Emine Hanım'ı, Başak'ı onca alıştığım şeyi bir anda bırakıp bu okula onun için gelmiştim ve o ortalıkta yoktu. Evde de kim bilir annemin ne tür laf sokmalarına maruz kalacaktım. Kızlar okulun karşısındaki Çağrı kafeye gitmeyi önerdiler. İşim olduğunu bahane edip yanlarından hızlıca uzaklaştım. Eve gidip ağlamak, başımı duvarlara vurmak, kendimi tokatlamak istiyordum. Evin yolunu ortalamıştım ki, Aykut arkamdan, "Yağmur," diye seslenip yanıma geldi. "Bugün çok fazla konuşamadık seninle. Sana bir kahve ısmarlasam, biraz sohbet etsek, ne dersin?"

"Teşekkür ederim Aykut ama anneme sözüm var. Gelemem." Aslında anemin beni beklediği falan yoktu.

"Tamam, o hâlde yarın, olur mu?"

Aykut da, Bahadır gibi öz güveni yüksek ve ısrarcı bir çocuktu.

"Bilmiyorum söz vermeyeyim. Yarın bakarız tamam mı?" dedim.

"Anlaştık. Tekrardan seninle tanıştığıma çok memnun oldum Yağmur. Yarın görüşürüz."

"Görüşürüz."

Aykut'un okuldaki varlığına şaşırmıştım. Ayşegül de, Şennur da ilginç bir şekilde daha önce ondan hiç bahsetmemişlerdi. Çocuk oldukça yakışıklıydı. Tıpkı Bahadır gibi sarışın ve renkli gözlüydü. Boy ve kilosu da Bahadır'a yakındı. Komikti. Kısacası her anlamda Bahadır'a benziyordu ama bu şekilde kafamı karıştırmasına da izin veremezdim. Benim bu okulda bulunuş sebebim Bahadır'dı ve ondan başka hiç kimseyi hayatımda istemiyordum.

Eve vardığımda annem mutfakta akşam yemeği için bir şeyler hazırlıyordu. Samet de Tv karşısına geçmiş çubuk kraker yiyordu. Üzerimi değiştirip annemin yanına gittim. Ona, Bahadır'dan, okulumu onun için değiştirdiğimden ve koca gün onu hiç göremediğimden tabii ki bahsetmedim. Muhtemelen söyleseydim, saçlarımdan tutup beni tavana asardı.

"Nasıl geçti dersler? Bir daha gördün mü o yüzü meymenetsiz adamı?" diye sordu. Kesme tahtasında tık tık soğan doğruyordu. Bir yandan da soğandan yaşaran gözlerini elinin tersiyle silmeye çalışıyordu. Sesimi, eski Türk filmlerindeki kadınlar gibi değiştirerek, "Ağlama anneciğim, o içi dışı çirkin adamı inan bir daha görmedim ve asla da görmeyeceğim," dedim. "Bugün dönemin ilk günü olduğu için ders yapmadık ayrıca," diye ekledim normal ses tonuma dönüp.

"Ataköy Lisesi'ne devam etmiş olsaydın, bırak ders yapmamayı, şimdiye çalışma masanda ödev yapıyor olurdun."

"Ne güzel işte, ders yok, dert yok," dedim ben de.

"Bu yıl sınava gireceksin. Dershaneye de gönderemiyorum seni. Bu okul sana yetecek mi bakalım? Emine Hanım'a söyleseydik, seni en iyi dershanelere bile gönderirdi beş kuruş vermeden. Ah Yağmur ah, bir akıllı işin yok senin."

"Anne ben niye okulumu değiştirdim? Bilmiyorsun sanki. Kaç kere anlattım, bizim okulun ortalama başarı seviyesi çok yüksek. Eğer orada devam etseydim okuldan gelecek olan puanım çok az olacaktı. Şimdi bu okulda benim başarı seviyem yüksek olacağından, puanım da doğru orantılı şekilde yükselecek. Yani ister matematik, ister tıp, ister mühendislik hepsini kazanma şansım olacak."

Annem dalga geçen yüz ifadesiyle, "Tabii tabii yakında göreceğiz bakalım, nereyi kazanacağını," dedi. Allah'tan annemin böyle hesaplardan falan anladığı yoktu. Bu yüzden bana inanmak zorundaydı. Gerçi planlarıma göre gerçekten de puanım yükselecekti ama tıpmış, mühendislikmiş zor görünüyordu. En iyi ihtimalle herhangi bir şehirde matematik bölümünü kazanabilirdim.

Yüzünü bana dikip, "Sen neden okula giderken makyaj yaptın bakayım? Senin yüzünden adamın yanında kırk takla attım. Yarın görmeyeceğim yüzünde makyaj falan. Hem o eteğin boyu neydi Allah aşkına. Az kalsın adam yenisini aldırtacaktı bana." Bir yandan da kızgınlığı geçmiş gülümsüyordu. Soğanları kesmeye devam etti.

"Of anne ne bileyim bu okulun prosedürlerini. Ataköy Lisesi'nde kim karışıyordu ki eteğimizin boyuna? Bu arada aslan parçası adam seni görünce nasıl kedi yavrusuna dönüştü." Karşılıklı gülmeye başladık. Eteğimi kaldırıp teyellediğim yerini gösterdim. Gülmemi kesip, "Merak etme çok sorun olursa kat yerinden biraz açarız olur biter," dedim.

Annem eteği görünce şaşırdı. Kesme tahtasındaki soğanları tencereye attı. Ellerini yıkayıp kuruladı. "Seni üçkâğıtçı. Babasına çekmiş tabii. Aferin sana," deyip saçlarımdan okşadı.

Bana iş vermesinden korktuğumdan, "Ben odama gidip uzanacağım. Yemek hazır olunca, kaldırırsın Melek Sultan," dedim. Arkama bile bakmadan elimde çantam odama geçtim.

Peşim sıra pek tabii bağırmalarını duydum.

"Zaten hizmetçinizim ben bu evde, anneciğim bu akşam da sen dinlen, ben hazırlarım yemeği diyen yok."

Her zamanki gibi duymazlıktan geldim. Kimse odama hazırlıksız girmesin diye kapımı kilitledim. Sandalyeye çıkıp kitaplık rafımın en üst gizli köşesinde duran kırmızı kadife kutuyu elime aldım. Önce bir müddet iki avcumun içerisinde tuttum. Kalbime doğru yaklaştırdım. Elim de, kalbim de ısınmaya başlamıştı. Kapağı açtım. İçerisinden Bahadır'ın doğum günüm için hediye ettiği altın kaplama, ortasında "Y" harfi olan kalpli kolyeyi çıkardım. Önce elime alıp gözümün önünde kendimi hipnoz edermiş gibi sağa sola salladım. Sonra da öpüp boynuma taktım. Gözüm kitaplık rafının orta kısmında duran camlı süs eşyasına takıldı. 1997 yılının kışı çok hasta olmuş ve okula bir hafta gidememiştim. Bahadır o deli cesaretiyle bütün sınıfı başıma toplamış, hediye olarak da bir demet gül ve bu güzel hediyeyi getirmişti. İki kalın cam arasında sevimli bir dağ evi ve kuru otların olduğu, benim için inanılmaz güzel bir süs eşyasıydı bu. Baktıkça huzur buluyor ve Bahadır ile böyle bir evde yaşayabilmeyi diliyordum. Komodinin çekmecesinden çıkardığım bezle bu güzel hediyemin tozlanmış camını sildim ve yerine koydum. Yatağımın karşısındaki çekyatın altından, Bahadır'ın benim için yazdığı şiir ve mektupları sakladığım kilitli kutuyu çıkardım. Çantamdaki kalemliğimden kutunun anahtarını buldum. Anahtarı her daim farklı bir yere saklıyordum. Anneme bu konuda malzeme vermeye hiç niyetim yoktu. Heyecanla kutunun kilidini açtım. Rengârenk kâğıtlara yazılmış kokulu mektupların hepsini yatağımın üzerine saçtım. Zaman nasıl da değiştirmişti beni böyle? Bir zamanlar Bahadır'ın mektuplarını okumadan yırtıp atardım. Şimdiyse beni yine eskisi gibi sevebilmesi için her şeyi yapmaya hazırdım. Mektupları üşenmeden hızlıca tek tek okudum. Sonra anneme yakalanmadan toplayıp kutuya geri koydum. Kilitleyip aynı yerine çekyatın altına yerleştirdim. Yatağıma uzandım. Her zaman yaptığım gibi odamın rutubetli tavanına bakıp düşünmeye başladım. Ne kadar umutsuz bir aşkla yazmıştı mektuplarını. Semra ile gönderdiği son mektubunda, "Ben senden ayrılırken bembeyaz kardan yorgan yaptım üstüme. Sen şimdi hangi rüzgârın soğuğunu bahane edersin?" diye yazmıştı. Onun yaşından beklenmeyecek cümlelerdi bunlar. Bahadır'ın aşkına hiç fırsat vermemiş, onu hiç sevememiş olmam ne acıydı. O zamanlar hayatımın ilk aşkı Serkan vardı sonuçta. Bahadır ile aramızda durmadan esen ama beni de kendisiyle birlikte sürükleyemeyen Serkan... Kim bilir o nasıldı? Acaba hâlâ Ceyda ile birlikte miydi? Serkan'ı bu saatten sonra düşünmek kadar saçma bir şey olamazdı. O tercihini yıllar önce yapmıştı. Ne Serkan, ne de bir başkası beni Bahadır'dan daha çok sevebilirdi. Bunu kalben biliyordum. Bahadır'ın bana söylediği ve yazdığı her şey gerçekti. Serkan gibi yalanı dolanı yoktu. Aşkını bensiz de olsa yaşamaya devam ediyordu. Ona inanıyordum. Elimi kolyenin üzerinde defalarca gezdirdim. Sonra gözlerimi kapadım. Tek görebildiğim önce zifiri karanlık ve sonra onun ışıl ışıl parlayan yosun yeşili gözleriydi.

♥♥♥

Okul başlayalı tam iki hafta olmuştu ve ben Bahadır'ı hâlâ görememiştim. Semra ile birkaç kez konuşmuş, çaktırmadan Bahadır'ı sormuştum. Okulun ilk haftası hasta olduğunu ve rapor aldığını söylemişti. Sonraki hafta da okulda sanki yer yarılmış içine girmişti. Benim bu okulda olduğumu biliyor ve bana görünmemek için özel bir çaba sarf ediyor diye düşünmeye başlamıştım. Kızlarla ya da yalnız, soğuk, yağmur, çamur demeden her teneffüs arasında bahçeye çıkıyor, ikinci kattan geçerken tüm sınıfları kolaçan ediyor ama onu bir türlü göremiyordum. Her günüm bir önceki günümden daha monoton geçmeye başlamıştı. Arada Aykut'un güldürme çabalarıyla kendime geliyor ama aynı hızla mutsuz hâlime geri dönüyordum. Hatta geceleri kâbuslar bile görmeye başlamıştım. Annem de çok geçmeden bende bir hâller olduğunu anlamıştı. İkide bir neyim olduğunu soruyor, ben de bir şeyim yok deyip geçiştiriyordum. Evde okul sonrası akşam yemeği dışında annem ve Samet ile bir araya gelmiyordum. Başım ağrıyor deyip erkenden odama geçiyor ve baş ağrılarıyla uyumaya çalışıyordum.

Sonra okulun üçüncü haftası beklediğim o mucize gerçek oldu. Şennur ve Ayşegül ile ders bitimi alt kata indiğimizde o kalabalık koridorda bir anda, o günlerdir, belki de yıllardır aradığım yosun yeşili gözleri fark ettim. Onca zaman hasret kaldığım gözleri... Hayat o an benim için durmuştu. Sanki etrafta nefes alan ikimizden başka hiçbir canlı yoktu. Yüzü çok değişmemişti. Eskisi gibi masum ve çocuksuydu. Beyaz teni eskiye nazaran biraz bronzlaşmıştı. Belki de yaz tatilini Antalya'da geçirmişti. Saçları ışıl ışıldı ve sapsarıydı. Kravat takmamıştı, onun yerine boynunda âşık olduğu takım olan Fenerbahçe'nin atkısı vardı. Ahmet Bey kravat takmadığını görse kesin bir kamyon laf söylerdi.

Bahadır şok olmuş hâlde kaşlarını çattı ve yanındaki arkadaşına eliyle beni işaret ederek, "Yağmur, değil mi bu?" diye sordu. Sesini duymak da ayrıca muhteşem hissettirmişti. Yanındakini tanımıyordum. Eminim o da beni tanımıyordu. Sanırım yaşadığı şaşkınlıktan dolayı çocuğu bizim ortak arkadaşlarımızdan biri sanmıştı. Başka hiçbir şey söylemeden koşarak gözden kayboldu. Demek ki bu okulda olduğumdan haberi yoktu. Semra nasıl olur da benim bu okulda olduğumdan ona hiç bahsetmemişti? Durumu fark eden Ayşegül, "Seninki dumur oldu resmen," dedi.

Şennur, "Bahadır bu okuldaki kızların gözdesidir. Gerçi hatırlarsan ortaokulda da öyleydi ya çocuk," dedi.

Ayşegül, "Hakkını yememek lazım çok yakışıklı çocuk," diye destekledi.

"O hâlde çıktığı biri vardır kesin," dedim ikisine birden bakıp. Derdim sevgilisi olup olmadığını bir an önce öğrenebilmekti.

"İsteseydi okulun yarısıyla çıkabilirdi ama benim bildiğim kadarıyla yok," diye karşılık verdi Şennur.

Ayşegül de, "Belki de beklediği biri vardır," dedi. Hafif tebessüm etmişti. Beni ima ettiği belliydi.

"Okula yeni başlayan kızları görmen lazım Yağmur. Ders aralarında Bahadır'a elinde çiçeklerle gidenler mi dersin, kapıda ağlayanlar mı? Şimdiye kadar da birine yüz verdiğini görmedim." Şennur bunları söylerken, bahsettiği kızları gözünde canlandırmış olacak ki gülüyordu.

"Yok artık. Bu çocuktaki özellikleri bir ben mi göremiyorum?" dedim. Söylediğim yalana kendim de inanmamıştım. Bahadır için özellikle şu son bir ay resmen ölüyordum.

Sanki okulumu değiştirme sebebim de o değildi. Normalde kızlardan hiçbir şeyimi saklamazdım ama bu konuda konuşacak yüzüm yoktu. Hele de Bahadır'a çektirdiğim onca acıdan sonra kaydımı onun için buraya aldırdım diyemezdim. Heyecanım nedeniyle eve gitmek istemedim. Sokaklarda çılgınlar gibi dans etmek, bağıra bağıra şarkılar söylemek istiyordum. Erkenden yatağa da kimse sokamazdı beni. Resmen hayat enerjim geri gelmişti. İnsanın ruh hâlinin bir anda böyle değişebilmesi ne kadar garipti. Daha dün ölüden farkım yoktu.

Kızlarla okulun karşısındaki Çağrı kafede biraz muhabbet ettik. Okuldan, öğretmenlerden, Bahadır'dan, okulun yakışıklılarından, son olarak da Serkan'dan konuştuk. Tabii Serkan şu anda zerre kadar umurumda değildi. Hava iyice kararmadan kalktık ve evlerimize dağıldık. Yol boyunca kaldırımda, dükkânlarda, otobüslerin içinde, dışında, her yerde gözlerim Bahadır'ı aradı. İkide bir arkamı dönüp geliyor mu diye kontrol ettim. İçten içe ortaokul yıllarındaki gibi peşimden gelmesini diliyordum ama ortalıkta görünmüyordu. Peki, ben bir anda nasıl bu kadar değişmiştim? Neden onca zaman aklımda yokken şimdi hiç aklımdan çıkmıyordu? Ataköy Lisesi'ndeki biricik arkadaşım Başak, Bahadır'ın bana olan bitmek bilmeyen aşkını, tesadüfen öğrenmeseydi hâlâ eski okulumda olacağım kesindi. Olanları Başak'a günbegün anlatacağıma söz vermiştim. Evde annemden fırsat bulabilirsem gelişmeleri haber vermek için onu arayacaktım. Allah'ım ne çok mutluydum. Sonunda elmas gözlümü görebilmiştim. Kızlar okuldan ayrılırken, Bahadır'ın sınıfını da göstermişlerdi. Şimdiye kadar sormadığıma da ayrıca pişman olmuştum. Bundan sonra olacaklar için sabırsızlanıyordum. Gün bir an önce bitmeli ve ertesi gün olmalıydı. Annem eski neşeme kavuştuğumu daha eve girer girmez anlamıştı. Akşam yemeğimi yedikten sonra Samet ile oyunlar oynadım, annemle muhabbet ettim. Sonra da Bahadır'ın muhteşem yosun yeşili gözlerini düşünmek için odama geçtim. Sürekli camımı kontrol ediyor, evimizin önünden geçmesi için dualar ediyordum. Gelmedi. Ayak sesleri yoktu. Tek hissettiğim güm güm atan kalbimin sesiydi. Onu bir dakikadan az görmek bile tüm mutsuzluğumu silmeye yetmişti. Yarının benim için çok daha anlamlı ve heyecanlı olacağını biliyordum. Daha özenli giyinmeli, ayakkabılarımı parlatmalıydım. Yine annemin parfümünden sıkacaktım. Okulda Aykut dışında benimle ilgilenen bazı tipler olmuştu ama hiçbiri umurumda değildi. Tek derdim Bahadır'ın başını döndürebilmekti. Kendimi tüm olacak güzel şeyler için hazırlayıp sonunda kâbussuz mutlu bir rüyaya daldım.

BİN GÜN ÖNCE

İlk kez okula korku, heyecan, merak gibi karışık duygularla gidiyordum. Sınıfa yalnız girmek istemediğimden kapıda kızları bekledim. Göz ucuyla sınıfı kontrol ettim. Bahadır sırasındaydı. Sıra arkadaşı Mustafa henüz gelmemişti. Beni görünce, "Günaydın!" diye seslendi. İlgisiz bir hâlde, "Günaydın," diye karşılık verdim.

"Yağmur bir bakar mısın?" dedi. Eliyle yanıma gel işareti yaptı. İsteksiz bir hâlde ayaklarımı sürterek yanına gittim. "Otursana," dedi, sıranın sağ köşesindeydi. Ben de en soldaki uç noktaya oturdum. Defterinin içerisinden açık sarı bir zarf çıkardı. "Bunu dün gece senin için yazdım," dedi.

Alırken, "Dün gece çok yoğundun anlaşılan," diye karşılık verdim. Camda gördüğüm kişinin o olup olmadığını anlamaya çalışıyordum.

"Evet, öyleydim." Yüzü anlamsızdı.

"Neyle alakalı bu?" diye sordum. Zarfı salladım. İçinde hareket eden bir şeyler vardı.

"Sen, ben, biz," diye karşılık verdi. Bu çocuk resmen salaktı. Yakışıklı salaklardan. Ne ara sen, ben, biz olmuştuk. Daha tanışalı dün birdi, bugün iki. Ne kadar garip biri olduğunu düşündüm. Tam açacağım sırada elimi tuttu, gözlerime baktı. "Burada açmasan?" Eli sıcacıktı. Hemen elimi geri çektim.

"Benim değil mi? İstediğimi yaparım. Hatta en iyisi sen bunu okudum farz et," dedim. Zarfı cart diye ikiye böldüm. İçerisindeki kırmızı gül yaprakları sırasına döküldü. Ne yazdığını da az çok tahmin edebiliyordum. Şaşkın ve üzgün bakışları altında dökülen yaprakları avcuma topladım ve mektubuyla beraber çöpe attım. Yerime otururken ona doğru dönüp sessizce, "Belki bilmek istersin, benim bir sevgilim var," dedim.

Hiç konuşmadı. Cevap vermedi. Ben de önüme dönüp çantamdaki defterleri çıkardım. Kızlar henüz ortalıkta görünmüyordu. Kesin kantinde takılmışlardı. Başımı önümdeki sıraya defterlerimin üzerine kapatıp Süriş gelinceye kadar hiç kaldırmadım. Süriş gelince omzuma dokunarak, "Seninkinin suratına ne oldu? Ne yaptın çocuğa?" diye sordu.

"Aman ne yapacağım Allah'ın psikopatına," dedim sessizce. Sonra kulağına yaklaşıp, dün gece odamın camından bizim evi gözetleyen birini gördüğümü söyledim.

Süriş, "Kimdi ki? Baban mı yoksa kız?" diye sordu.

"Ne babası Süriş ya? Bunca yıl bizi arayıp sormayan adamın ne işi var gece yarısı evimizin önünde?"

"Ne bileyim kızım. Belki de annenin hayranlarından biridir? Hatun her geçen gün daha da güzelleşiyor. Şu resim öğretmeni mi ne diyordun, o olmasın?"

"Yok ya sanmıyorum. Bence Bahadır'dı o. Uzun siyah ceketi vardı dizlerine kadar. Hayır, korkudan dışarı da çıkamadım bakmaya. Neyse yakında çıkar zaten kokusu."

"Kızım senin evini nereden bilsin çocuk? Sen de iyice paranoyak oldun. Ayrıca keşke gelip benim evimin önünde beklese. Görmüyor musun çocuk ne kadar yakışıklı."

"Sen bakma bunun masum yüzüne. Bildiğin şeytan bu çocuk. Bana mektup yazmış dün. Salak mıdır nedir?" Süriş şaşırmıştı. Ağzı açık bana bakıyordu. O ara pat diye arkamı döndüm. Başını sırasına koymuş, uyuma numarası yapıyordu. Ne kadar tuhaftı. Beni sadece dün görmüş ve sonra da mektup yazmıştı. İçine bir de üşenmeden gül yaprakları koymuştu. Ayrıca hâlâ onun olduğuna inanmak istemesem de, gece yarısı penceremin önündeydi. Acaba eski sevgilisine ya da daha önceden takıntı hâline getirdiği birine mi benziyordum? Korkmaya başlamıştım. En iyisi ondan olabildiğince uzak durmaktı.

Kızlara tüm teneffüs aralarında Serkan'dan, benim için yağmurun altında ıslanmasından, romantik gecemizden bahsettim. Hepsi, "Ne kadar hoş, keşke bizi de böyle seven birisi olsa," tarzı şeyler söylediler. Onlara Bahadır'dan, mektubundan, beni evime kadar takip etmesinden hiç bahsetmedim. Olayın daha fazla büyümesini istemiyordum. Ne de olsa birkaç güne kalmaz ilgisizliğimden sıkılıp başka kızlara takılmaya başlardı. Süriş'e de konuştuklarımızın aramızda kalmasını söyledim.

Dersler bittikten sonra Bahadır'ın beni yine takip etmesinden korktuğumdan doğruca soluğu annemin yanında aldım. O da Samet'in çıkışını bekliyordu. Beş dakika sonra Samet neredeyse boyunun yarısı büyüklükte kocaman çantasıyla geldi. Yol boyunca istemsiz bir hâlde sürekli arkama baktım. Her şeyimi anında çakan annem, "Ne oluyor kızım, neden ikide bir arkana bakıyorsun?" diye sordu.

"Of anne ya, bizim kızlara bakıyorum, gelen var mı diye. Hepsinin evi bu tarafta ya." Allah'ım ne kadar da hızlı yalan atabiliyordum.

Bahadır ortalıkta görünmüyordu. Eve gittik. Ben odama geçip kafamı toplayabilmek için tüm gün annemin pastel boyalarıyla bir şeyler çizdim. Her çizdiğim kâğıda baktığımda ilk dikkatimi çeken, resimde olması gerekenden fazla lacivert, koyu kahverengi ve siyah tonlarını kullanmış olduğumdu. Çizimlerim ruh hâlimin yansıması gibiydi. Çizmeye her ne kadar Serkan'ı hayal ederek başlasam da ortaya çıkan tablodaki kişi siyahlar içerisindeki Bahadır'dan başkası değildi. Akşam yemeği sonrası Samet'e harfleri öğretmeye çalıştım. Annem de bize çay ile Fatma abladan öğrendiği çörek otlu poğaça getirdi. "Yarın anneannen gelecek. Birlikte Doğan'ı görmeye gideceğiz."

"Dedem gelmeyecek mi?" diye merakla sordum. Dedemi cidden özlemiştim. Anneannem sürekli geliyordu da, dedem artık kırk yılda bir geliyordu.

"Yok canım gelir mi hiç? Doğan benim için bitti diyor, başka bir şey demiyor."

"Benim için de bitti," dedim iç sesimle.

"Samet'i yarın sen götüreceksin okula. Beslenme çantasını falan hazırlarsın kafana göre. Ara sıra beş dakika da olsa uğra kardeşinin yanına. Öğlen de beraber gelin. Sahip çık kardeşine."

İsteksiz bir hâlde, "Tamam," dedim. Odama geçtim. Işıkları kapadım, gece lambamı taktım. Güneşliği çekip, tülün arkasından sokağı kontrol ettim. Kimseler yoktu. Bahadır'ın hemen pes etmesine sevinmiş, Serkan'ın olmayışına ise üzülmüştüm. Yatağa uzandım. Serkan ile ikimizi kocaman şık bir balo salonunda dans ederken hayal ettim. Etraf loştu. Koca salonda ikimizden başka kimsecikler yoktu. Kırmızı mini elbisem, kırmızı çok yüksek topuklu rugan ayakkabılarım, kırmızı ojelerim, kırmızı rujum. Serkan'ın üzerinde ise muhteşem siyah bir smokin, içerisinde beyaz gömlek ve siyah papyon. İkimiz de kusursuz görünüyorduk. Ayaklarımız birbiriyle tıpkı profesyonel dansçılar gibi uyumluydu. Müziğin sesiyle oradan oraya savruluyor, salonun tüm köşelerini kullanıyorduk. Müziğin bitmesine yakın salonun ortasına, kristal taşlarla kaplı, kocaman avizenin altına doğru geçtik. Yerler rengârenk mozaiklerle döşenmiş ışıl ışıl parlıyordu. Sonra bir anda müzik durdu. Işılar daha da loşlaştı. Başımızdan aşağı kırmızı gül yaprakları döküldü. Bir çift ayak sesiyle beraber gelen alkış sesleri Bahadır'dan başkasına ait değildi. Tedirgin bir hâlde gözlerimi açtım. Nasıl her seferinde hayallerime onu da sokmayı başarıyordum?

Yine sokağın öbür ucundan tanıdık ayak seslerini duymaya başladım. Allah'ım inşallah o değildir diye dualar ediyor ve sesin şiddetinden gittikçe bizim eve doğru yakınlaştığını hissediyordum. Yatağımdan kalkıp, perdeyi hafifçe araladım. Biri siyah ceketiyle ve gizemli yüzüyle penceremin önünde öylece bir müddet durdu ve gitti. Yüzünü kahretsin ki yine net görememiştim. Bugün her taraf daha da karanlıktı. Bir gün önce Serkan'ın altında oturduğu sokak lambası çalışmıyordu. Bu beni daha da tedirgin etti. Penceremin önünde duran kişinin içten içe Bahadır olduğunu hissediyordum ama emin de değildim. Belki okulda da aynı ceketi giyecek olursa o olduğundan emin olabilirdim. Acaba yarın ne olacak duygusundan yoksun olan ben, artık az sonra neler olacak kaygısı yaşamaya başlamıştım. Bahadır'dan hem çok korkuyor, hem de onun karanlık dünyasını anlayabilmek için can atıyordum. Serkan'ın varlığına ise tam da bu aralar inanılmaz ihtiyacım vardı. Bir an önce onunla konuşmalı ve onun sevgilisi olmalıydım. Yarın annemler eve gelir gelmez yapacağım ilk iş Eda'yı da alıp, Serkan'ların mahalleye gitmek olacaktı.

Yine aynı ayak sesleri bu sefer sokağın diğer tarafından gelmeye başladı. Geri dönüyordu sanki. Daha fazla heyecana kalbimin dayanmayacağını hissettim. Yüzümü yastığa gömdüm ve korka korka o ayak sesleriyle zorla uyudum.

BİN GÜN SONRA

Sabah onu yine göreceğimi hissettiğim için erkenden kalktım. Annem işe gitmemişti. Güzel kahvaltımız sonrası anneme saçlarımı balıksırtı ördürdüm. Artık okulun kurallarına elimden geldiğince uyuyordum. Çok az pudra ve şeffaf rimelle fazla belirgin olmayan makyajımı yaptım. Siyah süet ayakkabımı silip yeniymişçesine parlattım. Sonra da aynı parfümü sağıma soluma neredeyse üzerimde boş yer kalmayacak şekilde her yerime sıktım. İçimdeki yoğun enerjiyle ve neşeyle okula gittim. Düz duvarı gösterseler ona bile tırmanırdım. Okula vardığımda, etrafa heyecanla bakındım ama ortalıkta yoktu. Sıraya geçtiğimi gören Aykut hemen gelip bir arka sırama geçti. "Günaydın biblo, ne güzel kokuyorsun sabah sabah," dedi.

"Ne, biblo mu?" dedim gülerek.

"Evet, biblo gibisin ya o bakımdan. Yani seni alıp bizim salonun vitrinine koymak lazım. Gelip geçerken izlemek için."

Komik geldiğinden güldüm. Boyuma ve kiloma bakılınca gerçekten de biblo gibi bir kızdım ama eve neden aldığımızı unutacağımız cinsteki gösterişsiz biblolardan. Annemin boyu bir yetmişti. Yani bana göre gayet uzundu. Babam da çocukluğumdan aklımda kaldığı kadarıyla annemden biraz uzundu. Bense bir altmış bile değildim. Erkeklere oranla kızların boy uzaması daha çabuk durduğundan büyük ihtimalle daha fazla da uzamayacaktım. Eskiden boy meselesini çok sorun ederdim ama artık değiştiremeyeceğim şeyler için kendimi üzmemeyi öğrenmiştim.

Kızlarla yaptığım klasik muhabbetlerle ve Aykut'un sürekli etrafımda dolanmasıyla gün bitti. Tüm ders aralarında bahçeye çıkmama, onu gördüğüm koridorda dolaşmama, hatta kızların gösterdiği sınıfına bakmama rağmen Bahadır'dan yine hiçbir iz yoktu. Oysa beni gördüğünde kollarıma atılacağını, seni nasıl özledim diyeceğini hayal etmiştim. Başak'ın sözlerine inanmış ve sırf onunla olabilmek için okulumu bile değiştirmiştim ama Bahadır belli ki benden kaçıyordu. Acaba tüm bu yaşadıklarım koca bir hata mıydı? Bahadır'ın defterine karaladığı Yağmur başka bir Yağmur muydu?

Başak'ı çok severdim. İkimiz de birbirimizin iyiliği için gözü kapalı her şeyi yapardık. O Eda'dan sonra en sevdiğim arkadaşımdı. Siyah düz saçları, beyaz teni, upuzun boyuyla tıpkı annemin gençlik hâline benziyordu. Başak'la diğerlerinden ayrı bir dünyada takılıyorduk. Ders çıkışlarında birlikte sahile gider, güzel manzaramız eşliğinde dertleşirdik. Bazen de öylece susardık. Saatlerce hiç konuşmadan masmavi denizi izlerdik. Bu bana Eda'ların çatıda geçip giden uçakları izlediğimiz zamanları hatırlatırdı. Son zamanlarda derslerimizin yoğunluğundan ve okullarımızın farklı olmasından ötürü Eda ile çok sık görüşemiyorduk. Başak sayesinde onun yokluğunu çok hissetmiyordum. Annem de en az benim kadar Başak'ı severdi. Evleri Yenibosna'da olmasına rağmen arada onlarda kalmama da izin verirdi.

Yine onlarda kaldığım bir gece Başak bana mahalleden en yakın arkadaşı Emel diye bir kızdan bahsetti. Emel'in, Bahadır diye biriyle aynı sınıfta olduğunu ve çocuğa deli gibi âşık olduğunu söyledi. Bir gün Emel, Bahadır'ın defterine ilan-ı aşk mektubunu koyacakken, çocuğun defterinin her sayfasında Yağmur adının yazılı olduğunu görmüş. Hatta defterin son sayfasında ilk aşkım sendin, son aşkım da sen olacaksın Yağmur diye yazılıymış. Kız, Başak ile çok samimi olduğundan ağlaya ağlaya durumu Başak'a anlatmış. Başak o gece, "Kız senin bana bahsettiğin Bahadır, Emel'in Bahadır'ı olmasın sakın? Tabii ya Yağmur yazmıştı defterinin her yerine. Kızım bu çocuk sana hâlâ âşık. Demek o meşhur Yağmur sendin. Tesadüfe bak," demişti. "Emel hangi lisede?" diye sormuştum şaşkınlıkla. Bahadır'ın okulunu söyleyince de hiç şüphem kalmamıştı o Bahadır'ın Emel'in değil, benim Bahadır'ım olduğundan.

Konuşmamızdan sadece birkaç gün sonra Başak'a Bahadır'ın okuluna geçiş yapacağımı söylemiştim. "Deli misin kızım sen? Sınava gireceğiz bu yıl. Kafanı böyle aşk meşk işleriyle karıştırma. Hem de bir çocuk uğruna, saçmalama lütfen," demişti.

"Bahadır'ı çok özledim. Bak görürsün okulumu değiştireceğim. Hem inan o her şeyi hak ediyor," diye karşılık vermiştim ben de. Başak beni az çok bildiğinden kafama koyduğumu yapacağımı da biliyordu.

"Tamam, sakin ol. Böyle pat diye olmaz. Bir ay sabret. Okullar ara tatile girince tekrar düşün taşın. Yine aynı fikirde olursan değiştirirsin. Hem daha düne kadar Serkan diyordun. Sen önce kafanı topla bence." Başak gideceğimi anlamış, gözleri yaşlı hâlde bana sımsıkı sarılmıştı.

Bahadır defterinden haberdar olacağımı asla tahmin edemezdi ama hayat işte tesadüflerle doluydu. Özellikle Başak'ın şu defter meselesinden bahsetmesinden sonra gece gündüz tek düşündüğüm Bahadır olmuştu. O koca bir ay geçmek nedir bilmemişti. Onca zamana rağmen hâlâ beni aynı hislerle seviyor olması ne kadar olağanüstü bir şeydi. O ara sürekli bunları düşünmüş ve kendimi çok yakın zaman sonra onunla beraber olacağıma inandırmıştım. Sonunda dediğimi yapmış onun okuluna kaydımı aldırmıştım ama o ortalıkta yoktu. Sadece onun soluk aldığı okula gidiyor, onun geçtiği koridorlardan geçiyordum.

Akşam okuldan Şennur, Ayşegül ve Burcu ile beraber çıktım. İlk kez Aykut peşimize takılmadı. Gözlerim boş sınıflarda ve bahçenin tüm köşelerindeydi ama o kahretsin ki yoktu... Defterine hâlâ adımı karalayan, bileğini gözünü kırpmadan doğrayan, beni güllere, altın hediyelere boğan çocuk, benim de aynı okulda olduğumu bilmesine rağmen ortaya çıkmıyordu. Kızlardan ayrıldıktan sonra işlek caddeden bizim sokağa giden yola doğru döndüm ve o anda ilginç ki Bahadır'ı gördüm. Sokağın diğer ucundan bana doğru geliyordu. Üzerinde okul kıyafetleri yoktu. Demek okula hiç gelmemişti. Tüm gün onu boşu boşuna okulda aramıştım. Kalbim anında atış ritmini değiştirdi. Bahadır'ın gözleri dalgın bir vaziyette yerdeydi. Adımları bana yaklaştıkça yanaklarım kızarıyor, kalbimin atışı daha da hızlanıyordu. Nefes almakta bile güçlük çeker hâle gelmiştim. Neredeyse çarpışacak kadar yaklaştığımız anda başını kaldırdı. Beni fark edince yüzünde kızgın ve şaşkın bir ifadeyle hızlıca karşı kaldırıma geçti. Resmen benden kaçıyordu. Bir anda yüzüm düştü. Ağlamamak için kendimi zor tuttum. Koşarak eve gittim. Allah'tan annem bugün çalışıyordu. Samet'i okul çıkışında Ayşe teyze kendi oğlu Hakan ile birlikte alıp onlara götürecekti. Annem de iş çıkışı Ayşe teyzeye gidip Samet ile birlikte döneceklerdi. Kısacası ağlamak için bolca vaktim vardı. Aynanın karşısına geçtim. Beni artık sevmiyor, beni artık sevmiyor diyerek yanaklarımı sertçe tokatladım. Saçlarımı yoldum. Kafamı birkaç kez duvara vurdum. Başım acımış, yüzüm kıpkırmızı olmuştu. Nefes alamıyordum. Göğüs kafesim zor nefes aldığımdan durmadan şişip geri iniyordu. Yanaklarım gözyaşlarımdan sırılsıklam olmuştu. Çok uzun zamandır böyle ağlamamıştım. Kendime geldiğimde saat dokuz olmuştu. Ertesi günü bekleyecek ne gücüm ne de sabrım kalmıştı. Odamın ışığını açtım. Dünkü gülen gözlerimden eser yoktu. Gözlerim neredeyse kapanacak kadar küçülmüştü. O an Süriş'in bir zamanlar ağlarken söylediği sözler aklıma geldi. Aynen şöyle demişti: "Neden her şeyin ilacı var da, ağladığında gözyaşlarını durduracak bir ilaç yok ki?" Şimdi ben de aynı şeyi düşünüyordum. Tıp nasıl olur da bir tek aşk konusunda bu kadar çaresiz olabilirdi? Beklememin de mantığı yoktu. Bir şeyler yapmalıydım. Salona gidip ellerim titreye titreye Semra'yı aradım. O zamana kadar ona direkt Bahadır'ı sormuyordum ama bu sefer hiçbir şey umurumda değildi. Her şeyi göze alıp direkt, "Bahadır ile en son ne zaman görüştün?" diye sordum.

"Sana da merhaba Yağmur."

"Merhaba Semra. Bahadır ile en son ne zaman görüştün?" diye daha yüksek sesle tekrarladım. Allah'tan annemler hâlâ ortalıkta yoktu.

"Açıkça söylemek gerekirse dün, bugün," dedi. "Biz her gün konuşuyoruz Yağmur."

"Ne konuşuyorsunuz peki?"

"Seni onların okulda görünce çok şaşırmış."

"Sen neden onca gün geçmesine rağmen söylemedin Semra? Bunu çok daha önce öğrenebilirdi, biliyorsun."

"Onu üzmek istemedim Yağmur. Daha önce ona yaşattıklarını unuttun sanırım."

"Bu seni ilgilendirmez," dedim sesimi daha da yükselterek. "Peki, beni hâlâ sevdiğini söyledi mi?" diye sordum peşi sıra. Vereceği cevabı sabırsızlıkla bekliyordum.

"Eğer doğruyu söylememi istiyorsan söylerim ama darılmak yok Yağmur!"

"Tamam, neden darılayım? Söyle lütfen." O bekleme anı geçmek bilmedi. Sanki her şeyim Semra'nın ağzından çıkacak kelimelere bağlıydı. İçten içe ağlıyordum ve daha fazlasını ona belli etmemem gerekiyordu.

"Aslına bakarsan seni gördüğünde tek düşündüğü şey, senden ne kadar nefret ettiği olmuş."

Semra bu sözleri sanki sıradan bir şeymiş gibi söyleyiverdi.

"Hımm, olabilir." Umursamıyor gibi davranmaya çalışıyordum ama içimde ateşler yanıyordu. Yaptıklarımdan sonra benden nefret etmesine şaşırmamam gerekirdi ama öyle kolay olmuyordu işte. Odama gidip kendimi yatağa gömmek bir daha da uyanmamak istiyordum. Tek bir gün ışığına bile ihtiyacım yoktu. Sanki tüm kanım vücudumdan çekilmişti. Sessizliğimizi bozup, "Yağmur, sana bir şey sorabilir miyim?" diye sordu Semra.

"Tabii."

"Bahadır için mi değiştirdin okulunu?"

"Saçmalama daha neler. Biliyorsun kızlar sürekli şikâyetçiydi farklı okulda olmamdan. Ben de ortaokul yıllarımızı çok özlediğimden son dönemi bari beraber geçirelim istedim."

Rol yapmaya çalışıyordum ama telefonun diğer ucundaki kişi okulun en zeki kızlarından biriydi. Ayrıca Bahadır'a deliler gibi âşıktı. O bile şu durumda benden daha şanslıydı. Sesim gittikçe incelmiş, kalp atışlarım iyice hızlanmıştı. Semra ile telefonda konuşurken hüngür hüngür ağlamak dünyada başıma gelebilecek en kötü şeylerden biriydi. Artık son haddedeydim. Ağlamadan bir an önce telefonu kapatmam gerekiyordu.

"Bu arada Bahadır'dan özür dilemek istiyorum geçmiş ile

alakalı. Biliyorsun hiç fırsatım olmadı öncesinde. Bana telefon numarasını verebilir misin?"

"Kaç yıl geçti, ne özrüymüş ki bu?" Semra kendi çektiklerini, bana da çektirmeye çalışıyor gibiydi. Belki de bir umut Bahadır ile birlikte olabileceklerini düşünüyordu.

"Geç kalmış bir özür Semra, uzatma işte."

"Neyse canım beni ilgilendirmez sonuçta. Tamam, vereyim ama az önce konuştuklarımız lütfen aramızda kalsın."

"Tamam," dedim ve telefon rehberinin kenarına Bahadır'ın numarasını not ettim. Saat geç olmuştu ama yarını bekleyecek sabrım da yoktu. Ellerim hâlâ titriyordu. Telefonu onun açmasını dileyerek zar zor numarayı çevirdim. Sesini tanımıştım, oydu. Yine de, "Merhaba Bahadır ile görüşebilir miyim?" diye sordum.

"Benim," dedi her zamanki sakin, kendinden emin ses tonuyla. O benim sesimi tanımamıştı.

"Merhaba Bahadır, ben Yağmur." Kalbim güm güm atıyordu. Yanaklarıma ateşler basmıştı. Sanki yıllar önce ondan köşe bucak kaçan kız ben değildim.

"Yağmur mu?" Çok şaşırmış gibiydi. Birkaç saniye sonra hafifçe birkaç kez öksürerek sesini düzeltti. Sonunda, "Nasılsın?" diye sorabildi.

"Ben iyiyim, çok iyiyim asıl sen nasılsın?" Sesim çatallaşmış bir hâlde çıkmıştı. Kesin ne kadar heyecanlı olduğumu anlamıştı. Artık ne fark ederdi ki?

"Ben de iyiyim sağ ol."

Telefonun diğer ucundaydı. İnanılır gibi değildi. Onu daha önce aramadığıma bin pişman olmuştum. Suskunluğumuzu ilk ben bozdum. "Bugün beni görünce hemen yolunu değiştirdin Bahadır. Benden artık bu kadar mı nefret ediyorsun?"

"Semra ile mi konuştun sen?" Semra ile konuştuğumu saniyesinde anlamıştı.

"Orası bana kalsın ama merak ediyorum. Neden benden bu kadar nefret ediyorsun?"

"O kızgınlıkla söylediğim bir şeydi Yağmur. Eski konular açılınca geriliyorum. Senden nefret etmemin mümkün olmadığını sen de gayet iyi biliyorsun."

İçim rahatlamıştı. Kalp atışlarım normal seyrine dönmeye başlamıştı. Gözlerim anında eski ışıltısına kavuşmuştu. Kalbim bu sefer mutluluktan güm güm atıyordu.

"Sevindim bunu duyduğuma. O hâlde yarın okulda yüz yüze konuşalım mı? Benden kaçmazsan tabii." Ses tonum eski kendine güvenli hâline dönmüştü.

"Tamam, sabah seni okulun kapısında beklerim, konuşuruz."

"Anlaştık, iyi akşamlar o zaman."

"İyi akşamlar Yağmur."

İşte bu kadar basitti. Resmen bunca zaman beklemiş olmam delilikti. Sonuçta zaman akıp gidiyordu ve onu lehimize çevirmek bizim elimizdeydi. Evet yarın onunla yüz yüze konuşacaktım. Yosun yeşili gözlerine arada hiçbir perde, kimse olmadan bakacak, onu dinleyecek sonra da ben anlatacaktım. Okulda okul kıyafetleri dışında bir şey giyemezdim ama herkes gibi de olmayı istemiyordum. Saçlarımı geceden gazeteyle sarmaya karar verdim. Boynuma da hediye ettiği kolyeyi takacaktım. Heyecanla Başak'ı aradım ve tüm gelişmeleri ona da anlattım. "Laf arasında umarım Emel sizi yarın konuşurken görmez," dedi.

"Bana ne görürse görsün. Hiç kimse bu saatten sonra umurumda değil."

"Kızım öyle deme. Bir de benim sana anlattığım şu defter yüzünden okulu değiştirdiğini öğrenirse vallahi saçımı başımı yolar. Hem Bahadır'ın Yağmur'unun sen olduğunu dün ona söyledim ben."

"Ne!" diye çığlığı bastım. "Sana inanamıyorum Başak. Umarım Bahadır'a söylemez bunu. Bir defter yüzünden ona döndüğümü düşünmesini istemem." Başak'ı anlamıyordum. Bana aynı anda hem iyilik hem de kötülük yapmayı çok güzel becerebiliyordu. Başak çok kızdığımı anlayınca kem küm yapmaya başladı. "Sonuçta seni hâlâ bizim okulda sanıyor. Bu gidişle yakında öğrenecek gerçi. Neyse sen bunları takma kafana. Git doya doya aşkını yaşa. Emel de başka birini bulsun canım bana ne. Dünyada tek erkek o değil ya."

"Bilmiyorum Başak. Benim işimi bozmasın da. Neyse yarın gelişmeleri anlatmak için ararım seni."

"Tamam, kızma bana olur mu canım arkadaşım?"

"Kızdım ama şimdi geçti. Sen olmasaydın Bahadır ve ben diye bir şey olmayacaktı ki zaten. İyi ki varsın canım arkadaşım."

"Sen de canım." Başak ile karşılıklı olarak birbirimize ne kadar kızarsak kızalım üç saniye sonra unutur, kanka naber moduna girerdik. Onu ve bana karşı iyi niyetini bildiğimden kızmamıştım tabii.

Telefonu kapattım. Odama gidip gazete kâğıtlarıyla saçlarımı bir bir sardım. Çok uğraşmıştım ama yarınki güzelliğime değecekti. Artık hayallere dalma vaktiydi. Gece lambamı taktım. Işığımı söndürdüm. Yatağıma uzandım. Beş dakika geçmeden kapıdan annemlerin sesi geldi. Annem ışığımı kapalı görünce uyuduğumu sandı. Ben de kalkmaya üşendiğimden sesimi çıkarmadım. Gözlerimi tavana dikip uzun süre Bahadır'ı düşündüm. Gözlerimin kapanmasına yakın yine o tanıdık ayak seslerini duydum. Yatağımdan fırlayıp perdeyi araladım. Bahadır'a benzeyen birinin hızla mahallenin diğer ucuna doğru gittiğini gördüm. Artık bu sesler mutluluk sebebimdi. Gerçekten de çok mutluydum ve birilerinin mutluluğu olduğumu biliyordum. Yatağıma tekrar uzandım. Ellerimi göğsümde birleştirdim. Huzur ve mutluluk bugünkü gibi hep yanımda ol diye Allah'a dualar ettim ve yarının bana ne getireceğinin merakıyla uykuya daldım.

BİN GÜN ÖNCE

Annem sabah gitmeden Samet ile beni uyandırdı. Mecburen Samet'in okul ve beslenme çantasını ben hazırladım. Önlüğünü giydirdim, kahvaltısını yaptırdım. Sonra da okula gitmek üzere Samet ile beraber çıktık.

Onu sırasına kadar bıraktım ve hemen yan binadaki kendi okuluma geçtim. Beni yine Bahadır yüzünden bir sürpriz bekliyordu. Bahadır sınıfta yoktu. Kızlar, Volkan, Orhan ve Cihangir benim sıramın başında toplanmış gülüşüyorlardı. Süreyya, "İncelik erdemse beni böyle gösteren," dedi sesli bir şekilde sıramızın üzerine bakıp. Şennur da göz ucuyla sıraya bakıp, "Çok uzun bir yol var daha, geçemediğim hâlâ geçilmesi gereken ömrümden," diye devam ettirdi Süriş ile aynı ses tonuna yakın. Tiyatro oyunu çalışıyorlardı sanki. "Ne oluyorsunuz?" dedim. Yanlarına gittiğimde sıramızın benim oturduğum tarafına ince kalem ucuyla kazınmış bir şiir ve altına da ressam edasıyla çizilmiş bir gül resmi gördüm. Şiir çok manidardı. Belki de Bahadır kendi yazmıştı. Aklınca atma ihtimalimi yok etmek için böyle bir yol bulmuştu. Aslında bana olan bu tuhaf ilgisinden garip bir şekilde keyif almaya başlamıştım. Hatta bugün farkında olmadan aynanın karşısında beş on dakika daha fazla zaman geçirmiştim. Bahadır acaba bu şiiri ne ara sıramıza kazımıştı? Okula gece giremezdi, bekçi vardı. Ya akşamcılar çıktıktan sonra ya da sabah çok erken gelip yapmıştı. Dersin başlamasına beş dakika vardı ama o ortalıkta yoktu. Acaba şimdi nerelerdeydi? Utandığı için mi okulda değildi? Gerçi onun aşırı öz güveniyle utanacağını falan sanmıyordum. Ne demek istemişti acaba, "Bir yarıştayım sanki iyi olma yarışı. Yoruldum sanki," derken? Belki de Serkan'ı öğrenmiş ve kendini Serkan ile kıyaslamıştı. Bir sevgilim olduğunu söylemiştim sonuçta. Onun bu şekilde daha fazla kafamı karıştırmasını istemiyordum. Çocuk belli ki psikopattı. Eğer bugün okula gelmezse, yarın ilk iş onunla konuşacaktım. Derste can sıkıntısından sıramdaki şiiri siyah tükenmez kalemle daha da belirgin hâle getirmiştim. Süriş sessizce, "Kızım bu çocuk sana abayı yakmış. Sen neden böyle kestirip atıyorsun ki? Çok şanslısın kıymetini bilsene," dedi.

"Ben Serkan'ı seviyorum Süriş. Bahadır ya da bir başkası zerre umurumda değil," dedim. Süriş böyle bir çocuğu reddedebildiğime göre kim bilir Serkan ne kadar yakışıklıdır diye düşünüyordu.

Ders aralarında sürekli Samet'in yanına uğradığımdan sınıftakilerin şiirle alakalı dalga geçmelerine çok fazla maruz kalmadım. Bahadır da okula tüm gün gelmedi. Çıkışta Samet'i okulundan aldım. Beraber eve geçtik. Annemin geç geleceğini bildiğimden Samet'in üzerini ben değiştirdim ve ikimize öğle yemeği hazırladım. Sonra yediklerimizi toplayıp bulaşıkları yıkadım. Anne olmak ne zor işti. Hele de annemin durumunda anne olmak daha da zor diye düşündüm. Bizimle uğraştığı yetmiyormuş gibi bir de abimle uğraşıyor onu hapisten çıkarabilmek için o avukat senin, bu avukat benim koşturuyordu. Dedem Doğan'ın suçundan emin olduğundan, bize beş kuruş yardım etmiyor, cezası ne ise çeksin istiyordu. Anneannem dedemden kaçırabildiği kadarını anneme veriyor, annem de hem temizlik işlerinden kazandığı, hem de anneannemden aldıklarıyla bize bakmaya çalışıyordu. Serkan'ı görme hayallerim annemler geç geldiğinden dolayı suya düştü. Anneannem özellikle akşam saati dışarı çıkmama asla izin vermezdi. Onu göremeyecek olmak beni hasta ediyordu ama yapacak bir şeyim de yoktu. Anneannemle yaptığımız genel ve komik muhabbetlerden sonra odama gidip kitaplığımı düzelttim. Okul çantamı hazırladım. Tam yatma saatime yakın dışarıdan kavga sesleri gelmeye başladı. Annemin, "Yağmur sana ne kızım içeri girsene sen," demesine aldırış etmeden merakla bahçeye çıktım. Böyle durumlarda olaya hemen dâhil olmazsam ölürdüm. Zaten herkes sesten balkona, cama çıkmıştı. Eda'ların da balkonda birileri vardı. Belki annesiyle birlikte o da kavgayı izliyordu. Bahçenin mavi demir parmaklıklarına kollarımı koyup, sesin geldiği yere baktım. Serkan'ın elinde demirden bir job koca bir kamyonun arkasında kalan, sadece yerdeki bacaklarını görebildiğim çocuğa, "Bir daha yapacak mısın lan orospu çocuğu?" diye bağırıyordu. İkide bir jobu yere sertçe vurup yüreğimi ağzıma getirecek sesler çıkarıyordu. Çocuk ağlamaklı ses tonuyla, "Abi vallahi bir daha yapmam kulun kölen olayım. Ne olur bırak gideyim," gibi şeyler söylüyordu.

"Eşkıya mısın, deli misin dursana sen?" diyerek bahçeden alelacele çıkıp yanlarına koştum. Böyle bir işkenceye işin ucunda kim olursa olsun tahammülüm yoktu. Anneannem, "Yağmur kızım nereye?" diye seslendi. Olayın telaşından arkama bile bakmadan Serkan'ların yanına gittim. İnsanlar cama toplanmış herkes onların olduğu tarafa doğru bakıyordu. Serkan gülerek yüzüme bakıp, "Sonunda seni evden çıkarabildim," dedi. Sokak lambasının altında o derin gamzesi çok daha hoş görünüyordu. Şaşkınlıkla yerde oturan çocuğa baktım. "Merhaba yenge," dedi o da gülerek.

"Deli misiniz siz? Oyun muydu yani tüm bunlar?" Serkan başını sallayıp, "Ne yapmamı bekliyordun ki?" dedi. "Kaç kere kapınızın önünden son ses *Sabret* şarkısını çalarak geçtim, bir kere bile kapıya çıkmadın."

"Demek o sendin!" dedim tebessüm ederek. "Anneannem de kim bu zibidiler diye bayağı kulağını çınlattı."

Serkan arkadaşına bakıp, "Demek ondan kızarıyormuş kulaklarım," dedi.

"Bu arada senin ehliyetin de mi var?" diye sordum yaşının benden çok daha büyük olmasından korkarak.

"Ehliyetim yok ama askerliğimi yaptım ve sana talibim," dedi. İnanılmaz sevimli bir çocuktu. Aklı sıra benimle dalga geçiyordu. Askerliğini yapmış olması imkânsızdı.

"İyi benim gitmem lazım, bizimkiler çıkar şimdi."

"Tamam, ama yarın saat 3'te yukarıki parkta buluşalım mutlaka, olur mu?"

Şaşkın yüz ifademle, "Sabahçı olduğumu nereden biliyorsun ki sen?" dedim.

"En sevdiğin ders de matematik."

Allah'ım her şeyimi biliyordu ve inanılmaz tatlıydı.

"Tamam, geleceğim Serkan."

"Sen de benim hakkımda bazı şeyler öğrenmişsin anlaşılan." Çapkın gülümsemesiyle resmen kalbimi yerinden oynattı.

Onun hakkında çok az şey biliyordum ama artık işkembesine kadar merak eder vaziyetteydim.

El salladım ve hızlı adımlarla eve geçtim. Komşular ne olduğunu anlamaya çalışıyor, anneannem ise her zamanki gibi beni kapıda bekliyordu. "Ne konuşuyordun elin çocuklarıyla bu saatte," dedi kızarak.

"Okuldan arkadaşlarım onlar," dedim. "Yarınki ödevi sordular."

"Gece gece ne ödevi? Babanız da, abiniz de yok başınızda. Samet zaten küçük. Laf, söz olur kızım konuşma sen erkeklerle böyle geç vakit."

"Aman anneanne abartma lütfen," deyip odama geçtim. Anneannem biraz eski kafalı ama sevimli bir kadındı. Babamız olmadığından üzerimize çok düşerdi. Anneannem ve dedem büyük bir aşkla evlenmişlerdi. Yıllarca çocuk istemişler olmayınca dedemin kardeşinin kızını evlatlık olarak almışlardı. Anneannem evlatlık almalarından bir iki ay sonra anneme hamile olduğunu öğrenmişti. Böylece annemle Diloş teyzemi birlikte büyütmüşlerdi. Diloş teyzem anneme göre geç evlenmiş, evlenince kocasının ve dedemlerin memleketi Bursa'ya yerleşmişti. Dedemlere de çok yakın oturuyorlardı. Bir oğlu vardı. İstanbul'a çok nadir geldiklerinden onunla da çok sık görüşemiyorduk. Yalnız Samet'in doğumu sonrası hastalığı sebebiyle oğlunu da alıp yanımıza gelmiş Samet hastaneden taburcu oluncaya kadar bize o bakmıştı. Baba tarafından da kimseyle görüşemediğimizden fazla akrabası olmayan küçük bir aileydik.

Ertesi gün Serkan ile görüşecektim. İnanılır gibi değildi. Artık ciddi ciddi sevgilim olacaktı. Işıkları söndürdüm. Kafamda canlandırdığım tek şey Serkan'dı. Bahadır'ı ve sırama kazıdığı şiirini çoktan unutmuştum. Serkan ile kendimi bizim kapının önünde sokak lambasının altında dans ederken hayal ettim. Gecenin en zifiri karanlık hâliydi. Yağmur başlamıştı. Biz dans ederken, yağmur müziğin sesine göre şiddetlenip yavaşlıyordu. Bizi aydınlatan tek şey sokak lambasıydı. Müzik bittiğinde yağmur da aynı anda kesildi. Sonra sokak lambası patladı. Birden güneş açtı ve ikimiz dudak dudağa öpüştük. Birileri görür korkusu olmadan filmlerdeki genç âşıklar gibi dakikalarca öpüştük. Mahalledekiler evlerinin camlarından alkış sesleriyle büyük aşkımızı onayladıklarını gösterdiler. Hatta işin ilginç yanı Eda da bizi alkışlayanlar arasındaydı. Bahadır yoktu, ayak sesleri yoktu ama masamdaki şiiri vardı ve yarın da yine gözümün önünde olacaktı. Bir şeyler yapmam gerektiğini biliyordum. Bir yolunu bulup yarın onunla konuşacaktım ve hayatından sorgusuz sualsiz öylece çıkıp gidecektim.

İncelik erdemse beni böyle gösteren
Çok uzun bir yol var daha geçemediğim
Hâlâ geçilmesi gereken ömrümden.
Bir yarıştayım sanki
İyi olma yarışı
Yoruldum sanki
Ben onlar kadar iyi olmayı
Onlardan da iyi olmayı isterim
İsterim de kendi kendine olmuyor hiç
Hep bir yarış, hep bir çaba
Bazılarına kolay da bana neden zor
Detayları mı atlıyorum acaba?
Bir gün gelir de özenilesi bir hayatım olur mu?
Yaşadığım hayat birilerinin hayali olur mu?
Bana uzak geldi ihtimali ama
Ne gerekiyorsa yapacağım
Sadece ben olmaktan vazgeçmeden
Ben olacağım sen ben başkası oldum sanırken.

Bahadır'ın sırama yazdığı şiir buydu.

BİN GÜN SONRA

Sabah kalkıp özenle bir gün öncesinde gazeteyle sardığım bigudilerimi açtım. Çok fazla kabarmıştı. Jöleyle biraz yatıştırdım. En az bir saat saçlarım için oyalanmıştım. Annem erkenden gittiğinden kahvaltı da yoktu. Gerçi kahvaltıyı düşünecek hâlim de yoktu. Tek derdim Bahadır'ın aklını başından alabilmekti. Bahadır'ın hediye ettiği Y harfli kolyemi taktım. Ayakkabılarımı parlattım. Annemin parfümünü üzerime boca edip aceleyle çıktım. Okula vardığımda tahmin ettiğim gibi Bahadır beni kapıda bekliyordu. Heyecanla yanına gittim.

"Merhaba," dedim. Elimi uzattım, yemyeşil gözleriyle bana bakıp, "Merhaba," dedi. Elimi sıktı ve kendine çekip yanaklarımdan öptü. Elleri ve yanakları yumuşacıktı. Her zamanki mis kokusu burnumun direklerini sızlatmıştı.

"Ne zaman geldin?" diye sordum.

"Bir iki saat oldu geleli," dedi.

"Neden o kadar erken geldin ki?" Bunu da Bahadır'dan başka kimse yapmazdı.

"Gece uyku tutmadı. Ben de erkenden gelip seni beklemek istedim."

Böyle de dürüsttü işte. Ayrıca beni göreceği için heyecanlanmış olması ne müthişti.

Okulun giriş kapısından okulun bahçesine doğru baktık. Herkes sırasına geçmeye başlamıştı. "Gidelim mi biz de?" dedim.

"Tamam, olur ben de senin sırana geçeyim."

Şennur ve Ayşegül Bahadır'ı görür görmez şaşkın bir hâlde selam verdiler. Aykut ise yanıma hiç sokulmadan, uzaktan uzağa Bahadır'ı inceliyordu. Ben Ayşegül'ün yanına, Bahadır da Şennur ile bir arka sıramıza geçti. Andımızı okumaya başladık. Aklımsa tamamen bir adım kadar uzaklıktaki Bahadır'daydı. Biz andımızı okumaya devam ederken Ahmet Bey'in bir hışımla bize doğru yürüdüğünü fark ettim. Kesin kıyafetlerime bir kusur bulacağını düşünerek ecel terleri dökmeye başladım. O ise bir anda Bahadır'a tekme tokat girişti. Ben andımızı söylemeyi bırakmış, ne olduğunu anlamaya çalışıyordum. Yerimden bile kıpırdayamamıştım. Çirkin adam, "Sen neden söylemiyorsun, ağa mısın, paşa mısın?" gibi sözler ediyordu. Bahadır sesini çıkartmamış, Ahmet Bey'e hiç karşılık vermemişti. Hiçbir şey yapmamış olmak beni sonradan çok üzmüştü. Resmen şok olmuştum. Oysa o şişko adamın ellerini ısırabilirdim, yanaklarına vurabilirdim, andımızı okumayı sizden mi öğreneceğiz diyebilirdim ama ben hiçbir şey yapmamıştım. Kendimden utanıyordum. Ahmet Bey olay sonrası hiçbir şey olmamış gibi bozulan ceketini düzeltti. Okulun kapısına doğru çekip gitti. Biz de az önce bunlar yaşanmamış gibi sırayla sınıflarımıza geçmeye başladık. Bahadır'a dönüp baktım. Yüzü tokadın ve utancın etkisinden kıpkırmızıydı. Yeniden kavuştuğumuz ilk gün, bu yaşadıklarımız inanılır gibi değildi.

"Boş ver o salak adamı, bana ilk geldiğim gün neler yaptı bir bilsen," dedim daha yeni yaşanmış olayları unutturmaya çalışıp.

"Bana tek koyan, senin yanında yapmış olması Yağmur, yoksa önemli değil," diye karşılık verdi.

"Ben bilmiyor muyum onun kişiliğini boş versene. Domuz herifin teki işte. Bir de eğitimciyim diye başımızda duruyor."

Sonra aklımda kalacağına dilimde kalsın mantığıyla, "Sen söylemiyor muydun andımızı?" diye sordum.

"Söylüyordum. Başım yukarıda değildi sadece. Sana bakarken dalmışım öyle."

Sorduğum için kendimi daha da suçlu hissetmiştim. "Neyse ikimiz bir olup bir gün ondan öcümüzü alacağız sana söz veriyorum," dedim tebessüm etmeye çalışıp. Gülmeye çalışıyordum ama olmuyordu. Bir insan nasıl bu kadar sevgisiz, kaba ve çirkin olabilirdi?

O da kendini gülmeye zorlayıp, "Ben ona ne yapacağımı biliyorum zaten," dedi.

Konuşurken onun sınıfının önüne gelmiştik. "Ders aralarında uğrarım yanına. Hatta çıkışta da bir şeyler yapalım mı?" diye sordu.

Tüm memnuniyetimle, "Olur," dedim. Yanaklarımdan öptü. Ben ondan ayrılıp, sınıfındaki kızların üzgün bakışları altında kendi sınıfıma gittim. Ayşegül ve Şennur da Ahmet Bey adına çok utanmışlardı. Olayın bugünkü mutluluğumu gölgelemesini istemiyordum. Gerçekten onunla yeniden karşılaştığım için çok ama çok mutluydum. Serkan ile parkta ilk buluştuğum günkü gibi heyecanlıydım işte. Bunun hiç bitmemesini diledim. Şennur, Burcu ve Ayşegül etrafımı sardı. Bu sefer kendime ve onlara dürüst davrandım. Onlara Bahadır'a telefon açtığımdan ve onunla yeniden görüşmek istediğimden bahsettim. Bahadır'a zamanında neler çektirdiğimi bildiklerinden çok şaşırdılar. "Yani kızlar bugün çıkışta konuşacağız. O zamanlar olmamıştı, belki bu sefer olur."

"Hadi bakalım hayırlısı," dediler. Aykut, önümüzdeki sıra yerine yan sıralardan birine geçti. Burcu'ya eliyle gel işareti yapıp yanına çağırdı. Beraber oturdular ve tüm ders boyunca fısıldayarak konuştular. Tahminimce Aykut yanımdakinin kim olduğunu öğrenmeye çalışıyordu. Kısa zaman sonra zaten herkes öğrenecekti.

Ders bitiminde Bahadır bizim sınıfın kapısı önünde beni bekliyordu. Eşyalarımı aldım, kızlara mutlu gözlerimle, "Görüşürüz," dedim ve çıktım.

O yosun yeşili delici gözlerini bana dikip, "Aç mısın?" diye sordu Bahadır.

"Bir şeyler atıştırsak hiç fena olmaz. Ayrıca bana aç mısın diye sormana gerek yok ben her daim açım çünkü," dedim. Okulun yanındaki Karadeniz pidecisine gittik. Afiyetle kıymalı pideleri midemize indirdik. Sonra cebinden bir paket sigara çıkardı. Gözlerime inanamamıştım. Tam yakmaya hazırlanırken, elini tuttum. "Benim yanımda içmeyi düşünmüyorsun değil mi?"

Yeni almış olduğu paketi hiç düşünmeden katladı ve kalkıp karşımızda duran çöp kutusuna attı. "Artık hiç içmeyi düşünmüyorum," dedi. "Senin için yapamayacağım şey yok Yağmur. Bunu zamanla anlarsın."

Aklıma nereden geldiyse bir anda babasını sordum. Babası da çok sigara içerdi, belki oradan aklıma gelmişti. "Baban nasıl, görüşüyor musunuz?"

"Artık beraberiz. Her şey yolunda. Gitmesinden yaklaşık bir yıl sonra eve geri döndü. Annem affettiği için biz de bir şey diyemedik. Ablam da, ben de mecbur kabul ettik. Hatta şimdi bir buçuk yaşında çok yakışıklı bir kardeşim var."

"Ciddi misin?" dedim. Çok şaşırmıştım. "Kız mı erkek mi?"

"Erkek. Adını Muhammed koyduk. Evin maskotu. Çok tatlı görmen lazım."

"Abisine benziyorsa eminim öyledir," dedim gülerek.

"Bir ara çıktığımızda onu da getiririm yanımda. Eminim bayılırsın. Gözleri de aynı ben." Bahadır ikimiz ile ilgili planlara başlamıştı bile.

"Tabii ki çok sevinirim."

"O hâlde bu hafta sonu buluşalım olur mu?"

Tabii ki de olurdu. Onunla ömrümün sonuna kadar her hafta sonu birlikte olabilirdim. Gülümsüyordu. Onu böyle içten gülerken görmeyeli çok uzun zaman olmuştu. İşin garibi ortaokul yıllarında defalarca yüz yüze gelmemize rağmen ona karşı hiç böyle duygular hissetmemiştim. Geçmişte aşk ile ilgili tüm duygularımın tek sahibi Serkan'dı. Bahadır'ın öz güvenli, romantik, yakışıklı olduğunu her daim kabul ediyordum ama konu aşka gelince gözüm Serkan'dan başkasını görmüyordu.

Beraber Ermil bakkala kadar yürüdük. Bizim eve çok az kalmıştı ki, "Bahadır bak," dedim boynumdaki kolyeyi gösterip. Çok şaşırdı. "Satmışsındır diye düşünmüştüm." Gülüyordu.

"Saçmalama benim için paha biçilemez bir kolye bu."

Bizim evi göstererek, "Siz hâlâ aynı yerde mi oturuyorsunuz?" diye sordu.

"Evet."

Bu sorusuna şaşırmıştım. Bir gün önce duyduğum ayak seslerinin ona ait olduğunu düşünüyordum. Abimi ve babamı sormadı. Belki de beni üzmek istememişti.

Bahadır'ı yanaklarından öptüm ve ondan ayrılıp bizim sokağa döndüm. Arkama ara ara baktığımda öylece kıpırdamadan durduğunu ve benim gitmemi beklediğini gördüm. Gözlerinden o kadar belliydi ki gerçekten de beni hâlâ o ilk günkü gibi seviyordu. Eve girer girmez telefon çaldı. Annem ve Samet evde yoktu. Arayan Şennur'du.

"Sana bir şey söylemek için aradım," dedi.

"Hayırdır ne oldu canım?"

"Bahadır sana ilk günkü kadar âşık. Tıpkı ortaokul zamanlarındaki gibi."

"Nereden anladın?" Bunu başkalarından da duymak beni heyecanlandırmıştı.

"Bugün sınıfın kapısında seni beklerken ışıl ışıldı gözleri. Bir de seni öyle bir öpüşü vardı ki, tıpkı filmlerdeki âşıklar gibi. Dışarıdan bakan birinin bunu anlaması o kadar kolay ki."

"Biliyorum Şennur," dedim. "Hatta bugün benim için sigarayı bıraktı inanabiliyor musun? Hem de günde bir paket içmesine rağmen."

"Senin için her şeyi yapar. O yüzden eski günlerdeki gibi üzme onu olur mu canım?"

"Tamam, sen de Semra gibi başladın Şennur."

"Sadece sevenlerin üzülmesini istemiyorum. Siz mutlu olun da."

"Tamam, merak etme sen. Duygularımız karşılıklı bu sefer," deyip telefonu kapattım.

Aradan çok geçmeden Semra aradı ve bizi tebrik etti. Ne çabuk ulaşmıştı haberler.

"Bahadır müjdeli haberi ilk bana vermek istedi," dedi. Semra ne kadar garip bir kızdı. Bahadır'ı seviyor ama kendi mutluluğundan çok onun mutlu olmasını istiyordu. Belki de aşk böyle bir şeydi. Bahadır da zamanında benim Serkan ile daha mutlu olacağımı anladığından aramızdan çekilmiş ve aşkını tek başına yaşamaya devam etmişti. Semra, "Nefret olayından bahsetmem olayları hızlandırmış anlaşılan," dedi gülerek.

"Kızma canım ama onunla konuşabilmek için bir bahaneye ihtiyacım vardı."

"Yok, canım ne kızması. İşe yaradığı için sevindim hatta. Bir ara buluşalım bana da anlat tüm gelişmeleri."

"Anlatırım. İstersen önümüzdeki hafta sonu bize gel, dedikodu yaparız güzel olur."

Semra ortaokuldan hemen sonra tesettüre girmişti. Onun aldığı bu ani kararlar hepimizi şaşırtmıştı. İsterse ODTÜ'de bilgisayar mühendisliği bile okuyabilirdi ama meslek lisesine gittiğinden artık bu imkânsızdı. O bu şekilde mutluydu ve onu eleştirmek ben dâhil kimseye düşmezdi. Ortaokuldaki erkeklerden de tek görüştüğü kişi Bahadır'dı. Her ne kadar siyasi şeylere kafamı yormasam da, ikisinin de aynı fikirde olduğunu az çok tahmin edebiliyordum. Erkek arkadaş konusunda pek konuşmazdı. Onun eskiden beri Bahadır'a olan derin sevgisini bildiğimden ben de konuşması için zorlamazdım.

"Yani eğer annen o müthiş ıspanaklı gül böreğinden yaparsa gelebilirim," dedi.

"Yaptırırım tamam söz. O hâlde hafta sonu bekliyorum. Gerçi bir sevgilim var artık ona da sormam gerekiyor ama neyse yine haberleşiriz." İçten içe gülmeme kızmamıştı.

"Sevgilisi varmışmış. Sayemde, seni mikrop."

"O nedenle seni kocaman öpüyorum," diye resmen neşeyle bağırdım. Telefonu kapattık. Annem ve Samet Fatma ablalardan geldiler. Annem elinde Fatma abladan getirdiği pasta börek tabağını önüme koydu. Her zamanki gibi midem bayram etti. Fatma abla her geçen gün kendini geliştiriyor, garip isimli şeyler icat edip anneme de öğretiyordu. Kocasıyla da sonunda ayrıldıklarından kendini artık çok daha fazla önemsiyordu. Annemle her zamanki klasik muhabbetimiz sonrası odama çekildim. Teybimi açtım. Saatlerce aşk ile ilgili bildiğim bütün slow parçaları dinledim. Geç vakit bir ara odamın camında bir tıkırtı duydum. Kedi olduğundan şüphelendim ama Bahadır'ın olabileceği merakıyla kalkıp cama çıktım. Odamın camı ile demir parmaklıkların arasında bir demet kırmızı gül vardı. Sırtı bizim eve dönük birinin hızlı adımlarla sokağın diğer ucuna doğru yürüdüğünü gördüm. Tabii ki o kişi Bahadır'dan başkası değildi. Gülleri içeri aldım. Mis gibi kokuyorlardı. Evde vazomuz yoktu. Annemi ve Samet'i uyandırmadan mutfaktan pet şişe ve bıçak getirdim. Şişeyi ağız kısmından kesip, basit bir vazo yaptım. Sonra ağzına kadar su ve müthiş kokan güllerim ile doldurup ders masama koydum. Gerçekten de güller odamın rutubetli kokusunu anında değiştirmişti. Yatağa uzanıp gözlerimi yumduğumda, tek istediğim Bahadır'a olan bu sevgimin sonsuza kadar sürmesiydi. Çok güzel bir rüyaya daldım. Sabah rüyamdan hatırlayacağım en can alıcı şey Bahadır'ın bana sunduğu rengârenk gül bahçesi olacaktı.

BİN GÜN ÖNCE

Sabah annem ve anneannem erkenden kalkmış; bize mükemmel bir kahvaltı sofrası hazırlamışlardı. Özellikle anneannemin peynirli krepi muhteşemdi. Kahvaltı sonrası okul için hazırlandım. Kardeşimi artık ben okula getirip götürüyordum. Samet'i okuluna bıraktıktan sonra kendi sınıfıma girdiğimde, kızlar gülerek başlarıyla Bahadır'ı gösterdiler. Bahadır kollarını sırada birleştirip kafasını kollarına gömmüştü. Kimseyle muhatap olmak istemiyor gibiydi. Kızlara dışarıya gelmelerini işaret ettim. Koridora çıktık. "Nesi var bunun yine?" diye sordum.

Bilge, "Ben geldiğimden beri böyle duruyor. Başını kaldırmadan yatıyor," dedi. Ayşegül de, "Hastadır belki," diye ekledi.

"Aman bize ne," dedim ve Bahadır konusunu uzatmadan Serkan'ın yaptığı eşek şakasından bahsettim. Hepsi Serkan'ın deli, manyak biri olduğuna kanaat getirdi. En sonunda kendin gibi birini buldun dediler. Cidden o güne kadar hep benden hoşlanan çocuklarda bir kusur bulurdum. Nasıl birini aradığımı soranlara da tıpkı benim gibi deli birini istiyorum derdim. Serkan tam da aradığım gibiydi.

Ders edebiyattı. Hatice öğretmenimiz gelince dedikodularımızı yarıda kesip sıramıza oturduk. Bahadır ders başlayınca mecburiyetten başını kaldırdı. Arkamı dönüp yüzüne baktım. Gözleri şişmişti ve kıpkırmızıydı. Tüm gün ağlamıştı sanki. "İyi misin?" dedim şaşırarak. "Gözlerin çok kötü görünüyor."

"Sana ne?" dedi yüzüme bakmadan. Şaşırmış bir hâlde önüme döndüm. Süriş de oh canıma değsin dercesine gülüyordu. Acaba dün Serkan ile beni bizim mahallede görmüş olabilir miydi? Bu çocuktan her şey beklenirdi. Peki ya kıskançlığından ağlar mıydı? Yok, canım o kadar da değildi. Belki de ailesiyle alakalı bir durumdu. Onunla Serkan ve ilişkimiz hakkında konuşmaktan vazgeçtim. Madem benimle muhatap olmak istemiyordu, konuşacak da bir şey yoktu. Edebiyat öğretmenimiz bize gelecek ile ilgili planlarımızı kompozisyon şeklinde yazmamız için on beş dakika verdi. Herkese sırasıyla okutacağını söyledi. Süriş defterini hemen bana uzattı. "Ne olur benim için de bir şeyler yaz," dedi.

Süreyya sınıfın hatta okulun en tembel öğrencisiydi. Ayrıca uyanıklığından okulların açılmasından birkaç hafta sonra, sınıfta dersleri en iyi olan kişinin ben olduğumu anlamış, hemen sıra arkadaşını satıp benim yanıma geçmişti. Bir süre yanımızda oturan Dilek'i de allem edip kallem edip aramızdan çıkarmıştı. Ben de onu çok sevdiğimden derslerde sürekli ona kopya veriyor, ödevlerine yardım ediyordum.

Ben sınıftaki tüm arkadaşlarımın da bildiği üzere matematik ile uğraşacağımdan, ileride matematik profesörü olmak istediğimden bahsettim. Süriş için de çok özenemeden bir şeyler karaladım. Şennur doktor olmak istediğini yazmıştı. Ben asıl Bahadır'ın ne yazdığını merak ediyordum. Sıra ona geldiğinde kurduğu cümleler yaşından beklenmeyecek olgunluktaydı. Şiir gibiydi kompozisyonu. Şaşılası derecede güzeldi. İşin özü hangi mesleği seçeceğinden ziyade çok iyi bir insan olmak istediğini dile getirmişti. En son cümlesinde ise, "Gelecekte ne olmak istediğime net olarak karar veremedim ama kim gibi olmak istemediğimi gayet iyi biliyorum," demişti. Orada kesmişti. Cevabı yoktu. Çok merak etmiştim.

Ona dönüp, "Kim gibi olmak istemiyorsun?" diye sordum.

"Babam gibi," dedi sessizce. Demek gözyaşlarının sebebi de babasıydı. Ne yapmıştı da Bahadır'ı bu kadar üzmüştü? İnanılmaz merak etmiştim.

Çıkışta Semra, "Beraber çıkalım mı?" diye sordu.

"Tamam, ama Samet'i de alacağım," dedim.

"Olsun beraber alırız."

Samet'i okulunun kapısında beklerken bir anda, "Sana çok âşık," diye söze girdi.

"Kim?" dedim, vereceği cevabı bildiğim hâlde.

"Bahadır," dedi sessizce. Semra'nın yüzünden mutsuzluğu okunuyordu. Onun Bahadır'a karşı bu kadar kısa zamana rağmen derin bir sevgi hissettiğini anlamıştım. Derslerde de sürekli gözü Bahadır'da oluyordu. Demek Bahadır'ın beni sevdiği gibi o da Bahadır'ı seviyordu. Hayat ne garipti. Birini ölesiye sevmenize rağmen o size dönüp bakmıyordu. Ayrıca şu okullar açıldı açılalı başıma gelmeyen kalmamıştı.

"Bugünkü moral bozukluğunun sebebi ben değilmişim babasıymış," dedim.

"Biliyorum. Biliyor musun bugün onu sırasına düşen saç telini alıp defterinin arasına koyarken gördüm." Belli ki Bahadır'ın beni ne kadar sevdiğini göstermek istiyordu. Ona âşık biri olarak normalde bunları gizlemesi, onu bana kötülemesi gerekmez miydi? Şaşırmıştım. Bahadır saç telimi bile yere atmaya kıyamamış ve saklamıştı. Bunları düşünmemeye çalışarak, "Benim âşık olduğum biri var Semra," dedim.

"Çok üzüldüm Yağmur çünkü Bahadır çok iyi biri ve hayatında bir daha, seni onun kadar sevecek başka birini bulamayacağını düşünüyorum."

"Bahadır mı tuttu seni yoksa?" dedim şaka yollu. Bahadır'ın sınıfta muhatap olduğu sadece iki kişi vardı. Biri onun gibi sınıfa yeni gelen çocuk Mustafa, diğeri de gözünü Bahadır'dan bir an olsun ayırmayan Semra idi.

"Yok, canım daha neler. Hatta duysa böyle bir şey yaptığımı benimle bir daha konuşmaz."

"Babasıyla ilgili problemin ne olduğunu biliyor musun sen peki?"

"Anlatacağım ama yemin et kimseye bundan asla bahsetmeyeceğine."

"Tamam, yemin ederim, hadi anlat." Bahadır'ın da Semra'ya bir anda her şeyini anlatmasına şaşırmıştım.

Semra, "Bahadır'ın babası son günlerde eve hiç uğramıyormuş. Her seferinde annesine işini bahane edip merkezdeydim, işlerim çok geç bitti gibi bahaneler söylüyormuş. Dün gece eve sivil bir arabayla gitmiş. Bahadır camdan baktığında arabada bir kadının beklediğini görmüş. Ayrıca kadının üzerinde de polis üniforması varmış. Adam kıyafetlerini bir valize koyup kayıplara karışmış. Annesiyle, ablası tüm gece evimizin erkeği bundan sonra sensin diye ağlamışlar, onu da ağlatmışlar," diye özetledi.

"Demek ondan edebiyat dersinde öyle dedi. Babasızlar kervanına hoş geldi o hâlde. Alışır, bir şey olmaz." Sonuçta dünyanın sonu değildi. Ben de babamı göremeyeli yıllar olmuştu.

"Baksana kaderleriniz bile birbirine benziyor," dedi Semra.

Neden bizim birlikte olmamızı bu kadar istiyordu anlamıyordum. Sonuçta Bahadır'a âşık olan ben değil oydu.

O ara yanımıza Samet geldi ve konunun daha fazla dallanıp budaklanmasını istemediğimden Semra'ya sus işareti yaptım. Semra'nın evi de diğer kızların evi gibi bizim evin yolu üzerindeydi ama onunki okula daha yakındı. Onların evinin önüne gelince samimi bir şekilde yanaklarımdan öpüp, "Yarın görüşürüz," deyip gitti. Ben de Samet ile bizim evin yolunu tuttum. Derdim bir an önce Samet'i eve bırakmak, saat 3'te de anneanneme çaktırmadan parka gitmekti. Bahadır'a ve ailesine üzülmüştüm ama şu anda benim için en önemli şey Serkan'dı. Saçlarımı önden dolma yapıp, arka tarafını saldım. Eda'dan ödünç aldığım koyu yeşil kadife kazağı giydim. Kızların doğum günümde hediye ettikleri kahverengi şalımı boynuma doladım. Altıma en sevdiğim koyu mavi kotu giydim. Üzerime de siyah kaşe montumu geçirdim. Yeşil sallantılı küpelerimi taktım. Az da makyaj yaptım. Gayet iyi görünüyordum. Annem işe gitmişti. Anneannemin nereye gidiyorsun sorularına maruz kalmamak için yanıma defterlerimi alıp, "Eda'lara ders çalışmaya gidiyorum, Samet'e sen bakarsın artık," dedim. İzin vermemesinden korkarak hızlıca evden çıktım. Eda da benim gibi sabahçıydı ve ikimiz de ortaokul sondaydık. Okullarımız farklı olsa da annem onunla ders çalışmama karışmıyordu. Tabii derslerinin benden daha kötü olduğunu bilse kesin izin vermezdi. Anneannemin beni kapıdan izleme ihtimaline karşı önce Eda'ların binaya girer gibi yaptım. Defterlerimi onların bahçesindeki sedirin altına sakladım. Beş dakika bekledikten sonra da tekrar bizim kapıyı kontrol edip parka gittim. Serkan elinde bir demet kırmızı gül, bankta oturmuş beni bekliyordu. Yanına gider gitmez gülleri bana uzattı.

"Senin kadar güzel kokmuyorlar ama kabul et lütfen," dedi. Yine o müthiş gülümsemesiyle kalp hoplatan gamzesi göründü.

"Bunları eve sokmamı beklemiyorsun herhâlde," dedim tüm romantizmini bozup.

"Yapacak bir şey yok o hâlde," dedi ve havada bana doğru tutmakta olduğu koca gül demetini sağ yanımızdaki boş banka koydu.

"Gül demetinin yanına gidip demetten üç tane gül kopardım. Sonra şalımı boynumdan çıkarıp arasına gizledim.

"En azından bunları kurtaralım."

"Aç mısın?" diye sordu.

"Aslına bakarsan çok açım, zaten benim tokum dediğim bir an bulamazsın ki."

"O hâlde Bakırköy'e gidelim, hem sizinkiler görecek diye de rahatsız olmayız," dedi.

Gerçekten de mahalleden birileri görecek diye aklım çıkıyordu.

"Eğer senin arabanla gitmeyeceksek olur."

"Neden, benim şoförlüğüme güvenmiyor musun yoksa? Hem ben sekiz yaşımdan beri araba kullanıyorum."

"Araba kullanan erkeklerin hepsi bebekliğinden beri araba kullandığını belirtmese olmaz zaten."

"Bak sen." Yanıma yanaşıp, elimi tuttu. "Babama söz verdim, ehliyetimi alana kadar bizim buraların dışına çıkmayacağım, merak etme taksiyle geçeceğiz."

Demek ehliyeti yoktu. Pek tabii askere de gitmemişti. Olsa olsa benden bir iki yaş büyük gösteriyordu.

"Süper," dedim kendime çok güvenir ses tonumla ama yanında yavru kedi gibi ürkektim. Yanaklarım kıpkırmızı olmuştu. Eli sıcacıktı. Elini avcumun içinde gezdirdikçe içimde tarifi mümkün olmayan duygu patlaması yaşıyordum. Damarlarımdaki kan sanki sadece kalp tarafıma pompalanıyordu. En son Eda ile babasının bizi götürdüğü parkta, gondola bindiğimizde böyle bir duygu yaşamıştım. Midemde kelebekler uçuşmuyor sanki hepsi birbiriyle çarpışıyordu.

Yüzümden utandığımı anladı. "Rahatsız olduysan elini bırakabilirim," dedi.

"Yok da tuhaf oldum sadece," dedim. Ne salaktım. Daha ilk dakikada çocuk için ölüp bittiğimi belli etmiştim. Elimi ilk tutan oydu ve ömrümün sonuna kadar da o tutabilirdi. Bu çocuğa deliler gibi âşık olmuştum. Benim onu seçme sebeplerim belliydi ama o neden beni seçmişti? Eda benden çok daha uzun boylu, alımlı ve güzeldi. Maddi durumları da bize göre yerindeydi. O da benim gibi devlet okulunda okuyordu. Sonuçta Eda'dan derslerimin iyi olması dışında başka bir artım yoktu. İkimizi de hiç tanımıyordu ama yine de beni seçmişti. Bunu pek tabii ona soramazdım. Aklına Eda ya da başka birini getirmek istemiyordum. Onunla mutluydum ve artık tek amacım sonuna kadar bunun tadını çıkarabilmekti.

Bakırköy'de kırmızı duvarlı, masa örtüleri kırmızı beyaz ekoseli, her masada küçük kola şişelerinde papatyalar olan sevimli bir kafeye gittik. Kızlarla da arada okulu ekip Bakırköy'e kaçardık. Paramız bol olduğunda da tatlısı çok güzel olan Şeker kafede dondurmalı elmalı turta yerdik. Onun dışında çok fazla bir yer bilmiyordum.

"Buraya daha önce geldin mi?" diye sordu.

"Hayır," dedim. Yalan söylemenin bir mantığı yoktu.

"Hamburgeri çok güzeldir buranın. Ben çok seviyorum, eminim sen de bayılacaksın."

"Hamburgere oldum olası bayılırım," dedim. Asıl mesele onun yanında nasıl yiyeceğim kısmıydı. Ne zaman hamburger yemeye çalışsam orasından burasından içindekileri dökmeyi başarırdım. Eda ile yerken keyifliydi ama şimdi onun yanında kesin rezil olacaktım.

Hamburgerler geldi. Ben her ne kadar dökmemeye çalışıp kibarca yemeye özen göstersem de onun gibi yemeyi becerememiştim. Hamburgerin içerisindeki domatesten, maruldan bir parça pek tabii önümdeki tabağa düşmüştü. Demek tecrübeyle alakalıydı bu durum. Üstelik naylon poşetteki ketçabı açmaya çalışırken kazağıma dökmüştüm. O beni utandırmamak için, "Ben de bunları açmayı hiç beceremiyorum," dedi. Diğer mayonez ve ketçap paketini o güzel elleriyle açıp tabağımın köşesine döktü. Allah'tan koyu renkli giymiştim de ketçap lekesi çok fazla belli olmuyordu. Yemeği yedikten sonra hesap geldi. Yanımda anneannemden aldığım harçlığım vardı. Muhtemelen yeterdi.

"Ben ödeyeyim istersen," diye artistlik yaptım.

"Yok canım daha neler, benim yanımda hem de." Cebinden çıkardığı bir demet parayı kibarlıktan bana göstermemeye çalışarak masanın altında sayıp hesabı ödedi. Ben de altta kalmamak için, "Benim de bildiğim çok güzel elmalı turta yapan bir yer var. Ben de tatlıları ısmarlayayım o zaman," dedim.

Burnuma işaret parmağıyla dokundu. "Senin kadar tatlı olamaz ama gidelim bakalım." Allah'ım ne sevimli bir çocuktu bu. Kafeden çıkarken yine elimi tuttu. Yanında yürürken ona göre çok kısa boylu olduğumdan içim içimi yiyordu. İnsanlar sanki boy farkımızdan dolayı bize garip bir şekilde bakıyorlardı. Büyük ihtimalle bu çok yakışıklı çocuğun böyle çirkin kısa boylu bir kızla ne işi var diye de düşünüyorlardı. Onunsa hiçbir şey umurunda değil gibiydi. Elimi aşkla tutuyor, gözlerime aşkla bakıyordu. Kendimi gerçekten de yanında bilgisiz, görgüsüz, fakir, kısa boylu ve çok çirkin hissediyordum. Sanki bana göre değildi ama benim yanımdaydı işte. Allah'ın mucizesi gibi bir şeydi. Onu bildiğim Şeker kafeye götürdüm. Tatlılarımızı yerken, "Doğum günün ne zaman?" diye sordu.

"Hani her şeyimi biliyordun, onu da sen bul, bana ne," dedim sevimli olmaya çalışıp.

"Peki, sen benim askerlik yaptığımı biliyor muydun?"

"Evet, tabii söylemiştin," dedim gülerek. Cüzdanından çıkardığı ev içerisinde çekilmiş olduğu asker üniformalı resmini gösterdi.

"Tabii tabii. Kimin, abinin mi bu forma?"

Cevaplamadan resmi yerine koydu ve ceketinin cebinden bir kutu çıkardı. "Madem söylemiyorsun o hâlde al bakalım, doğum günün kutlu olsun."

Şaşırmıştım. "Sen cebinde kızları tavlamak için böyle hediyelerle mi dolaşıyorsun? Hem doğum günüme daha üç ay var."

"O hâlde ilk günümüzün hediyesi olsun bu," dedi.

Kutuyu açtım, içinden klasik metal kordonlu çok güzel bir saat çıktı. Bileğime biraz büyük gelmişti. Hemen koluma göre ayarlatıp takmam lazım diye düşündüm. Kızlar yine çatlayacaktı. "Umarım bu saat doğru değildir," dedim saate şaşkınlıkla bakıp.

"Doğru, neden?"

"Çok geç olmuş baksana. Anneannem beni aramaya çıkmıştır kesin." Bir sürü laf işitecektim. Hesabı bana bırakmadan yine o ödedi ve hemen kalktık. Taksiyle bizim bir üst mahalleye geldik. Bizimkiler görür korkusuyla evin tam önünde inemedim.

"Yarın yine aynı yerde, aynı saatte," dedi başını taksinin camından uzatıp.

"Tamam, ama izin alabilirsem."

"Ben beklerim alsan da almasan da," dedi ve gitti. Saati kutusuyla beraber zorla ceketimin küçük cebine koydum. Hava kararmıştı. Gizlice Eda'ların bahçeye yeniden girdim. Defterlerimi alıp eve koştum. Normalde Eda'ya da uğramak istiyordum ama çok geç kaldığımdan bu pek mümkün değildi artık. Annem çoktan gelmiş mutfakta yemek işlerine girişmişti. "Neredesin kız sen? Hemen ilk haftadan ödev mi verdiler?" diye çıkıştı.

"Matematikten anlayamadığım bir konu vardı da, onu sordum Eda'ya." Sanki Eda da matematikten çok anlardı ya.

"Hadi hadi yemek yiyoruz salona geç," dedi.

"Eda'larda atıştırdım ben, siz yiyin."

Anneannem, "Olsun, sofrada otur da yüzünü görelim," diye seslendi. Odama girip gülleri sardığım şalımı alelacele yorganımın altına koydum. Saati de cebimden çıkarıp çekyatımın altına attım. Annem o ara odama gelip sessiz bir şekilde, "Kadın gidecek zaten birkaç güne kadar, idare et işte," dedi.

"Tamam," deyip ellerimi yıkadım ve yer sofrasında her zamanki yerime oturdum. Havadan sudan muhabbet ettik. Yemek sonrası annem çayları getirdi. Samet defterine yatay, dikey, paralel her çeşit çizgi çizmeye çalışıyordu. Henüz harfleri öğrenmeye başlamamışlardı. O ara mahalleden arabayla son ses Doğuş'tan *Korkma Biz Genciz* adlı şarkıyı çalan biri geçti. Ben kim olduğunu gayet iyi bildiğimden sırıtmaya başladım. Anneannem, "Hiç utanma arlanma kalmadı bu millette. Kaç gündür ayıp vallahi," diye söylenmeye başladı. Annem yine hiçbir şeyi kaçırmadığından, "Senin için mi geçiyorlar kız yoksa?" diye koluma vurdu. Yüzümdeki gülümsemeyi toparlayıp, ciddileştim. "Saçmalama anne, ne alaka?"

Sonra odama geçip perdenin arkasından, yine geçmesini bekledim. Geçmedi. Bugün olmasa da, içimde yarın için sabırsız bir bekleyiş başlamıştı. Serkan kalbime, ruhuma dokunmuştu. Bakalım yarın beni ne gibi sürprizlerle karşılıyor olacaktı. Mor çiçekli yorganın altındaki şalımın içerisinden kırmızı gülleri çıkardım. Biraz solmuşlardı. Kurumaları için annemin göremeyeceği bir yere, kitaplarımın arkasındaki kalem kutuma koydum. Çekyatın altındaki saat kutusunu çıkarıp saati koluma taktım. Sonra da yarın yaptırmak ve ayrıca kızları çatlatmak için okul çantama koydum. Yine Bahadır'ı düşünmeden, sadece Serkan ile ilgili hayallerimle mutluluk ve huzurla uykuya daldım.

BİN GÜN SONRA

Bahadır tam da tahmin ettiğim gibi okulun giriş kapısında beni bekliyordu. "Yine mi erken geldin sen?" dedim yanaklarından öperken.

"Bundan sonra her gün böyle olacak," dedi.

"Güller için teşekkür ederim. Odam mis gibi koktu."

"Senin gibi yani." Utandığımdan başımı aşağı eğdim.

Beraber yine benim sırama geçtik. İçeri girene kadar, kardeşi Muhammed'den, yaptığı komikliklerden bahsetti. "Bu hafta sonu bizim ufaklıkla tanıştıracağım seni."

"Çok sevinirim," dedim neşeyle.

"Ayrıca sonra da seni güzel bir yere yemeğe götürmek istiyorum, olur mu?"

"Ne kadar güzel olduğuna bağlı," dedim ukala kız tavrımla.

"Okuldan daha güzel olduğu kesin," diye karşılık verdi o da.

"Öyle olacağına eminim." Kolunu omzuma attı. Çirkin Ahmet Bey'in görmesinden çekinerek usulca kolundan sıyrılıp yanında yürümeye başladım. Adam resmen psikolojimi bozmuştu. Sanki her yerde bizi izliyordu. Beni sınıfıma bıraktı ve kendi sınıfına gitti. Aykut yine eski yerine bir önümdeki sıraya geçti. Ben, Ayşegül ve Şennur'a gelişmeleri anlatırken sırtını olabildiğince geriye dayıyor, ilgilenmiyor Eda'larında bizi duymaya çalışıyordu. Şennur ve Ayşegül ara ara onun bu garip hareketlerini bana işaret ederek gösteriyor, sessizce gülüyorduk.

Aykut bir ara arkasına döndü ve bana bakıp, "Seninki geçen sene okulda ne olaylara karışmış haberin var mı?" dedi. Bahadır'ın eskisi gibi mülayim bir çocuk olmadığını biliyordum ama ne yapmış olabileceği konusunda hiçbir fikrim yoktu. O ara kızları gözlerimle sorguladım. "Dersten sonra anlatırız," dediler. Karnıma müthiş ağrılar saplanmıştı. Bahadır ortaokuldayken gayet ılımlı, çalışkan, başarılı bir çocuktu. Kimseye karışmaz, kavga gürültüyle işi olmazdı. Onu elinde sigarayla bile görünce yadırgamışken başka bir olayını duymak kesinlikle istemiyordum. Ahmet Bey'in onun böyle üzerine gitme sebebi belki de, Aykut'un bahsettiği bu olaylarla ilgiliydi. Kızlarla ders arası olunca bahçeye çıktık. Bahadır henüz ortalarda yoktu.

"Ee anlatın bakalım şu mevzuyu," dedim kendimi sakinleştirmeye çalışarak.

Ayşegül, "Siyasal meseleler işte, anlatacak bir şey yok," dedi.

"Nasıl yani?" İkisinin de suratına, bir şeyler anlatmaları için yalvarırcasına baktım. "Daha liseyi bile bitirmemiş birinin böyle siyasi olaylarla içli dışlı olması normal mi sizce?"

"Sağcılık, solculuk meseleleri yüzünden geçen sene bir kavgaya karıştı Bahadır," dedi Şennur. Ayşegül de, "Onu bir gün okul çıkışı karşı görüşten bazı öğrenciler kaçırıp, kullanılmayan boş bir binaya götürmüşler. Orada sabaha kadar dövmüşler. O dönem uzun süre okula gelemedi," diye devam etti.

"Nasıl yani ortada büyük bir suç var, yapanlar belli ve bu kişiler cezalandırılmadı, öyle mi?" İkisi de sessizce hayır anlamında başlarını salladılar. Şoktaydım.

Şennur, "Bahadır olaydan iki ay sonra etrafındakilere ben öcümü aldım artık içim rahat demiş ama bilmiyorum gerçekten bir şey yaptı mı," dedi.

Tüm gün boyunca savunmasız bir hâlde bir sürü çocuk tarafından dayak yemişti. Kim bilir onu nasıl acılar içerisinde bırakmışlardı. Sanki onu döverek dünyayı kurtarmışlardı. Böyle mi insanların görüşleri bastırılmalıydı? Kızların bu olaydan bana hiç bahsetmemiş olmalarına da ayrıca bozulmuştum. Ben bu düşüncelerle boğuşurken Bahadır'ın karşıdan bize doğru yüzünde kocaman bir gülümseme ile geldiğini fark ettim. Kızlara, "Bu konuyu açmamak üzere kapatıyoruz," dedim.

Canım o kadar yanıyordu ki sanki benim her tarafıma tekmeler indirilmişti. Bahadır kızlara selam verip, beni yanaklarımdan öptü. Kızlar Bahadır ile ayaküstü görüşüp, "Biz sınıfa çıkıyoruz," deyip gittiler. Bahadır yüzümden ters bir şeyler olduğunu anlamıştı. "Neyin var senin, her şey yolunda mı?" diye sordu. O an gözyaşlarımı tutamadım. Hıçkırarak ağlamaya başladım. Bahadır bana sımsıkı sarılarak, "Ne oldu Yağmur? Lütfen anlatır mısın?" diye sordu endişeyle.

Bir süre kollarında ağlamaya devam ettim. Ona dayak mevzusunu soramazdım. Neden ağladığımı da söylemem gerekiyordu. Sonra, "Emel," dedim. "Emel seni seviyormuş."

"Hangi Emel? Bizim sınıftaki mi?" Gülmeye başladı. "Beni seven her kız için böyle ağlayacaksan işimiz zor."

"Doğru söyle," dedim, kendimi biraz daha toparlayıp. "Sen onu sevmiyorsun, değil mi?"

"Sence onu sevseydim, şu an onun kollarında olmam gerekmez miydi?"

"Hadi kalk." Yanaklarımı sildi. "Bir daha başka kızlardan bahsetmek yok. Ben sana bir söz verdim Yağmur. İlk aşkım sendin, son aşkım da sen olacaksın." Beraber bizim sınıfın kapısına kadar geldik.

"Bahadır kızmazsan bir şey söylemek istiyorum," dedim.

"Tabii," dedi merakla gözlerime bakıp.

"Hani bugün beni bir yere götürecektin ya, yarın gitsek olur mu? Hiç iyi hissetmiyorum kendimi."

"Tamam. Nasıl istersen ama saçma sapan şeyler düşünme olur mu? Benim senden başka hiçbir kızla işim olmaz." Gülmeye zorladım kendimi ve ona normalden biraz daha güçlü sarılıp sınıfıma geçtim.

Aykut yaptığından memnun bir yüz ifadesiyle ortalıkta dolaşıyordu. Kızlar az önce ağlamış yüzüme bakıp, "Bildiğini söyledin mi yoksa?" diye sordular.

"Saçmalamayın kızlar, böyle bir şeyi ona nasıl sorabilirim? Bir insan evladı nasıl yapabilir böyle bir hainliği hiç anlamıyorum."

Şennur, "Peki, neden ağladığını sormadı mı?" diye sordu.

"Emel diye onların sınıfından bir kızın Bahadır'ı sevdiğini duymuştum. Ona ağladığımı sandı."

Ayşegül gülerek, "Kızım akılına şaşıyorum bazen," dedi.

O gün ders çıkışı Bahadır'a hiç gözükmeden evin yolunu tuttum. Annem ile Samet yan komşuda Necla ablalardaydı. Ayda bir kez olan altın günleri vardı. Annem eve giderken, beni camdan görüp seslendi. Benim için hazırlattığı pasta, börek tabağını camdan uzattı. Eve gidip tabağı ders masama koydum. Kendimi yatağa attım. Sürekli gözümün önünde, karanlık bir odada kanlar içerisinde yapayalnız yatan Bahadır canlanıyordu. Midem o kadar kötüydü ki kusmak istiyordum.

Tam ağlamaya hazır kıvama gelmişken, kapı çaldı. Gelen Sepil'di. Okulda benimle hiç samimi olmamış, bir hoş geldin bile dememişti ama şimdi karşımda duruyordu. Elinde defterleri vardı. Yine en uygunsuz zamanı buldu diye içimden geçirdim.

"Merhaba Yağmur, gelebilir miyim?" Direkt ders çalışabilir miyiz diye sorsaydı onu işim var deyip gönderebilirdim ama bu şekilde uygun olmazdı. Ayrıca artık aynı sınıftaydık. "Tabii," dedim ve kapının önünden çekilip içeri girmesi için müsaade ettim. Elindeki defterleri gösterip, "Korkma bana ders çalıştırasın diye gelmedim. Bizimkilere bahane olsun diye defterleri yanıma aldım," dedi.

"Anladım," dedim. Beraber odama geçip, yatağımın üzerine oturduk. Anneannemin kırmızı elektrikli sobasını ders masamın üzerine koyup fişe taktım. Allah'tan bu sefer iki gözü birden çalıştı.

"Aslında sana bir özür borçluyum. Geldiğin günden beri, öncesinde tanışıyor olmamıza rağmen sana bir hoş geldin bile demedim."

"Fark etmiş olman yeterli, sorun değil." Lafı daha fazla uzatmasını istemiyordum. Annemin az önce vermiş olduğu tabağı kibarlık olsun diye önündeki fiskosa koydum. Yanına da dolaptan meyve suyu çıkarttım. "Okuldan geldin, açsındır."

Teşekkür etti. "Beraber yiyelim o zaman." Tabağı ikimizin ortasına doğru itti. "Nasıl bizim okula alıştın mı?"

"Evet, zaten biliyorsun Şennur ve Ayşegül benim ortaokuldan arkadaşlarım. Burcu ile yeni tanıştım ama onu da çok sevdim. Tabii diğer sınıflarda da başka arkadaşlarım var. O yüzden çok yadırgamadım senin anlayacağın."

"Peki ya Aykut, onunla aran nasıl?" Bana neden geldiği belli oluyordu.

"Bu seni neden ilgilendiriyor ki?" Önüne koyduğum tabaktan bir dilim kek alıp yemeye başladı. "Sence neden ilgilendiriyor olabilir?" dedi sağ kaşını kaldırarak.

"Anladım Serpil. Merak edeceğin bir şey yok. Benim sevdiğim biri var. Biliyorsundur belki ortaokuldan arkadaşım. Adı Bahadır."

"Mustafa Bahadır'ı kim bilmez ki? Sizi bu ara hep yan yana görüyorum. Tahmin etmiştim aslında ama dikkat et belalı çocuktur."

"Merak etme. Herkesten iyi tanırım onu." Ona ne oluyorduysa. Sonuçta gözünün olduğu Aykut denilen çocuğa karşı ilgim yoktu. Sabahki gerginliğimden sinirim daha da tepeme çıkmıştı. Allah'tan bir an önce defolup gitmesini dilerken kapı çaldı. Samet ile annem gelmişti. Annem Serpil'i ve ailesini iyi tanıdığından onu annenler nasıl, kardeşin nasıl gibi soru yağmuruna tuttu. O da hemen sıkılmış olacak ki beş dakika geçmeden, "Ben gideyim artık. Yarın okulda görüşürüz," dedi. Yanaklarımdan yapmacık bir şekilde öpüp gitti. Annem Serpil'in bizim okulda olduğunu yeni öğreniyordu. "Millette de o kadar para var, yine de çocuklarını devlet okuluna gönderiyorlar. İlginç vallahi," dedi. Konuyu hiç uzatmayıp ders çalışacağımı söyleyip odama geçtim. Arkamdan, "Azıcık da şu kardeşini çalıştırsan ölürsün, değil mi?" diye seslendi.

"Hafta sonu çalıştırırım," dedim odamın kapısını kapatırken.

"Bu arada, odandaki gülleri görmedim sanma. Onu da ayrıca konuşacağız," diye bağırdı. "Aman anne," deyip geçiştirdim. Yine Bahadır'ı ve o karanlık odayı düşündüm. Aklımdaki kötü şeyleri iyi şeylerle değiştirebilmek için Bahadır'ın hediye ettiği ve boynumdan hiç çıkarmadığım kolyesine dokundum. Aldığı gülleri kokladım. Yazdığı ve kendi kokusunu sürdüğü güzelim mektuplarını yine okudum. Yatmama yakın camdan yine tıkır tıkır sesler geldi. Gelenin Bahadır olduğunu bildiğimden sakin bir şekilde camı araladım. Bahçeden çıkmak üzereydi. Camımın önüne bu sefer de bir demet papatya bırakmıştı. Annemin yan odadan duymasından korktuğum hâlde sessiz bir şekilde camı açıp, "Hayrola, çiçekçi falan mı soydun sen?" diye sordum.

"Seni çok seviyorum," dedi.

Böyle bir cevap beklemediğimden öylece kalakaldım. Cevap vermek ben de seni seviyorum demek istedim ama olmadı. Ağzım dilim kilitlenmişti sanki. O da benim sessizliğim sebebiyle bir müddet yüzüme baktı ve sonra gitti. Papatya demetini kucağıma alıp, benden hiç duymadığı sözleri yine duyamayacak olsa da sessizce kendi kendime söyledim. Ben de seni çok seviyorum...

BİN GÜN ÖNCE

Sabah uyandığımda anneannemi yanı başımda saçlarımı okşarken buldum. "Ah benim kadersiz yavrularım," diyerek ağlıyordu.

Onu biraz güldürebilmek için bizim oranın şivesiyle, "Ana kız ne çektim be sizden. Anası ağlayarak uyandırır, kızı üzerimden örtümü alarak uyandırır. Yeter be ya," dedim. Baktım ki anneannemin surat ifadesi aynı, ben de ciddileşerek, "Ne varmış ki hâlimizde anneanne?" diye sordum.

"Daha ne olsun?" diye sitem etti. Saçlarımı okşamaya devam ediyordu.

"Baban Samet doğmadan daha bıraktı gitti sizi. Abin serseri arkadaşlarına uydu, bak şimdi mahpusta. Ananız desen temizlik yaparak, merdiven silerek size bakmaya çalışıyor. Siz de iki yavrucuk okumaya çabalıyorsunuz işte."

Hiç anneannemi çekecek modda değildim. Moralimi onca güzel şeyden sonra bozmaya hiç niyetim yoktu.

"Az kaldı anneanne, tıbbı kazanayım hepinize ben bakacağım." anneannem ve dedem tıp okumam konusunda ısrarcıydı. Tabii benim niyetim matematik üzerine bir şeyler yapmaktı ama onları mutlu etmek için her zaman doktor olacağımı söylerdim.

"Baban olacak adam doktor olduğunu duyunca hemen peşine düşer. Sakın o zaman affetme onu," dedi beni kollarına alıp.

"Sekiz yıldır görmediğim adam sence ne yüzle karşıma çıkabilir?"

"Utanması yoktur onun. Bak görürsün. Hadi kalk, kahvaltınız hazır. Annen Ataköy'e işe gitti. Siz okuldan gelene kadar dönecekmiş. Samet'i yine sen götürür getirirsin. Okuldan sonra bir yerlere gitme de seni son kez doya doya göreyim. Deden durmadan çağırıyor. Ben de yarın sabah giderim artık."

"Tamam, merak etme," dedim. Anneannem Samet'i giydirdi ben de beslenme çantasını hazırladım. Birlikte kahvaltımızı yaptık ve sonra Samet'le el ele çıktık.

Serkan'ı görme hayallerim anneannem sayesinde hayal olmuştu. Gerçi bir yolunu bulup onu beş dakikalığına da olsa görsem bana yeterdi. Sonuçta boşu boşuna parkta beni beklemesini istemiyordum. Bir an önce okul bitse de parka gitsem diye düşündüm. Samet okulunda sınıf arkadaşlarını görür görmez yanlarına koştu. Ben de kendi okuluma geçtim. Sınıfımız Bahadır gelmeden önceki günlerimizdeki gibi sakindi. Kızlar öğretmenler masasının etrafında toplanmış genel şeylerden bahsediyorlardı. Bahadır sıra arkadaşı Mustafa ile muhabbet ediyordu. Kızların yanına sokulduğum an Bahadır beni fark etti ve Semra ile bakıştı. Sonra ikisi birden dışarı çıkıp kapının önünde bir şeyler konuşmaya başladılar. Daha sonra Semra beni yanına çağırdı. Yalnızdı, Bahadır gitmişti. "Dün konuştuğumuz mevzularla alakalı," diye söze başladı. "Sonuçta seni anlıyorum, sevdiğin biri var. Sen de Bahadır'ın sana olan ilgisini ve ailevi problemlerini biliyorsun az çok."

Buradan nereye bağlayacağını çok merak etmiştim. "Bahadır seninle sadece bir saat konuşmak istiyor. Sizin üst mahallenin oradaki parkta. Yarın öğlen 2 gibi orada seni bekliyor olacak."

"Semra neden konuşayım ki onunla?" dedim sinirlenerek. "Benim bir sevgilim var basmıyor mu buna kafası?"

"Bak canım ben seni gayet iyi anlıyorum da en azından bir kez yüz yüze konuşun. Ne bileyim sevgilim var dersin. Sana karşı hiçbir şey hissetmiyorum falan dersin. Belki böylelikle daha kolay soğumuş olur senden."

İnanılır gibi değildi. Çocuk başka birini sevmeme aldırış etmiyor, hâlâ peşimde dolanıyordu. "Daha önce söyledim zaten. İyi tamam gelsin bakalım," dedim sonra. Geleceği varsa göreceği de vardı.

"O hâlde yarın sizin oradaki parkta, saat 2'de tamam mı?" diye tekrarladı.

"Semra sen de gel o zaman. Onunla baş başa kalmak istemiyorum. Ona annesi yalnız dışarı çıkmasına izin vermiyormuş falan dersin."

"Tamam, ama siz konuşurken sizden uzakta bir yerlerde dururum ben," dedi. Kızdaki aşka gerçekten saygı duyuyordum. Bahadır'ı seviyor ama onun mutluluğu için elinden gelenin fazlasını yapıyordu. Hiç benim yapmak istemeyeceğim türden şeylerdi.

"Anlaştık bize gelirsin, beraber gideriz," dedim.

"Tamam," dedi ve sırasına geçti.

İçim hiç rahat değildi. Serkan'ı şimdiden aldatıyormuşum gibi hissediyordum. Demek ki istemiyorum demekten anlamayan bu çocuğa daha açıklayıcı şeyler söylemek gerekiyordu.

Kızların yanına döndüğümde yine gülüşmeler, kıkırdamalar başladı. O ara sırasına oturmuş olan Bahadır'ı göstererek, "Sana mı asılıyor yine?" diye sordular.

"Sormayın kızlar, çocuk kara bela resmen," dedim sesli bir şekilde. "Bu aralar paylaşılamıyorsun. Biraz da bize vakit ayırsan hiç fena olmaz," dedi Süriş. "Kızlar şu aşk işlerimi yoluna sokayım sizinle istediğiniz kadar vakit geçireceğim söz," dedim. Dersimiz iş eğitimiydi. İzzet öğretmen gelince hepimiz yerlerimize geçtik. Gelecek ders için yanımızda farklı renklerde yumak ipler, plastik pet şişe, renkli el işi kâğıtları ve uhu getirmemizi istedi. Bunlarla kedi, köpek gibi hayvanlar yapacağımızı söyledi. Yanımızda o an için malzeme olmadığından bizi sessiz olmak kaydıyla serbest bıraktı. Ben Süriş'e Serkan ile olan yemek hikâyemi anlattım. Hamburgeri yiyemeyişime ve ketçabı üzerime döküşüme epeyce güldü. Çantamda taşıdığım bana aldığı saati gösterdim. "Bir de koca bir demet kırmızı gül getirmiş inanabiliyor musun?" dedim heyecanla.

Süriş, "Oha artık," dedi saate bakarken. "Çok kaliteli duruyor. Bence çok pahalı bir saat bu."

"Kızım kayınpederimin otobüs firması var. Olacak o kadar," diye hava yaptım.

"Vay iyisin, zengin olunca bizi de unutmazsın artık." O ara göz ucuyla arkama baktım. Bahadır sinirle defterine anlamsız bir şeyler karalıyordu. Anlaşılan konuştuğumuz her şeyi duymuştu. Artık benimle ilgili daha fazla hayal kurmasını istemiyordum.

Dersler biter bitmez hiç oyalanmadan Samet'i almaya gittim. Caddenin üzerindeki saatçiye uğrayıp saati bileğime göre yaptırdım. Artık anneme de Süriş'in annesi derslerine yardım ediyorum diye hediye almış gibi bir bahane uyduracaktım. Eve vardığımızda anneannem mutfakta helva yapıyordu, annem ise işten henüz dönmemişti.

"Oo mis gibi kokmuş." Mutfağa gidip kaşığımı sıcak helvaya daldırdım.

Anneannem, "Az beklesene kızım soğusun, mideni kötü edeceksin," diye söylendi.

"Bana bir şey olmaz, sen merak etme anneanne. Bu arada, iş eğitimi öğretmeni ödev verdi. Kırtasiyeden malzemelerini almam lazım. Gidip geleyim mi iki dakika?"

"Kızım ben yarın sabah erkenden gideceğim. Neden böyle yapıyorsun? Az yüzünü göreyim." Ben o ara üzerimi değiştirmeye başlamıştım bile. "Yemeğini ye öyle gidersin madem," diye kabul etti sonra. Serkan ile buluşacağım saate daha vardı. "Tamam, olur," dedim.

Samet'in de üzerini değiştirip, elini yüzünü yıkadım. Anneannem, Samet ve ben beraber öğle yemeğimizi yedik. Süslenip dikkat çekmeden anneannemin yanaklarından öpüp evden aceleyle çıktım. Serkan parkta bankın üst kısmına oturmuş, beni bekliyordu. Her zamanki gibi çok karizmaydı. Elinde beyaz bir kâğıt vardı. Dikkatlice kâğıda bakıyordu. Beni görür görmez kâğıdı katlayıp cebine koydu.

"Hayırdır bana aşk mektubu mu yazdın?"

"Ben o işlerden pek anlamam."

"Sen mi anlamazsın?" dedim imalı bir şekilde.

"Hatırladığım kadarıyla dün bana bir demet kırmızı gül verdin." Montumu sıyırıp, bileğimdeki saati göstererek, "İlk günümüzün şerefine bana bu saati de hediye ettin. Ondan önce de kapımın önünden sabret, yok biz genciz gibi şarkıları son ses çalıp geçtin. Tabii bir de gece vakti kapımın önünde yağmurlar altında sırılsıklam ıslanman var," dedim. Sonra gülerek, "Hele de arkadaşınla ayarladığınız job olayını hatırlamak bile istemiyorum. Yani sen mi romantik değilsin şimdi?" diye sordum dalga geçmek için. İkimiz birden gülmeye başladık. Bankın aşağı kısmını eliyle kontrol etti. Kuruydu. Bankın sağına oturup, yanına oturmam için eliyle bankın sol tarafını temizledi. "Anneannem bizde ya, çok kalamayacağım," dedim. Yanıma sokulup bir anda sağ yanağımdan öptü. Dudakları sıcacıktı. Bir öpücüğü buz gibi bedenimi ısıtmaya yetmişti. "Sana bir şiir okuyayım mı?"

"Hem o işlerden anlamam diyorsun hem de şiir okumak istiyorsun. Seni çözebilene aşk olsun," dedim.

Cebinden az önceki kâğıdı çıkardı ve okumaya başladı.

"İncelik erdemse beni böyle gösteren

Çok uzun bir yol daha var geçmediğim

Hâlâ geçilmesi gereken ömrümden

Bir yarıştayım sanki iyi olma yarışı..."

Sözünü kesip, "Nereden buldun bunu?" dedim sinirle. Elinden kâğıdı almaya çalıştım. O kâğıdı havaya kaldırıp gülerek okumaya devam etti. Eline yaklaşınca ayağa kalktı. Ben de bankın üzerine çıktım ama o da kendini iyice geriye çekti. Resmen kâğıdı alabilmek için onunla kapışıyordum. Sonra kâğıdı okumaya devam etti.

"Yoruldum sanki

Ben onlar kadar iyi olmayı

Onlardan da iyi olmayı isterim..."

Tekrar şiiri kesip, "Ben gidiyorum" dedim sinirle.

Bu sefer ciddi olduğumu anlamıştı. Kâğıdı birkaç parçaya bölüp çöpe attı. Kolumdan sıkıca tuttu. "Saçmalama şaka yapıyordum sadece. Gel otur şöyle." Eski yerimize geçip oturduk.

"Cidden nereden buldun bu şiiri?" dedim.

"Sırana kazınmıştı."

"İyi de sen benim sıramı nereden biliyorsun ki?"

"Sana söylemiştim. Aile durumlarına, arkadaşlarına, hatta ders notlarına kadar her şeyini biliyorum."

"Doğum günümü bilmiyorsun ama!" dedim. Sanki bilmemesine içerlemişim gibi.

"17 Aralık," dedi hiç düşünmeden. "Biliyordum da doğum gününde bir daha hediye isteme diye bilmiyormuşum gibi davrandım." Gerçekten inanılır gibi değildi. Sırama kadar biliyordu.

"Korkutuyorsun beni Serkan. Bu şiir olayına gelince, bizim sınıfa yeni kayıt olan bir çocuk var, tahminimce o yazdı bunu. Konusu açılmışken yarın sınıftan arkadaşım Semra ile beraber onunla okuldan sonra burada buluşacağım. Bu durumu da daha fazla büyümeden çözeceğim. Ona senden bahsedeceğim, o da anlar benimle daha fazla uğraşmaz herhâlde."

Kolunu belime dolayıp, "Ben sana güveniyorum Yağmur ama yarın ikimiz için planlarım vardı," dedi. Onun nefesinin bu kadar yakınında olmak beni daha da fazla heyecanlandırmıştı. Kendimi biraz geriye çektim. "Neymiş bakalım planların?"

"En yakın arkadaşım Emre'nin yarın doğum günü. Seni de davet edecektim. Hem diğer arkadaşlarım da orada olacak. Onlarla da tanışmış olursun."

Serkan'ın yanına beni yakıştıramayacak olan arkadaşlarının bakışları bir anda gözümün önünden geçti. Ayrıca doğum günün nerede kutlanacağını bilmem gerekiyordu. Çocuğun evinde olacaksa işim daha da zordu. Apaçık boy farkımız ortaya çıkacaktı. Ne de olsa beş santim bile olsa topuklularımla dışarıda işi bir nebze olsun çözüyordum.

Kalbim güm güm atarken, "Nerede olacak ki doğum günü?" dedim.

"Emre'lerde. Onlar da bizim mahallede oturuyorlar, sana da yakın hem." Ne giyeceğimi o an düşünmeye başlayıp, "Peki saat kaçta?" dedim. Düşündüğümü de belli etmemeye çalışıyordum.

"Beş gibi başlayacak. Çok kalmayız. Hava kararmadan seni eve bırakmış olurum."

"Şiiri yazan çocukla saat ikide buluşacağız. Zaten beş dakika konuşurum fazla değil. Sonra eve gider hazırlanırım. Arkadaşının doğum gününe yetişirim yani."

"Tamam," dedi.

"Neyse kırtasiyeye diye izin aldım. Şimdi gitmem lazım." Ayağa kalktım.

Yanıma sokuldu. Bana sımsıkı sarıldı. "Böyle saçma sapan şeyler bizi ayıramayacak, sana söz veriyorum. Sen de söz ver Yağmur, eğer olur da bir gün benim hakkımda yalan yanlış bir şeyler duyarsan önce bana gel sor, tamam mı?"

"Tamam, söz." O an ne sözü, ne Bahadır'ı, ne de Serkan'ın mis kokusunu düşünüyordum. Kafama taktığım tek şey ikimizin arasındaki dünyalar kadar olan boy farkıydı. Tabii bir de Emre'nin doğum gününde ne giyeceğimi düşünmem gerekiyordu. En kötü Eda'dan kıyafet alacaktım. Yanaklarımdan eğilerek öptü. Çok güzeldi. O anımın hiç bitmemesini diledim ama olmadı. Yanında zaman ışık hızıyla geçiyordu. Koşar adımlarla kırtasiyeye gittim. Eve döner dönmez odama koştum. Tüm gardırobumdaki kıyafetleri yatağımın üzerine döktüm. Sırayla hepsini denedim. İçlerinden en beğendiğim mavi bluzumla, mavi kot eteğimin kombinasyonu oldu. Gerçi bu bluzla üşüyebilirdim ama daha iyi bir şeyim olmadığından soğuğa katlanmak zorundaydım. Ayağıma da 7 cm topuklu siyah uzun çizmelerimi giymeye karar verdim. Tam 7 cm olduğunu biliyordum, çünkü kompleksimden dolayı bütün ayakkabılarımın topuk boyunu ölçüyordum. Ayrıca yarın fırsat bulabilirsem Eda'ya da uğrayacaktım. Kıyafetlerimi ona gösterecek beğenmezse ondan bir şeyler bakacaktım. Gerçi ne yaparsam yapayım tüm havam eve girdiğim anda sönecekti. Aklıma annemlerin günlerde yanlarına aldığı gibi terlik götürmek bile gelmişti. Eminim arkadaşları Serkan ile bu piknik tüpünü nereden buldun diye dalga geçeceklerdi. Yarınki psikolojime göre ne yapacağıma karar verecektim. En kötü çok hastayım bahanesiyle gitmem diye düşündüm. Bir de okul sonrası halletmem gereken Bahadır meselesi vardı. Çok üstüne düşmesem de Serkan'ın sıramdaki şiiri bulması beni inanılmaz rahatsız etmişti. Sanki sağımda Serkan, solumda Bahadır nefes alıyor gibiydi. İkisi de bambaşka insanlardı ve tek ortak noktaları bana olan aşklarıydı. Bunları düşünmemek için teybimi açtım. Anneannemin verdiği harçlıkla aldığım Doğuş'un CD'sini taktım. Uyuyana kadar defalarca *Korkma Biz Genciz* şarkısını dinledim.

BİN GÜN SONRA

Bahadır'ı sabah dersten önce görememiştim. İlk ders arasında yanıma gelip, "Nasılsın, daha iyisin değil mi?" diye sordu.

"Kesinlikle," dedim dünkü duyduklarımı düşünmemeye çalışarak.

"O hâlde bugün okul çıkışı benimlesin," dedi o çocuklar gibi masum gülümsemesiyle.

"Tamam, ama hava çok kötü. Yağmur da yağıyor. Nasıl yapacağız?"

"Ben hepsini hallettim merak etme sen."

"Olur," dedim. Kim bilir beni nasıl bir sürpriz bekliyordu?

Teneffüs aralarında Aykut'un garip bakışlarına tahammülüm kalmadığından genellikle ben Bahadır'ın sınıfına gittim. Beni bir ders arası, kendi sırasına oturttu. Sırasının her yerine de adımı kazımıştı. "Delisin sen Bahadır. Yanındaki arkadaşın kızmadı mı bu duruma? Ayrıca devlet malına zarar vermen çok ayıp." Gülüyordum. İnanılır gibi değildi. Her gördüğü yere adımı yazmak zorundaydı sanki.

"Böyle bir aşka saygı duymaktan başka bir şey yapamazlar canım. Hem devlet bizi soyarken kimsenin sesi çıkmaz.

Devlet beni umursuyor ya sanki, benim de çok umurumda devletin malı," dedi.

"Bana defterlerini versene yazına bakmak istiyorum, bakalım eskisinden daha iyi yazabiliyor musun?" Derdim Emel'in Başak'a bahsettiği defter olayını kendi gözlerimle görmekti.

"Olmaz," dedi. Ben defterini zorla elinden almaya çalışırken, gömleğinin kol kısmı sıyrıldı ve siyah tükenmez kalemle yazılmış kocaman R harfini gördüm. Sol kolunu tuttum ve gömleği yukarı doğru tamamen sıyırdım. Kocaman harflerle boydan boya YAĞMUR yazmıştı. Ayrıca ismimin etrafına kırmızı tükenmez kalemle kalpler çizmişti. Genelde Samet'i böyle eli yüzü boya içerisinde görürdüm. Şaşırmıştım.

"Çocuk musun sen? Bunu ne ara yaptın?"

"Aslına bakarsan beni aradığın ilk gün yaptım. Siliniyor ama ben tekrar tekrar üzerinden geçiyorum." O güne kadar gömleğinden ve ceketinden dolayı kolunu hiç fark etmemiştim.

"Allah'ım şaka gibisin. Lütfen Bahadır. Tükenmez kalem sonuçta. Cildine ne kadar zararlı olduğunu bilmiyor musun? Gömleğin de boya olmuştur kesin. Annen görse ne diyeceksin? Adımı koluna, sırana ya da başka bir yerlere yazmana gerek yok." Elimi kalbine götürdüm. "Adım burada yazılı olsun bu bana yeter."

"Biliyorum ama elimde değil. Hoşuna gitmediyse bir daha yapmam."

"Evet, gitmedi," dedim. Belki basit bir şeydi yaptığı ama beni gözünde bu kadar yüceltmesini, benim için böyle saçma şeyler yapmasını gerçekten de istemiyordum.

Bahadır gömleğinin kolunu düzeltirken sol bileğini çevirip baktım. Dikiş izleri hâlâ belirgindi. Sol elini kucağıma aldım. Parmağımı yara izinin olduğu yerde gezdirdim. Başımı omzuna koydum. Onun da gözleri bileğindeydi. "O kötü günler artık geride kaldı," dedi.

Başımı kaldırdığımda onların sınıftan bir kızın gözlerinin bizim üzerimizde olduğunu gördüm. Başak'ın tam da tarif ettiği tipteydi bu kız. "Bu kız Emel değil mi?" diye sordum.

"Sahi sen kimden duydun o mevzuyu? Dün de çok fazla konuşamadık."

"Hakkındaki her şeyi biliyorum," dedim gülerek.

Onun yüzü ciddileşince ne kadar büyük pot kırdığımı fark ettim. Hemen mevzuyu değiştirmek için, "Bugün için planımız ne, çok merak ediyorum? Anlatsana biraz," diye sordum.

"Akşamı beklemen gerekecek," dedi beni daha da meraklandırmak için.

O ara öğretmenleri geldi. Çıkmadan Bahadır'ın yanağına samimi bir öpücük kondurdum. Emel'in bakıp bakmadığını kontrol ettim. Tabii ki gözlerini ayırmadan bize bakıyordu. Kızın resmen yüzü düşmüştü. "İyi dersler canım," deyip çıktım.

Sınıfta Ayşegül ve Şennur'un arasına oturdum. Hoca henüz gelmemişti, biz de havadan sudan muhabbet ettik. Aykut, ona olan ilgisizliğimi anlamış olacak ki, bir önümüzdeki sıra yerine kendi sırasına oturmaya başlamıştı. Serpil de memnuniyetini samimi bakışlarıyla sürekli gösteriyordu. Kızlar çıkışta Çağrı kafede oturacaklarını söylediler. Onlara sevgilimle planlarımın olduğunu söyledim. "Daha dün bir, bugün iki? Hemen de planlar. İyi vallahi," dedi Şennur. Ayşegül de, "Gelsen güzel olurdu. Gülşah, Bilge ve Süreyya da gelecekler," dedi.

"Aslında Süriş'i görmeyi çok istiyorum ama Bahadır'a söz vermiştim. Olmadı öbür hafta yaparız bir şeyler," dedim.

Gülşah ile Bilge bizim okulda olduklarından onları sık sık görebiliyordum da Süreyya'yı epeydir görmemiştim.

Şennur ve Ayşegül ile vedalaşıp sınıfın kapısında beni bekleyen Bahadır'ın yanına gittim. Dışarı çıktığımızda yağmur hâlâ devam ediyordu.

"Bak gördün mü, demiştim sana. Çok şanssızız."

Bahadır elimi tuttu. "Göreceğiz bakalım şanslı mıyız, şanssız mı?"

Bu elimi ilk tutuşuydu. Onunla defalarca konuşmuş, yüz yüze gelmiş, yanaktan yanağa öpüşmüştük ama hiç el ele tutuşmamıştık. Bana bu kadar iyi geleceğini, kendimi bu kadar hoş hissettireceğini hiç tahmin etmemiştim. Okulun çıkış kapısında gri renkte bir araba bizi bekliyordu. Bahadır arka kapıyı açtı, önce beni oturtturdu, sonra kendi de yanıma oturdu. "Merhaba Fikret abi," dedi direksiyon başındaki adama.

"Merhaba aslanım. Sana da merhaba Yağmur."

"Merhaba," dedim biraz mahcup bir şekilde.

"Fikret abi bizim aile dostumuzdur. Benim de sırdaşım, abimdir."

"Çok memnun oldum," dedim.

"Demek meşhur Yağmur da sensin. O şeref cidden bize ait."

"Seni de taksi şoförü gibi yalnız bıraktım ama idare et artık Fikret abi. Sevgilimi bir dakika bile yalnız bırakmak istemiyorum. Anlarsın sen bu gönül işlerini."

"Tabii aslanım. Siz bakın keyfinize." Adam neredeyse babamla yaşıttı ama Bahadır onunla arkadaşı gibi konuşuyordu. Adımı da biliyordu. Garipsemiştim. Bizi Bakırköy'de, deniz kenarında çok güzel bir restoranda bıraktı.

"Sen de gelsene bir çay içersin Fikret abi."

"Yok, ben sizi iki saat sonra gelir alırım tadını çıkarın gençler."

"Tamam abi, çok sağ ol."

Ben de arabadan inerken ortamın sıcaklığına ayak uydurup, "Teşekkür ederim Fikret abi," dedim.

Restoranda boş masalara bakarken deniz tarafında bir masanın kırmızı güllerle, kırmızı cam boncuklarla süslenmiş olduğunu fark ettim. Umarım bizim masamız bu değildir diye içimden geçiriyordum ki Bahadır elimden tuttu ve beni o masaya doğru götürdü. Başgarson masanın üzerindeki rezerve yazısını kaldırdı ve, "Hoş geldiniz Bahadır Bey," dedi. Gülmemek için kendimi zor tuttum. Masaya otururken, "Bir de evlenme teklifi et tam olsun," dedim.

"Her şeyin bir zamanı var," diye yanıtladı beni.

Bahadır'ın bu anı yaşayış tarzını seviyordum ama aynı zamanda da bu büyünün bozulmasından çok korkuyordum. Beni bu kadar çok seviyor olmasını aklım almıyordu. Garson elinde menüyle tekrar geldi. Bana uzatırken, "Yağmur Hanım buyurun," dedi. Elimle Y harfli kolyemin boynumda olup olmadığını kontrol ettim. Gömleğimin yakası kolyeyi kapatıyordu. Görmüş olması zordu. Görse bile Y harfinden adımı şak diye tahmin etmesi imkânsızdı. Şaşkın hâlde Bahadır'ın gözlerine baktım. Gülümsedi ama bir şey demedi. Garsona, "Adımı nereden biliyorsunuz?" diye sordum.

"Bahadır Bey, sürekli müşterimizdir. Her geldiğinde sizden ve güzelliğinizden bahseder durur. İlk getirdiği bayan da siz olduğunuz için tahmin ettim sadece. Siz ne yiyeceğinize karar verin ben birazdan yine gelirim."

Bahadır yüzünü menüye saklamış, kıs kıs gülüyordu. "Ne yani gidip her yerde benden mi bahsediyorsun? Doğruyu söyle adama kaç para verdin?" Bahadır gülmeye devam ediyordu. Ben hem durumdan hoşnut, hem de garipsemiş hâlde, "Çok mu komik?" dedim.

"Daha fazla dayanamayacağım." Garsonu gülerek yanımıza çağırdı. "Dayı kusura bakma benden bu kadar." Başgarson sandığım adam gelip elini bana doğru uzattı. "Size küçük bir şaka yapmak istedik. Ben Bahadır'ın dayısı Kadir. Tekrar hoş geldiniz."

Şaşkın ve gülümser hâlde ben de elini sıkıp, "Hoş bulduk ama acısını fena çıkaracağım sizden," dedim.

Kadir abi kırklı yaşlarında, uzun boylu, yakışıklı ve komik bir adamdı. "Kendinizi evinizde gibi rahat edin. Ne isterseniz söyleyin getirsinler. Ben de sizi daha fazla rahatsız etmeyeyim gençler," dedi ve masamızdaki mumları yakıp gitti.

"Dayın burada garson, öyle mi?"

"Yok canım, sana şaka olsun diye garson önlüğünü giymiş. Bu kadar abartacağını hiç tahmin etmemiştim. Tam bir oyuncudur. Burası onun. Bir tane de ortak olduğu restoranı var. Ona da diğer ortağı bakıyor. Yalnız yaşıyor. Çalışmaktan evlenemedi zaten."

"Dayın cidden ödevine iyi çalışmış," deyip gülümsedim.

Bir anda konuyu değiştirip, "Baban peki? Ondan bir haber var mı?" diye sordu.

"Son iki aydır görüşmüyorum," diye karşılık verdim ben de.

"Ben daha uzun zamandır görüşmüyorsun sanıyordum."

"Senin haberin yok mu? Babam ortaokulu bitirmeme yakın bir anda çıktı ortaya. Aslına bakarsan liseye bizim orada değil de Ataköy'de gitmemin sebebi de babamdı. Annemde kalsaydım, muhtemelen ben de seninle aynı liseye yazılırdım. Ortaokul bitmeden babamların yanına taşındım. O dönem seninle konuşmuyorduk hatırlarsan. Okul bitene kadar o ara git gel idare ettim. Sonra da babam liseyi eve yakın bir yerlerde okumamı istedi. Ben de siz seçin o hâlde deyip kararı cici annemle ona bıraktım."

"Konuşmadığımız zamanlardı. Ondan haberim olmadı," dedi o da. Yüzünü yere eğip devam etti. "Hayatında biri vardı bir de. Şu neredeyse öldürmek üzere olduğum."

İçim ürpermişti. Eski günleri yeniden hatırlamak istemiyordum. Bahadır belki de Serkan ile hâlâ görüşüp görüşmediğimi merak ediyordu. Masadaki gülleri koklamaya başladım. Sesim çıkmadı. Serkan'dan şu anda bahsetmeyi hiç mi hiç istemiyordum.

"Okulun son dönemleri seni hep siyah bir Mercedes'ten inerken görüyordum, demek babandı o adam?" diye sessizliğimizi ilk o bozdu.

"Aa o mu, babamın şoförü İhsan amca. Beni bazen okula o bırakıyordu," dedim.

"Babanın maddi durumu çok iyi o hâlde."

"Evet, yani o dönem maddi durumu çok iyiydi. İnşaat sektöründe olduğundan 1999 depreminden sonra işleri biraz bozuldu. Sonra kötü şeyler, daha da kötülerini getirdi. Gece hayatı başladı. Sonra da üvey annemle bitmek bilmeyen kavgaları."

"Sen de bu yüzden mi döndün annenlerin yanına?"

"Evet. Benim okul masraflarım bile üvey annemin gözüne batmaya başlamıştı. Birkaç kere kavga ederlerken konu dönüp dolaşıp bana geldi. Sözde babam okulum için çok para harcıyormuş. Yok Samet'e ve abime sürekli para gönderiyormuş. Bizim yüzümüzden beş kuruşsuz kalmışlar falan. Üvey annemin diğer eşinden olan kızına, babam bizimle görüşmeye başladıktan sonra babalık etmemişmiş. Ben de sürekli bunların yüzüme vurulmasından çok bunalmıştım.

Okula diye çıktığım bir gün eşyalarımı bir valize toplayıp gizlice anneme kaçtım."

"Annene taşındığın için Ataköy'e gidip gelmek zor geldi ve o yüzden de kaydını buraya aldırdın, öyle mi?"

"Sonuçta Ataköy'e gitmek için sabah erkenden kalkmam gerekiyordu. Orada okulum tam gündü. Sabahın köründe girip akşam çıkıyorduk. Çok sıkıcıydı yani. Kızları da özlemiştim. Ayrıca okul puanım da az da olsa artacaktı üniversite sınavı için. Birçok nedenim vardı yani."

"Nedenlerinden biri de ben olsaydım çok daha mutlu olurdum ama neyse, şimdi buradasın ya, benimlesin ya. Bu bana fazlasıyla yeter," dedi. Masanın üzerindeki ellerime uzanıp tuttu.

Ona nedense gerçeği söyleyememiştim. Elbette Bahadır için okulumu değiştirmiştim. Yol hiç problem değildi. Okulumu seviyordum. Hatta o kadar seviyordum ki okul birincisiydim. Her senenin başında ve herkesin içinde teşekkür mahiyetindeki plaketimi alırdım. Emine Hanım, anneme, okul masraflarım için maddi destekte bulunabileceklerini, servis vs. gibi ekstra ücretleri de benden almayacaklarını söylemişti ama benim asıl derdim Bahadır ile aynı okulda olabilmekti. Okulumu onun için değiştirmiştim ama bunu onun bilmesine hiç gerek yoktu. Onun gözünde yine kolay kazanamadığı Yağmur olmak istiyordum. O anda havai fişekler patlamaya başladı. Bahadır ile şaşkın bir hâlde Kadir dayısına baktık. Dayısı gülümsedi. Bahadır'a imalı şekilde göz kırparak, herhâlde bu da benim size jestim demek istedi.

"Bundan inan benim de haberim yoktu," dedi bir bana, bir havai fişeklerin olduğu tarafa bakıp.

Gökyüzüne baktım, her yer ışıl ışıl aydınlanmıştı. Her ne kadar bu gösterinin komik ve gereksiz lüks olduğunu düşünmüş olsam da dayısına dönüp teşekkür anlamında ben de gülümsedim. Yemek sonrası Bahadır'a, "Annemden izin almadım, şimdi merak eder. Gidelim mi?" diye sordum.

Bahadır dışarı çıkıp Fikret abiye baktı. Ben o ara ceketimi giymiş onu bekliyordum. Az sonra döndü. "Fikret abi gelmiş, dışarıda bizi bekliyor," deyip sandalyemi çekti. Dayısına yemek ve havai fişek gösterisi için teşekkürlerimi sundum ve Bahadır ile el ele restorandan çıktık. Yine ikimiz birden arka koltuğa geçtik.

Eve vardığımızda, "Yarın bizim ufaklıkla çıkacağız bak ona göre. Yengesini çok merak ediyor bizimki," dedi göz kırparak.

"Annem bugün beni kesmezse olur tabii," dedim.

"Sizin üst parkta saat üç gibi bekliyor olacağım. Hem anneni biliyorum ben. Adı gibi melektir, bir tanedir o."

Başımı tamam anlamında salladım. Annemin adını unutmamıştı. Bahadır ve Fikret abi ile vedalaşıp koşturarak eve gittim. Anneme kızlarla okulun karşısındaki kafede takıldığımı söyledim. Samet'in ödevleri yüzünden yokluğumu çok da fark etmemişti. Ayrıca Samet'in bazı matematik problemlerini çözememişler bana bırakmışlardı. Samet ile kalan ödevlerini yaptık.

Kendi odama çekildiğimde, Bahadır'ı, akşam yemeğimizi, havai fişek gösterisini düşündüm. Rüyada gibiydim. Hiç uyanmak istemediğim bir rüya... Benim yaşımda ve tipimde biri daha ne isterdi ki? Pamuk prensesler gibi mükemmel bir hayat yaşıyordum. Ayrıca her güzel şeyin kötü sonla bittiğini bildiğimden, çok korkuyordum. Sanki benim dışımda, benden habersiz bir şeyler olacak ve yaşadığım bu mükemmel hayatı bir toz bulutu gibi üfleyip yıkacaktı. Allah'ım lütfen bunca yaşadığım zor günden sonra sen buna izin verme. Bizi, bu güzel ilişkimizi koru Yarabbi. Âmin...

BİN GÜN ÖNCE

Annem bizi her zamankinden biraz daha geç uyandırdı. Hafta sonu jesti gibiydi. Uzun bir gün olacağını düşündüğümden üzerimden yorganım alınınca hemen yataktan fırladım. Yüzümü yıkamaya banyoya gittim. Mavi tabureye çıktım. Minik aynada yüzüme baktım. Güzel değildim. Hiçbir özelliğim yoktu. Sarışın değildim, renkli gözlü değildim, uzun boylu değildim ama çok yakışıklı bir çocuk tarafından delicesine seviliyordum. Rüya gibiydi her şey. Bu nasıl mümkün olmuştu ki? Allah'ın bir mucizesini yaşıyor gibiydim. Aynanın karşısında daha fazla oyalanmadan salona geçtim. Samet ile annem kahvaltı sofrasına çoktan kurulmuşlardı. "Semra gelecek birazdan, birlikte parka gidip ders çalışacağız," dedim.

"Bu soğukta," dedi annem inanmayan cingözleriyle.

"Orada kapalı bir kafe var ya oraya gideceğiz," diyerek yalanımı destekledim.

"Evin turşusu mu çıktı canım. Oturun işte senin odanda. Ben size çay da yaparım." Annemin migreninden dolayı kalabalığı sevmediğini bildiğimden, "Sonra diğer kızlar da gelecek ama," dedim. Bu sefer hiç zorlamadan, "İyi çok geçe kalma," dedi.

"Anne bugün Şennur'un doğum günü. Ders sonrası kızlarla Şennur'lara gideceğiz. Belki eve uğrar hazırlanır giderim. Eşofmanlarımla gitmeyeyim ayıp olur şimdi."

"Ben de Ayşe ablana gidecektim. Samet'i kime bırakacağım?"

"Onu da götür, Hakan'la oynarlar işte," dedim.

"Para falan isteme de şimdi Şennur'a hediye alacağım diye. Beş kuruşumuz yok ona göre."

"Gerek yok anneciğim, ben sonra harçlıklarımla alırım," dedim. Yanaklarından sevgiyle öptüm. Kahvaltı sofrasını annemle beraber topladık. Ben Semra'yı beklemek üzere odama geçtim. Bahadır için hazırlanmama gerek yoktu. Beni ne kadar çirkin görürse o kadar iyi diye düşündüm. Semra gelene kadar raftaki kitaplarıma göz gezdirdim. O gayet şık ve hafif makyajıyla gelmişti. Neden Bahadır bu güzelim kıza değil de, bana yazıyor ki diye düşünmeden edemedim. Zaten beni sadece Serkan sevse yeterdi. "Çok güzel olmuşsun Semra," dedim, spor ayakkabılarımı giyerken.

"Sen böyle mi geleceksin?" dedi beni şaşkınlıkla baştan aşağı süzüp.

"Evet, ne var ki? Düğüne gitmiyoruz ya."

"Sen bilirsin."

Çok şaşırmıştı. Okulda beni daha süslü gördüğünden hafta sonları daha da şık olabileceğimi düşünmüştü belki de. Sonuçta benim böyle sönük kalmam onun işine yarayacaktı. Ayrıca Bahadır için bırak süslenmeyi kılımı kıpırdatmaya niyetim yoktu. Benim tek derdim akşamki doğum günü partisiydi. Parka gittiğimizde Bahadır elinde bir demet kırmızı gül, bir gün önce Serkan ile oturduğumuz bankta oturmuş bizi bekliyordu.

Resmen beyin özürlüydü. Beni hiç anlamamıştı. Onu o hâlde görür görmez sinirim tepeme çıktı. Semra Bahadır'ın oturduğu banka daha uzak bir bankı göstererek, "Ben burada bekleyeceğim," dedi. Sesi üzgündü. Bahadır'ın ellerindeki güller anlaşılan moralini bozmuştu. Bir hışımla Bahadır'ın yanına gittim. Sevimli görünmeye çalışarak bana gülleri uzattı. Aldığım gibi hemen yandaki çöp kutusuna attım. "Fazla zamanım yok Bahadır, ne diyeceksen çabuk söyle."

"Oturursan anlatacağım," dedi. Bir anda kıpkırmızı kesilmişti. Yüzünden benim hâl ve tavırlarıma sinirlendiği belli oluyordu. Ondan uzak olmak için bankın diğer köşesine oturdum. Çok yakışıklıydı, akıllı bir çocuktu ama beni bu kadar takıntı hâline getirmesinden dolayı rahatsızlık duyuyordum.

"Seni şu anki erkek arkadaşından, kız arkadaşlarından, babandan, kardeşinden hatta annenden bile daha çok seviyorum," dedi.

Bir haftada ne sevgisiyse bu. Kesin bu çocuğun psikolojik sorunları vardı.

"Kimse beni şu anki erkek arkadaşımdan daha çok sevemez," diye kendimden emin şekilde karşılık verdim.

Sanki aşk ölçülebilir bir şeydi ve ben de ölçmüştüm kimin beni ne kadar sevdiğini. "En fazla ne yaptı ki senin için?" diye sordu. Sanki bir şey yapmasına gerek vardı. Onun gözlerimin içerisine bakması bile yeterdi. Yaptığı tüm güzel şeyler aklımdan bir bir geçiyor ama bunları Bahadır'ın da kolaylıkla yapabileceğini biliyordum. En güzeli bu işi yalanla çözmekti.

"Bak Bahadır," dedim. "Ben erkek arkadaşımın bana olan sevgisinden eminim. Şu koca kafanın daha iyi anlaması için anlatayım. Onunla geçenlerde ilişkimizle alakalı ufak bir problem yaşadık ve ben ondan ayrılmak istediğimi söyledim. Yağmur olmadan yaşayacağıma ölürüm diyerek bileğini kesmiş. Ailesi hastaneye zor yetiştirmiş. Senin anlayacağın, canından vazgeçecek kadar çok seviyor beni."

Serkan ile ilişkimin ne kadar yeni olduğunu bilmiyordu. İnşallah bu yalanıma inanır ve beni unutur diye ümit ettim. Yüzüne baktım. Yere bakıp düşünüyordu. Sessizdi. Devam ettim. "Aynı şekilde ben de onu canımı feda edecek kadar çok seviyorum. Bu yüzden bana ve ilişkime saygı göster. Daha fazla karşıma çıkma."

Semra'yı ve bizim diğer kızları kastederek, "Hem eminim seninle ilgilenen, seni seven bir sürü kız vardır bizim okulda, hatta bizim sınıfta. Onlarla ilgilen. Benim kalbimin sahibi belli, anla beni lütfen."

Bahadır yüzüme baktı. "Ne kadar zor olsa da anlıyorum galiba," dedi. "Seni rahat bırakacağım, karşına bir daha asla çıkmayacağım. Yalnız senden istediğim tek bir şey var."

"Yapabileceğim bir şey ise neden olmasın?" dedim. Gözlerindeki ışıltı gitmişti. Onun için üzülüyordum ama yapabileceğim de hiçbir şey yoktu. Aşk sonuçta siparişle, keyfe göre alınan bir şey değildi.

Cebinden kırmızı kadife bir kutu çıkardı. Aklıma hayalini gördüğüm yüzükten başka bir şey gelmiyordu. Kâbus görür gibiydim. Kalbim deli gibi atmaya başlamıştı. Kutuyu açtı. İçinden kalp içerisinde Y harfi olan altın bir kolye çıkartıp bana uzattı. Babası yanlarında değilken bunu alabilecek parayı nasıl bulmuştu? Ben bunları düşünürken, "Bunu hiç takmasan bile kabul et. Sadece sende olduğunu bileyim inan bana yeter," dedi.

Onu daha fazla üzmemek adına kolyeyi kabul ettim. "Tamam, Bahadır ama bana verdiğin sözü unutma!" diyerek kolyeyi kutuya geri koyup ceketimin cebine soktum. Ayağa kalktım "Benim şimdi gitmem gerek." Bahadır bankta öylece kalmıştı. Konuşmamızın bittiğini anlayan Semra yanımıza geldi.

"Sen git istersen, ben Bahadır ile biraz daha kalayım," dedi.

"Tamam, siz bilirsiniz," dedim ve evin yolunu tuttum. Eve gider gitmez kutunun her yerini kontrol ettim. Bahadır'dan her şey beklenirdi. Kutunun bir yerlerine şiir ya da yazı sıkıştırmış olabilir diye iyice bakındım ama kutuda kolyeden başka bir şey yoktu.

Annemin görmesini istemediğimden kutuyu çorap çekmecesindeki, en sevdiğim pembe çorabımın içine sakladım. Annem, "Ne çabuk bitti dersiniz?" diye salondan seslendi. "Şennur'larda devam edeceğiz, sonra da doğum günü kutlayacağız. Semra direkt gitti, ben de hazırlanıp çıkacağım," dedim. Aynanın karşısında uzun süre hazırlanmaya çalıştım. Serkan yine Doğuş şarkılarıyla kapıdan geçmeye başlamıştı. Bugünkü parçası *Gamsız* idi.

Kendimi tam olarak hazır hissetmesem de evden mecburen çıktım. Serkan'ların mahalleye doğru yürüdüm. O da arabasıyla yavaş yavaş beni takip ediyordu. Yanımda durdu. "Atla hadi önce biraz gezinelim."

"Tamam," deyip yanına oturdum. Arabası var ya illa hava yapmasa olmazdı. Onu gördüğüm anda ne Bahadır ile yaşadığım gerginlikten, ne de kılık kıyafet konusunda yaşadığım stresten eser kalmıştı. Serkan'ı görmek bana garip bir şekilde iyi geliyordu. Onun yanında tüm acılarımı unutuyordum.

"Bizim şair ruhlu Romeo ile görüştün mü bakalım?" diye sordu.

"Şiirlerini başka kızlara okumasını söyledim," dedim gülerek.

Ciddileşip, "Zaten sana bir şiir daha yazdığını duyarsam ben ona ölüm fermanını okuyacağım," dedi.

"Bugünkü konuşmamdan sonra gerek kalmayacak emin olabilirsin."

Yine de Bahadır'a, Serkan ile ilgili o saçma sapan yalanı uydurduğum için pişmandım. Beni bu kadar seviyor olması çok garipti. Beni böyle sevmesi için hiçbir şey yapmamıştım. Ben daha annemden bir hamburger parası alamazken o gidip çiçekler, altın kolyeler alıyordu. Neden beni bu kadar çok önemsiyordu? Hiç anlamıyordum.

Sürücü adaylarının araba kullandığı boş yola çıktık. Serkan arabadan indi. Benim kapımı açtı. "Hadi diğer tarafa geç."

Kaskatı kesildim. "Deli misin sen? Olmaz. Ben ömrü hayatımda hiç araba kullanmadım."

"İyi ya ben öğreteceğim sana."

"Ehliyeti olmayan birinden öğreneceğim için, içim çok rahatladı doğrusu."

"Şoförlüğümü beğenmiyor musunuz yoksa küçük hanım?"

"Serkan ne olur başka zaman. Şimdi inan hiç havamda değilim."

"Tamam, sen bilirsin." Biraz bozulmuş gibiydi. Yol boyunca hiç konuşmadan Emre'lere gittik. Ben eve girerken topuklu ayakkabılarımı çıkarınca, olmayan havam daha da sönmüş oldu. İçeri adımımı attığım anda Serkan'ın havalı kız arkadaşlarının göz hapsine girdim. Hepsi de beni baştan aşağı süzüyor, sonra da aralarında konuşuyorlardı. Serkan'ın beni bırakıp Emre'nin yanına gittiği bir ara Ceyda diye bir kız yanıma geldi. Elini uzatıp, "Merhaba ben Serkan'ın eski kız arkadaşı Ceyda," dedi. Resmen kokoş ve de yüzsüzdü.

"Memnun oldum ben de yeni kız arkadaşı Yağmur." Elini biraz sert sıktığımdan kızın suratı ekşidi. Yeni kelimesini de kuş beyninin alması için bastırarak söylemiştim. O hiç oralı değilmiş gibi, "Neden dans etmiyorsunuz ki müzik çok güzel?" dedi. Tepemden bakıyordu. Boyu 1.70'ten fazlaydı. Serkan ile boy konusunda çok daha uyumlulardı. Kıyafetleri Paris'ten alınmış gibiydi. Uçuk pembe bluzu sanki ipektendi. Kolunda ince pırlanta taşlı bir bileklik vardı. Tırnakları turuncu rengi ojeliydi. Saçları omuzlarında ve düz fön çekilmiş hâldeydi. Kısacası Serkan gibi zengin bir ailenin kızı olduğu her hâlinden belli oluyordu. O an fakirliğimden, çirkinliğimden ve kısa boyumdan nefret ettim. Tabii geri zekâlı bu kokoş kıza moral bozukluğumu belli etmeyi hiç istemiyordum.

"Ben dans etmekten hiç hoşlanmam," diye karşılık verdim. Hâlbuki tek sıkıntım Serkan ile tamamen ortaya çıkacak olan boy farkımızdı. Ceyda da bunu tahmin ettiğinden beni boy konusunda ezmek istemişti şüphesiz. Serkan o ara yanımıza sokuldu. "Sevgilimi izninle alabilir miyim?" dedi Ceyda'ya boş gözlerle bakıp. Demek aralarında bir şey kalmamıştı. Belki de vardı. Şimdi bu kız da nereden çıkmıştı ki? Hayatımda ne mükemmel gitmeye başlasa illa böyle bir sorunla karşılaşırdım. Kızın yanından ayrılınca, "Sağ ol kurtardığın için," dedim mahcup hâlde.

"Sıkılmıyorsun değil mi?" diye sordu odada boş bulduğumuz bir koltuğa otururken. "Hayır, ama beni dansa kaldırırsan sıkılabilirim. Yani şey ben dans etmeyi pek bilmem de."

"Senin bilmediğin şeyler de varmış demek. Ben de bilmem zaten boş ver." Yanağıma bir öpücük kondurdu. O beni öptüğü sırada göz ucuyla odadaki diğer kızları süzdüm. Hepsi ağızlarını bir karış açmış bize bakıyorlardı. Serkan'ın beni bu kadar kolay anlamasına bayılıyordum. Ceyda'yı kafama takmamaya çalıştıkça kız ikide bir kendini bana göstermek için büyük çabalar sarf ediyordu. Serkan'a onunla ilgili her şeyi sormak istiyordum ama buna cesaretim yoktu. Ayrıca onu kafama taktığımı düşünmesini istemezdim. Ceyda dışında Serkan'ın diğer arkadaşları fena değildi. Özellikle Emre ev sahibi olduğu için mi yoksa ilk kez karşılaştığımız için mi bilmiyorum ama bana karşı çok nazikti. Balık Erhan da şakacı ve çok eğlenceli bir çocuktu. Fazla kilolarını verse eminim bizim Eda bile onu fark edebilirdi.

Parti henüz bitmeden Serkan ile evden ayrıldık. Yürürken yolda, "Zamanım olmadığından Emre'ye doğum günü hediyesi alamadım," dedim.

O da eminim beni mahcup etmemek için, "Benim en yakın arkadaşım, ben bile almadım boş versene," dedi.

"Emre'nin sevgilisi var mı?"

Serkan bu soruma şaşırmıştı. Yüzüme gülerek şöyle bir baktı. Acaba beni Emre'den kıskanmış olabilir miydi? Biraz sustu, sonra cevapladı. "İki ay oldu ayrılalı. Kız bunu kuzenim diye yutturduğu bir çocukla boynuzlamış."

"Üzüldüm, iyi birine benziyor," dedim. Emre Serkan kadar olmasa da gayet yakışıklı bir çocuktu. Evinden ailesinin maddi durumunun çok yerinde olduğu belliydi. Muhabbet sırasında Serkan ile aynı koleje gittiklerini söylemişti. Gözleri deniz gibi masmaviydi. Ayrıca çok güler yüzlü ve sempatik bir çocuktu. Serkan ellerimi avcunun içinde şekilden şekile sokuyor, benim kalbimin daha da hızlı atmasına neden oluyordu.

"Hani her zaman benim yanımda bir arkadaşım oluyor. Bisikletle beraber dolaştığım sarışın kız. Adı Eda. Sanki ikisi olabilir diye düşünüyorum. Sen ne dersin?"

"Hımm benim iyi kalpli sevgilim kendine sevgili yapmış, şimdi de arkadaşlarına mı sevgili arıyor?"

"Ben yakışacaklarını düşünüyorum. Sen ne diyorsun?"

"Ben o kızın bizim balık Erhan'a daha çok yakışacağını düşünüyordum," dedi gülerek. "Yani Erhan'a sormam lazım. Sanki biraz ilgilenmişti o kızla." Eda'ya bu olayı söylesem eminim Serkan'dan nefret ederdi.

"Bugün ben ikisiyle de vakit geçirdim. Sanki Eda Emre ile daha iyi anlaşır gibime geliyor. Neyse sen bir bak da duruma göre yeniden konuşuruz." Bizim eve yaklaşmıştık. "Sen buradan ayrıl, annem görmesin seni," dedim. Mahallenin diğer ucundaki elektrik direğine elini koyup, beni kendine doğru çekti. Allah'tan bu taraf hep karanlık ve sakin olurdu. Hatta birkaç kez buradan geçerken, sevgililerin direğin dibinde öpüştüğünü bile görmüştüm.

Saçlarımı kokladı. "Saçların ne güzel kokuyor."

"Hadi git bak bir gören olacak." Ben yine de tedirgindim. Hele annem görse kesin bir daha sokağa falan çıkamazdım.

"Tamam, bir dur vedalaşmadan mı ayrılalım?" Eğildi, dudağıma çok yakın bir şekilde öptü. Kıpkırmızı olmuştum.

"Hedefi yine tutturamadım, kahretsin," dedi gülerek. Gamzesi görünmüştü. Alev alev yanıyordum. Bu çocuk resmen içimi kazana çevirmişti.

"Eminim isteseydin tuttururdun," dedim ben de. Kalbim bu kadarına bile dayanamazken dudağımdan öpmesini hayal bile edemiyordum. Kim bilir ne müthiş bir his olurdu.

Ona el sallayıp hızlı adımlarla eve gittim. Bulutlarda uçuyordum. Annem mutfakta dolma sarıyordu. "Ben geldim ve gittim," dedim uzaktan mutfağa bakıp. Annem arkamdan yine söylendi ama pancar suratımla da beni görmesini istemiyordum. Aynanın karşısına geçtim. Serkan'ın öptüğü yere, parmağımla dokundum. Sonra o parmağımı defalarca öptüm. Aynaya tekrar baktığımda kendi suratımın yerine, Ceyda'nın kokoş yüzünü gördüm. Kızın mis gibi parfümü sanki benim üzerime sinmiş gibiydi. Kim bilir parfümünü nereden almıştı. Benimse anneminkiler dışında kendime ait hiç parfümüm olmamıştı. Zengin olmayı çok önemsemesem de böyle anlarda fakirliğimizden, evimizden, ucuz kılık kıyafetlerimden utanıyordum. Aklıma Ceyda'yı getirdikçe kötü kötü şeyler de düşünüyordum. Pekâlâ, Serkan o partiye dönüp eski sevgilisiyle hoşça vakit geçirebilirdi. Beni seviyordu, ben de onu seviyordum. Peki, neden bu kadar endişeliydim? Of hiçbir şey bilmiyordum. Doğuş'un CD'sini taktım. Allah'tan Serkan ile birlikte, Ceyda'sız ve Bahadır'sız musmutlu bir hayat diledim. Âmin…

BİN GÜN SONRA

Bahadır'ın yanına gitmeden Eda'ya uğradım. Evde annesinin misafiri vardı. Biz de onun odasına geçtik. Ona romantik akşam yemeğimizden, havai fişek gösterisinden bahsettim. Mutlu olmam onu da çok mutlu etmişti. O ne yazık ki Emre'den sonra aradığı mutluluğu bir türlü yakalayamamıştı. Emre ile tekrar barışmayı istemiş ama Emre, Hülya diye birine âşık olduğundan kabul etmemişti. Eda, "Yanlış anlamazsan bir şey sorabilir miyim?" dedi.

Annesinin yaptığı sıcacık kıymalı börek ve çayla çoktan dedikodu moduna geçmiştik.

"Sorma desem sanki sormayacak mısın?" dedim kocaman ısırdığım börekten sebep ağzım yanarak.

"Serkan çıksa şimdi karşına, benimle evlenir misin dese, ne yaparsın?"

"Ben Bahadır'ı seviyorum derim."

"Sen onu popoma anlat. Bu nasıl olabilir ki Yağmur? Sen Serkan için ölüyordun resmen. İşler nasıl oldu da böyle değişti? Sonuçta ben neden ayrıldığınızı bile hâlâ anlamıyorum. Bana öyle geliyor ki sana yapılanların hepsi o kokoş Ceyda'nın bir oyunu. Serkan'ın o kız için seni bırakacağını hiç sanmıyorum."

"Öyle ya da böyle, onları dudak dudağa gördüm mü gördüm. Olay bitmiştir. Hem de Serkan beni bir kez olsun öpmemişti. Neyse hatırlatma ne olur o günü. Her defasında cinlerim tepeme çıkıyor."

"Tamam canım, haklısın. Hem sen de Bahadır'ın ilk aşkısın. O da çok yakışıklı, zeki ve sana deliler gibi âşık. Hem bunca zaman seni beklemiş. Ona göre bak kıymetini bil bu sefer."

"Biliyorum canım sen merak etme," dedim. O da Emre'yi ne kadar özlediğinden, onu o salak Hülya'ya kaptırdığı için ne kadar mutsuz olduğundan bahsetti. Teselli etmeye çalıştım ama biliyordum ki aşk acısı yalnız çekilen ve bitme süresi gayet uzun bir şeydi.

Eda'lardan çıkıp parka gittiğimde saat ikiyi geçmişti. Hafif yağmur yağdığından park bomboştu. Hemen yandaki kafenin camından Bahadır'ı gördüm. Kardeşini masaya oturtmuş, onunla ilgileniyordu. Yanlarına gittim. Muhammed, kırmızı yanaklı, abisi gibi yosun yeşili gözleri olan, sarışın bir çocuktu.

"Kimmiş bu çirkin? Abisinden de çirkinmiş, yanaklara da bak ya," diyerek öptüm. "Cidden de çok tatlıymış Bahadır. Allah nazarlardan korusun."

"Âmin," dedi. Muhammed henüz bir buçuk yaşında olduğundan renkli ilgisini çeken ne varsa ona elini uzatıyordu. Benim vişneli top küpelerim de inanılmaz ilgisini çekmişti.

"Bak dikkat et, saç yolmaya, küpe çekmeye bayılır," dedi. Ona çantamdan ayıcıklı anahtarlığımı çıkardım. Bir süre onunla oyalandı. Kucağıma alıp Bahadır'ın yanında oyalanması için getirdiği bisküvilerden eline verdim.

Muhammed'e bakmak beni çok mutlu etmişti. "Bana versenize bu tatlışı. Bir ay bakar geri getiririm," dedim.

"Al senin olsun. Gayet iyi anlaştınız zaten. Gözümüz de arkada kalmaz." Bir süre sessiz kalıp sonra devam etti. "Seni aradım. Evde yoktun."

"Evet, Eda'lara uğramıştım." O ara elimi tuttu. "Biliyor musun bir gün gelecek seni ne zaman arasam bulacağım," dedi. Ne demek istediğini az çok anlıyordum. Bir gün evlenecektik ve ikimize ait bir telefonumuz olacaktı. Belki akşamları işten gelirken ne lazım hayatım diye bana telefon açacaktı. Ben bunları düşünürken Bahadır, "Ablam birazdan Muhammed'i almaya gelir. Sonra, biz de baş başa bir yerlere gideriz olur mu?" diye sordu.

"Olur," dedim.

Biz o ara Muhammed ile oyalandık. Çok geçmeden ablası geldi. "Merhaba Yağmur ben Bahar."

"Merhaba Bahar abla çok memnun oldum," dedim yanaklarından öperken. Ablası Bahadır'a ve Muhammed'e hiç benzemiyordu. Teni gayet esmerdi. Tesettürlü olduğundan saçlarının tam olarak ne renk olduğunu kestiremiyordum. Kumral ya da siyah diye düşündüm. Modern kapalı kızlardandı. Çok güzel giyinmişti. Merhabalaştıktan sonra elinin gül kokusu elime sinmişti. Çok sevimli bir yüzü vardı. Muhammed'i kucağımdan alıp kendi kucağına oturttu.

"Yordu mu sizi bakalım bizim yaramaz?"

"Ne yorması Bahar abla, ben onu gece gelip sizden kaçırmayı bile düşünüyorum," dedim.

"Aslında Yağmur ne zamandır sana teşekkür etmek istiyordum. Böyle denk gelmemiz iyi oldu. Bahadır seninle telefonda konuşurken birkaç kez telefonu istedim ama vermedi. Hazır böyle yüz yüze gelmişken, teşekkür edeyim bari."

"Ne için?" dedim şaşırarak. Bahadır az biraz kızarmıştı.

"Bahadır, sayende çok değişti. Yani sigarayı bıraktı. Anneme ve bana karşı çok daha kibar. Eskiden biraz asilikleri olurdu. Görüştüğü, bizim onaylamadığımız bazı arkadaşları vardı. Artık onlarla da görüşmüyor." İkimiz de Bahadır'ın masumane yüzüne baktık. "Hatta bu aralar o kadar abarttı ki ev işlerinde bile anneme yardım etmeye başladı," diye devam etti sonra.

Gülmeye başladım. "Zaten Bahadır hep böyle değil miydi?" dedim. Konuyu daha fazla derinleştirmek istemiyordum.

"Evet, haklısın ama artık gözlerinin içi bir başka gülüyor. Sayende hiç olmadığı kadar mutlu kardeşim."

Bahadır ablasına kaş göz işareti yaptı.

"Ne yani yalan mı? Tüm duvarları, defterleri Yağmur diye boyamalar. Kollarının her yerine Yağmur yazmalar. Annem de ben de şaşırdık. Ne yaptın kardeşime anlamış değilim ama ben böyle bir aşkı ilk kez gördüm." Sonra Bahar ablanın gözü Bahadır'ın sol bileğine kaydı. Benim yüzüm hemen yere düştü. O da konuyu oralara getirmemek için, "Neyse ben Muhammed'i götüreyim artık. Annem bizi bekliyor, misafirliğe gideceğiz daha," dedi. Başımı kaldırdım, Muhammed'in ellerini tutarak, "Yine gel seni tatlı şey tamam mı?" dedim. Önce Muhammed'i tombik, beyaz yanaklarından öptüm. Sonra da Bahar ablayla öpüşüp vedalaştık.

Bahadır suç işlemiş çocuklar gibi, "Bu ablam da tüm kirli çamaşırlarımı göz önüne sermese olmaz," diye söylendi.

"Ne güzel işte seni seven, sana sahip çıkan bir ablan var. Benim bir abim var fakat o bize değil, biz ona sahip çıkmak zorundayız. Hapisten çıkınca da bize neler çektirecek kim bilir?"

"Hâlâ çıkmadı değil mi?" Üzgün bakışlarını üzerime dikti. Bense onunla ilgili bu muhabbetlere çoktandır alıştığımdan umursamazca, "Bir yılı kaldı, çıkacak yakında," dedim.

"Sen gidiyor musun peki yanına?"

"Eskisi gibi gitmiyorum. Alıştım galiba yokluğuna. O da zaten beni görünce utanıp sıkılıyor. Gelince benim odama konmazsa iyi," dedim konuyu dağıtmak için. Bahadır da uzatmadan, "Tavla oynamaya gidelim mi?" diye sordu.

"Ben hiç anlamam ki tavladan," dedim.

"Nasıl yani sen ve bir şeyden anlamamak. Şaşırdım doğrusu. Neyse şanslısın ki tavla oynamasını benden öğreneceksin."

"Becerebilir miyim dersin? Emoş abi bir keresinde denemişti öğretmeyi ama ben hiçbir şey anlamamıştım."

"Sen ki matematikten sınıftaki en iyi notları alıyordun. Ne demek becerebilir miyim?"

Beraber Bağcılar'da, evimize yakın saklı bahçesi olan bir kafeye gittik. Hava soğuk olduğundan içeride sobanın olduğu köşeye geçtik. Çaylarımızı keyifle yudumluyor, Bahadır'ın müthiş sabrıyla tavla oynamayı öğreniyordum. Keyfime diyecek yoktu. Tabii bilerek bana 5-2 yenildi. Ben de çok yavaş ve sayarak oynamakla beraber oyunun mantığını kavramış oldum. "Neyse Eda da biliyor oynamayı. Onunla pratik yapıp çıkarım karşına. O zaman bak görürsün tavla nasıl oynanırmış," dedim.

"Gördük işte az önce. Yendin ya beni."

"Tabii tabii bilerek yenildin anlamadım sanki."

"Hem o zaman numara yapmana gerek kalmayacak merak etme."

Tavla sonrası Bahadır taksiyle beni eve bıraktı. Sanırım tüm harçlıklarını bana harcıyordu. Taksiden beraber indik. Evimin hemen iki üst mahallesindeki mezarlığın köşesine gelince, "Sen git artık," dedim.

"Olmaz sana bakacağım evine girene kadar. Hadi sen git önce."

"Peki," dedim. Ara ara arkamı dönüp ona baktım. Ağız hareketlerinden anladığım üzere, sessiz bir şekilde seni seviyorum diyordu. Bense sadece gülücüklerimle ve el sallamalarımla karşılık veriyordum. Mutluydum. Bahadır'ın mutluluğuydum. İçimden kader bizi böyle bir aşk yaşarken ayırmaz, ayıramaz ki, dedim. Yine binbir zorlukla öğrendiğim şeyi unutmuş, büyük konuşmuştum.

BİN GÜN ÖNCE

Annem pazar günü falan dinlememiş erkenden kardeşimle beni ayağa dikmişti. "Kahvaltınız hazır. Ekmeği de aldım. Çayları koyarken dikkat edin. Kardeşine iyi bak. Ben işe gidiyorum."

Bunları öyle hızlı söyleyip çıkmıştı ki ben hâlâ uyanmaya çalışıyordum. Keşke ben de annem gibi işe gidebilseydim. Okul varken bu pek mümkün değildi. Anneme hafta sonları bari sana yardım etmeye geleyim dediğimde zaten kardeşine bakarak bana çok büyük yardımın dokunuyor demişti. Samet ile güzelce hazırlanmış olan kahvaltımızı yaptık. O çizgi film izlerken, ben sofrayı kaldırdım. Ona biraz ders çalıştırdıktan sonra, "Seni parka götüreyim mi?" diye sordum. Hemen kalkıp askılıktaki ceketini aldı. Benim derdim onu parka götürmekten çok, Serkan'ı görebilmekti. Önce onu kat kat giydirip hazırladım, sonra da annemin geçenlerde durduk yere hediye ettiği yeşil renkli boğazlı kazağımı giydim. Sanırım sürekli Eda'dan kıyafet istemem hoşuna gitmiyordu. Üzerime siyah montumu geçirdim. Altımdaki gri eşofmanımı çıkartmadım. Eğer karşılaşırsak onun için hazırlandığımı düşünmesini istemiyordum. Samet'i alıp, Eda'ların kapıya gittim. Eda her zamanki gibi balkondan gelen geçene bakıyordu. Samet'i göstererek, "Hadi bizimle parka gel. Hem sana anlatacaklarım var," dedim.

"Tamam," dedi. Beş dakika içerisinde o da düz beyaz kazağı, siyah eşofmanı, krem rengi montuyla aşağı indi.

Yürürken, Samet'in anlamaması için şifreli bir şekilde Serkan'ın arkadaşı Emre'den ve doğum günü partisinden bahsettim. "Bence Emre çok çirkin. Yani yakışıklı olmuş olsaydı onu buralarda mutlaka fark ederdik," dedi.

"Serkan da yıllardır alt mahallemizdeymiş ama onu da daha yeni fark edebildik canım öyle değil mi?"

"Yani öyle de, ne bileyim. Bu aralar nazara mı geldim bilmiyorum. Kısmetim kapandı."

"Senin kapandı dediğin kısmetin son bir haftadır canım. Ben ne yapayım? Bu yaşıma geldim ancak sevgili yapabildim."

O ara Samet önden önden gidiyordu. Bizi duyması mümkün değildi.

Parka vardığımızda içindeki kafeden eski gazete isteyip, salıncağın oturak yerine düzgünce koydum. Samet'i salıncağa bindirdim. Ben kardeşimi sallarken, Eda salıncağın direğine dayanmış, "Cidden dediğin kadar yakışıklı mı?" diye sordu.

"İnanmazsan bak da kendin söyle," dedim, bize yaklaşmakta olan Serkan ve Emre'ye bakıp. Eda hemen doğruldu, en sevimli hâlini takındı. Bana çaktırmadan, "Söyleseydin de hazırlansaydım, şu rezil hâlime bak," diye söylendi.

Serkan, "Sabah şerifleriniz hayır ola kızlar," diyerek selamladı bizi.

Emre de, "Günaydın," diyerek eşlik etti ona.

"Günaydın. Bu da benim en yakın arkadaşım Eda," dedim, özellikle Emre'ye bakıp. Sonra Samet'i gösterip, "Bu da benim minik yakışıklı kardeşim Samet," diye devam ettim.

Serkan salıncağı durdurdu. "Ben de enişten ufaklık. Nasılsın?" dedi. Samet'i yanaklarından öptü.

Serkan'a kaş göz yaptım. Kulağına eğilip, "Anneme söylerse vallahi bir daha dışarı çıkamam," diye fısıldadım.

"Anlamaz ki daha küçük o," dedi.

"Sen öyle san! Onun anlamadığı şey yok."

O ara Emre ve Eda bakışmaya, konuşmaya başlamışlardı bile. Bizim onlarla ilgilendiğimizi anlayınca Emre bize bakıp, "Yıllardır pul koleksiyonu yapıyorum. Çok değişik pullarım var görmek ister misin Eda?" diye sordu.

Eda çocuğa öyle hayran kalmıştı ki, "Sahi mi, çok isterim tabii," diye karşılık verdi. Bizim kahkahalarımıza uyanıp, "Aşk olsun ya. Benim gibi saf bir kızla dalga geçmeye utanmıyor musunuz?" diye söylendi sonra. Sen misin saf diye içimden geçirdim.

Sonra, "Utancımdan kafamı şu kuma sokabilirim," dedi Eda.

Emre de kumu ayağıyla ciddi ciddi eşmeye başladı. "Tamam, o hâlde ben yardımcı olayım." Emre de fenaydı yani.

Samet kumla oynayacaklarını düşünerek kendini salıncaktan atıp Emre'nin yanına koştu.

"Demek yardıma geldin delikanlı, o hâlde beraber kazalım, hadi hızlı bitsin işimiz," dedi. Kum zaten ıslaktı. Samet'in üstü başı pislenmesin diye onu geri çektim. Serkan karşıdaki kafeyi gösterip, "Hadi bırakın oynamayı da sıcak bir şeyler içelim, burası buz buz," diye öneride bulundu. Samet'i kucağına alıp havaya kaldırdı. "Seninle biz yazın kumdan saraylar, şatolar yapacağız söz yakışıklı."

Bizlere çay, Samet'e de çikolatalı pasta söyledik. Samet'in

keyfine diyecek yoktu. Pastasından sebep bizimle ilişkisini kesmişti. Biz o ara Serkan ile aşk dolu gözlerle bakışırken, Eda ve Emre de muhabbetlerini koyulaştırmıştı.

Serkan'a ikisini gösterip, "Bak nasıl anladım ikisinin uyuşacağını?" diye böbürlendim.

"Akıllı sevgilim benim!" dedi, yine dudağıma milim kala sıcak bir öpücük kondurup gözlerime baktı. Öpüşü, bir gökdelenin çatısından atlamak gibiydi ya da gondola binmek. Kendime gelir gelmez hemen Samet'e ve Eda'lara baktım. Samet hâlâ pastasını yemeye çalışıyordu. Eda'lar ise bizimle hiç ilgilenmiyorlardı. Kızardığımı anlayıp yanıma biraz daha sokularak, "Seni herkesin içinde öpeceğimi düşünmedin herhâlde," dedi. Yüzüm daha da alevlenmişti. Onunla her kurduğum hayalde zaten beni öpüyordu ama hayallerim yaşadıklarım yanında bir hiç kalırdı. Beni öpeceği anı sabırsızlıkla bekliyordum ve o anın hiç şüphesiz kusursuz olmasını istiyordum. Sessiz kalmıştım. Saat ilerleyince önümüzdeki hafta sonu tekrar buluşmak için sözleştik. Serkan, "Sizi harika bir yere götüreceğim," dedi muzip bakışlarıyla.

Eda ile birbirimize bakıp aynı anda mutlu mesut, "Tamam, anlaştık," dedik.

Yanlarından ayrılır ayrılmaz Eda yine söylenmeye başladı. "İnsan geleceklerini haber verir. Eşofmanımda çamaşır suyu lekesi bile vardı. Rezil oldum senin yüzünden."

"Deli misin kızım? Bana baksana, ben de eşofmanla çıktım." Tabii benim eşofmanım dışarısı için uygun türdendi. "Tesadüfen geldiler. Dünden konuşmamıştık ki bugün görüşeceğimizi. Hem en doğal hâlimizi de görsünler ki ileride sen artık kendine bakmıyorsun gibi söz söylemesinler. Onu boş ver de nasıl buldun Emre'yi? Dediğim kadar varmış değil mi?"

"Dediğinden de fazlası varmış. Sağ ol canım arkadaşım," deyip boynuma sarıldı.

"Ben devreye girmeseydim Serkan seni balık Erhan'a ayarlamayı düşünüyormuş," dedim sonra da.

"Ciddi misin sen? O önce koca göbeğini eritsin, sonra kız tavlamaya çalışsın."

"Aslında Emre'nin doğum gününde konuştum Erhan ile. Çok sevimli şakacı bir çocuk ama Emre daha iyi tabii. Eda sahi sizin isimleriniz de birbirine çok uydu. Eda ile Emre'nin düğün törenlerinde sizleri de aramızda görmekten mutluluk duyarız!"

Eda kahkahalarla gülmeye başladı. "Ne oluyor be? O kadar da değil. Kızım beni kendinle karıştırma."

"O değil de sen Serkan'ın soyadını biliyorsun, değil mi?" Eda gülmeye devam ediyordu. İnanılır gibi değildi. Onca zaman hiç sormak aklıma gelmemişti. En kötü ne olabilir ki diye düşünmeye başlamıştım.

"Sen nereden biliyorsun? Emre mi söyledi?"

"Gamsız, Serkan Gamsız."

"Ee ne varmış bunda? Korktum ben de kötü bir şey çıkacak diye."

"O değil de dün, bütün gün Gamsız şarkısını çalarak geçti mahalleden. Bizim balkondan bile duyuluyordu ses. Komik geldi ne bileyim."

"Emre'nin soy ismi neymiş peki?"

"Yılmaz."

"Emre Yılmaz."

"Güzel ve sadeymiş. Eda Yılmaz, yakıştı cidden," diyerek göz kırptım. Sonra Eda ile öpüşüp ayrıldık.

Eve gelince Samet ile annemin bir gün önce sardığı dolmalardan atıştırdık. Çok geçmeden annem geldi. Samet'e ablan iyi baktı mı sana, neler yaptınız bakalım, diye sordu.

Korkudan üç buçuk atmaya başlamıştım. Samet hemen rapor vermeye başladı. "Parka gittik. Pasta yedik. Eda vardı. Enişte vardı."

Annem bir an yüzüme baktı. "Ne eniştesi?"

"Ha Enis'i söylüyor. Enis di mi ablacığım?" Samet'i çaktırmadan kolundan çimdikledim. "Eda'ların okulundan bir çocuk. O da Emre diye bir arkadaşıyla parktaydı da."

Samet'in kolu acıdığından olsa gerek bir daha sesi çıkmadı.

"Bana hiç öyle birinden bahsetmemiştin. Neyse." Annem de cidden cin gibiydi. İsimleri asla unutmazdı.

"Benim arkadaşım değil ki bahsedeyim, Eda'nın arkadaşı dedim ya. Neyse benim çok ödevim var," deyip odama çekildim. Samet'in yanında demek ki daha dikkatli olmak gerekiyordu. Bugünüm de Serkan ile mutlu mesut geçmişti. Bahadır'dan da ayak seslerinden de çıt yoktu. Demek verdiği sözü tutacak ve beni artık rahatsız etmeyecekti. Allah'ım her günümü bugünkü gibi neşe dolu ve mutlu geçirebilmem için Serkan'ı benden ayırma lütfen. Her zaman ailemin, tüm sevdiklerimin yanında ol ve bizi kötülüklerden, kötü insanlardan koru Allah'ım. Âmin...

BİN GÜN SONRA

Okul çıkışı Bahadır bana işin var mı, annen kızar mı demeden elimden tuttuğu gibi, "Gidiyoruz," dedi.

"Nereye, deli misin?" diye sordum, cevap vermedi.

Elimden çekiştiriyor sağa sola bakıp taksi arıyordu. Sebepsiz bir heyecan, bir telaş vardı yüzünde.

Taksiye bindik. Bağcılar'da bir çiçekçinin önünde taksiyi durdurdu. "Hemen geliyorum," deyip beni takside bıraktı. Birkaç dakika sonra önceden sipariş verdiğini tahmin ettiğim kocaman çiçek demetiyle geri geldi. Çiçeklere asılmış nazar boncuklu küçük bir zarf vardı. "Kime götürüyoruz bu çiçekleri?" diye sordum, zarfa dokunarak.

"Hepsini az sonra öğreneceksin merak etme."

Çiçekleri kendine doğru çekti. Nasıl hem bu kadar sakin hem de bu kadar havalı olabiliyordu anlamıyordum. Gizemli bir kutu gibiydi. Her gün yeni ve özel bir şeyini öğreniyordum.

On dakika sonra çok şık göl manzaralı bir restorana geldik. Evimize bu yakınlıkta böyle güzel bir yerin olduğunu hiç bilmiyordum. Sanki Bahadır yemeden içmeden, Yağmur'u acaba nereye götürsem, ona ne hediye etsem, ona sevgimi daha çok nasıl göstersem diye düşünüyordu. Bize ayrılmış olan masaya oturduk. Bahadır çiçekleri masanın sağ tarafındaki köşeye koydu.

"Kimi bekliyoruz?" dedim. Yine cevap vermedi.

O ara garson servis yapmaya başladı. Etraf loştu. Masanın üzerinde servis tabakları ve şarap bardaklarından başka bir şey yoktu. Bir diğer garson gelip ne içmek istediğimizi sordu. Şarap bardakları o kadar hoşuma gitmişti ki ortamın büyüsüne uygun olacağını düşündüğümden vişne suyu istedim. Az sonra neler olacağını çok merak ediyordum.

Az sonra restoranın ana giriş kapısından keman sesleri yükselmeye başladı. Adam hem kemanı çalıyor, hem de bize doğru geliyordu. Bahadır'ın yüzüne baktım. Az önceki telaşı hafiflemiş, sevdiği bir parçanın ruhunu esir alması gibi kendini müziğe bırakmıştı. Onun yanında bu klasik parçayı bilmediğimden kendimi çok cahil hissettim. Adam yanı başımıza gelip çalmaya devam etti. Bahadır o ara elimi tuttu. Cebinden kalpli kırmızı bir kutu çıkarttı. Allah'ım umarım tahmin ettiğim şey değildir diye dualar etmeye başladım. Beni seviyordu, ben de onu seviyordum ama daha çok erkendi.

Liseyi bile henüz bitirmemiştik. Bu güzelim anın tadını çıkaramıyordum. Yüzümden endişelendiğimi anladı. "Korkma sana evlenme teklifi etmeyeceğim. Tahmin edersin ki bunu bu kadar basit yapmam," dedi.

Bunun neresi basitti? Müzik hâlâ devam ediyordu. Ben ise diğer masaların bize bakıyor olmasından yeterince çekiniyordum.

"Ben sadece sana benden başka birinin bakmasını istemiyorum. O yüzden bunu takmanı rica ediyorum," dedi. Kutuyu açtı. İçerisinde tek taş bir yüzük vardı.

İçim hiç rahat değildi. O yüzüğü annemden, okuldakilerden gizli nasıl takabilirdim ki? Laf oyunlarıyla beni kandırıyor gibiydi. Ortamın büyüsünü bozmak istemediğimden, telaşımı belli etmemeye çalışarak, "Tamam takarım tabii," dedim.

Kalktı yanıma geldi ve kapağını açtığı kutudaki tek taş yüzüğü sol yüzük parmağıma taktı ve alnıma bir öpücük kondurdu.

O an yan masaların birkaçından alkış sesleri yükseldi. Müzik bitmişti. Bahadır keman çalan adamın cebine biraz para koydu ve teşekkür etti. Sanki otuz yaşında bir iş adamı gibi her şeyi düşünüyor olması çok sinir bozucuydu. Herkesi, her şeyi koordine edebiliyor ve bunu yaşından hiç beklenmeyecek olgunlukta yapıyordu. Elimi kaldırıp yüzüğe baktım. "Çok, çok güzelmiş," dedim.

"Açıkça söylemek gerekirse Gülşen'in zevki."

Merakla, "Gülşen de kim?" diye sordum.

"Sınıf arkadaşım. Sizi ne zamandır tanıştırmak istiyordum ama fırsat olmadı. Geçen hafta dedesi vefat etti. Giresun'da şimdi, pazartesi dönecek. Senden o kadar çok bahsettim ki, seni en az benim kadar iyi tanıyor."

Elimi kaldırıp tekrar baktım. Beyaz altın olduğunu düşündüğüm, tek taşlı üst kısmında kıvrımları olan çok kibar bir yüzüktü.

"Beni tanıdığına eminim," dedim yüzüğü ona doğru çevirip. "Zevkine hayran kaldım."

İçimden de nereden çıktı ki şimdi bu Gülşen diye anlamsız bir korkuya kapılmıştım. Ayrıca Bahadır ile olan ilişkimizin bu şekilde çabuk ilerliyor olması beni inanılmaz huzursuz etmişti.

"Bu arada çiçekteki zarfı şimdi okuyabilirsin." Yanındaki çiçek demetini bana uzattı. Önce çiçekleri kucağıma koyup kokladım.

"Mis gibi kokuyor ama beni bu kadar şımartmasan," diyerek zarfı açtım. Aynen şöyle yazıyordu:

Çat kapı geldin, kimsin diye sormadım.
Beni seviyor mu diye hiç sorgulamadım.
Aşktın sen, candın, herkesten yakındın.
Ne iyi ettin de hoş geldin sevgili
Sensin benim gönlümün ilk ve son sahibi.

"Hoş bulduk," dedim kâğıdı okur okumaz. "Çok kafiyeli, sen mi yazdın bu şiiri?"

"Evet, çiçekçide yazdım. Aceleye geldi biraz. İdare et."

"Nasıl yani ben takside beklerken mi?" Başını salladı. "Demek taksideki sessizliğinin sebebi de buydu. Ne yazacağını mı düşünüyordun yoksa?"

"Aslına bakarsan biraz gergindim. Bir aksilik çıkarsa diye korkuyordum. Bu arada sizin sınıfa ilk geldiğim gün beni nasıl karşılamıştın hatırlıyor musun?"

Bir an o güne gidip düşündüm. Çok iyi karşılamadığımı biliyordum. "Yani bilmem. Sen ve Mustafa, bizim sıramıza oturmuştunuz. Sizin yüzünüzden Orhan ile beni başka bir sınıfa almışlardı. Ben de sinirimden söylenmiştim işte biraz."

"Pek hoş gelmediniz demiştin," dedi gülerek. "Seninle ilgili her şey hafızamda kayıtlı. Elimde olmadan hatırlıyorum hepsini."

Keşke öyle olmasa diye geçirdim içimden. Sonuçta zamanında onu çok fazla üzmüştüm. Ben de o günü hatırlıyordum. Mustafa ile ikisini resmen kovmuştum sıramdan.

"O hâlde şimdi gerçekten hoş geldin yeni hayatıma," dedim.

Elimi tuttu, parmağımdaki yüzüğe dokundu. "Hoş bulduk."

Her şey kusursuz derecede güzeldi. Aklım almıyordu. Ben nasıl Bahadır yerine Serkan gibi bir yalancıya şans vermiştim. Beni pamuklara sarıp sarmalayan, kendinden çok beni düşünen Bahadır'dı. O zamanlar nasıl Bahadır'ı hiç umursamamıştım?

Romantik gecemizin sonunda eve taksiyle döndük. Ben evimizin iki mahalle üstündeki mezarlığın köşesinde indim. Eve girmeden yüzüğü parmağımdan çıkarıp cebime koydum. İlginç ki benim odamın da ışıkları yanıyordu. Kesin evde misafir vardı. Kapıyı çaldım. Açan annemdi. Yüzünde güller açıyordu. "Misafirlerimiz var. Gel bakalım," dedi. Sonra sessiz moda geçip kulağıma, "Yeşim'in kına gecesinde tanıştık. Bizim hemen iki alt mahallede oturuyorlar. Kadının anlattığına göre çok yakışıklı bir oğlu var. Gel de tanış kadınla. Bakarsın oğluna isterler seni," diye fısıldadı.

Annemin tabii Bahadır'dan, yüzükten hiçbir şeyden haberi yoktu. Onunla aşk hayatımla ilgili hiçbir şey konuşmazdım. Tabii benden kurtulmak için erkenden evlendirmeye razıydı. İçeri girdim. Samet benim odamda resim defterine annemin boyalarıyla bir şeyler çiziyordu. Diğerleri de salonda oturuyorlardı.

"Merhaba," dedi kumral tombik suratlı kadın. "Ben Sevim." Eğildim yanaklarından öptüm. Diğer genç olanı da beni öpmek için hafif ayağa kalktı, "Ben de Sevim teyzenin yeğeni Aslı," dedi.

"Çok memnun oldum, ben de Yağmur."

Sevim teyzenin ve yeğeninin kılık kıyafetine bakınca çok zengin oldukları her hâllerinden belli oluyordu. Sevim teyze siyah uzun yırtmaçlı eteği, ipekten olduğunu düşündüğüm beyaz gömleği, kırmızı ojeleriyle bayağı havalı görünüyordu. Aslı da mavi kot pantolonu, önünde kocaman kırmızı kalp olan uçuk pembe kazağıyla çok şıktı. Koltuğun ucuna koydukları kürklü mantoları ve çantaları da zenginliklerini biraz daha gözler önüne seriyordu. Annemin arkadaş çevresi hep fakir kesim olduğundan böyle zengin misafirleri evimizde görmek cidden şaşırtıcıydı.

"Maşallah Melek kızın da çok güzelmiş, sana ne kadar da benziyor," dedi Sevim teyze.

Kadının gözleri galiba bozuktu. Annemin tüm arkadaşları beni görünce, "Canım sen de güzelsin tabii ama annenin de gençliği bir başkaydı," derlerdi.

"Biraz da asiliği olmasa. Bana neler çektiriyor bir bilseniz. Huyu da bana çekseymiş keşke ama aynı babası."

Annem de bir âlemdi. Hem benim kocaya gitmem için kendini paralıyor, hem de asi falan diye ortalığı karıştırıyordu. Ayrıca annemin bu beni hemen kocaya verme hevesini anlamamıştım. Resmen dengesizdi. Bazen de ne yapacaksın kocayı, beraber yaşlanır gideriz diyordu. Ayrıca liseden hemen sonra işe girmeyi, üniversitede de yarı zamanlı çalışmayı düşünüyordum zaten. Artık ona da eskisi gibi yük olmayacaktım.

Yandan anneme seninle sonra hesaplaşacağız bakışımı attım. Annem de umursamaz şekilde misafirlere çay koy bakışını attı. Annemin bu huyuna ayrıca hayrandım. Mevlitte, minibüste, orada burada sürekli birileriyle tanışır, tanıştığını da hemen eve getirirdi.

"Ben çaylarınızı tazeleyeyim," dedim. Mutfağa giderken onlar çoktan dedikodu moduna geçmişti. Kulağım onlardaydı.

"Sen kocandan ne zamandır ayrısın?" diye sordu Sevim teyze.

"Ben Samet'e hamileydim. Yedinci ayımdı, daha bebek doğmadan çekti gitti. Üç çocukla ben de ortada kalakaldık. Neyse ki annemle babam sahip çıktı. Onlar da İstanbul'un gürültüsünden patırtısından uzaklaşmak için bu evi bize bırakıp bizim memlekete Bursa'ya yerleştiler. Bizi de böyle baş başa bırakmış oldular."

"Kocan ne yapıyor şimdi? Yani eski kocan," diye düzeltti Sevim teyze.

"Evli şu anda. Benden ayrılır ayrılmaz evlenmiş. Zaten o kadın için terk etmişti bizi. Kadının da ilk eşinden Yağmur yaşlarında bir kızı var, onların keyifleri yerinde anlayacağın."

Sevim teyze:,"Yuva yıkanın yuvası olmaz Melek'çiğim. Bir gün bakarsın tasını tarağını toplamış sizinki geri dönmüş," dedi.

"Ben bu kadar çile çektikten sonra dönmesin aman."

"Ufaklık babasını daha görmedi yani?" diye sordu Aslı.

"Yedi yaşına kadar görmemişti. Sonra üç sene önce pat diye çıkageldi. O ara yardımı oluyordu da yine kesti arayıp sormayı. Karısı kıskanıyormuş, bizim çocuklarla görüşmesini istemiyormuş."

"Kadına bak ya, hem kocanı elinden alıyor, hem de çocuklarıyla görüştürmüyor. Şeytan resmen."

Annem de Sevim teyzenin gazına gelmişti. Sesini biraz daha yükselterek, "Tabii canım biz beraberken bana yapmadığı kalmadı. Kadının yanında şimdi süt dökmüş kedi gibi," diye yakındı.

Aslı, "Peki, nasıl geçiniyorsunuz Melek teyze? Üç çocuğa bakmak zor olmuyor mu?" diye sordu.

"Temizliğe gidiyorum, bazen annemle babamın desteğini alıyorum, sorun olmuyor bakıyorum çocuklarıma çok şükür."

Sevim teyze araya girip, "Peki, Melek üçüncü çocuğun okuyor mu, o nerede?" diye sordu merakla.

Annemin sessizliğinden moralinin bozulduğunu anlamıştım. Konuyu dağıtmak için hızla yanlarına gidip çaylarını servis etmeye başladım. Annem şöyle bir yüzüme baktı. Ne zaman abimden konu açılsa ne söyleyeceğini şaşırıyor, hele de benim yanımda daha doğru kelimeleri seçmeye çalışıyordu.

Konuyu kapatır sandım ama öyle olmadı. Demek onun da dertleşesi vardı.

"Yok, o şimdi hapiste. Arkadaş kurbanı işte. Bakalım uğraşıyoruz bir an önce çıksın diye." Annem yine içlenmişti.

Sevim teyze meraklı gözlerle, "Suçu ne peki?" diye sordu.

"Madde bağımlısı arkadaşları için bir kuyumcuyu soyarken yakalanmışlar. Arkadaşlarından birini, kuyumcunun oğlu ateş edip öldürmüş. Biz de en azından bizimkine bir şey olmadı diye seviniyoruz."

Annem de kendi oğlunun madde bağımlısı olduğunu bir türlü kabul edemiyordu. Sürekli olayı anlatırken, arkadaş kurbanı kelimesini başa eklemese olmazdı. Sonuçta abimi defalarca görmüştüm elleriyle sigarasını sarıp, koca adamlar gibi derin derin içine çekerken. Son zamanlarda da odasında koca bir kova su, içinde plastik şişeler, üzeri iğne ucuyla delinmiş alüminyum folyolar olurdu. Çok içtiği bir gün böyle daha çok kafa yaptığını anlatmıştı.

Sevim teyze de Aslı da çok şaşırmış gibi durmuyordu. Gayet sıradan bir şey dinliyormuş gibiydiler. Oysaki annem bu olayı başka kadınlara anlattığında vah yazık, ah yazık gibi sözler söylenir, kadınlar bir de dizlerini döverdi. Bu tavırları zenginliğin verdiği bir olgunluk muydu bilememiştim. Aslı soğukkanlı bir hâlde, "Çok yatacak mı peki?" diye sorarken gözlerini bana dikmişti.

"Olay olduğunda yaşı daha on yediydi. On sekizden küçük olduğundan dört yıl verdiler. Üç yılı bitti geçen ay. Bir yılımız daha var yani."

Annemin bu cümlesinden sonra Aslı, Sevim teyze ve annem cenaze evinde gibi sessizliğe bürünmüştü. Yere bakarak sessiz sakin, geçmiş olsun, Allah kurtarsın tarzı bir şeyler söylediler. Ben bu muhabbetlere artık alıştığımdan çok fazla içerlememiştim. Sessizliğimiz odamdan bir anda yükselen müzik sesleriyle son buldu. Samet her zamanki gibi benim teybimi kurcalıyordu. Hemen gidip Samet'i odamdan çıkardım. Işığı kapatıp onu da annemlerin yanına getirdim. Yine aynı köşeme geçip çayımı içmeye devam ettim.

"Kaçıncı sınıftasın kızım?" diye sordu Sevim teyze. Bir anda konuyu değiştirmesi çok iyi olmuştu.

"Lise bitecek bu yıl. Üniversite sınavına hazırlanıyorum."

"Bizim oğlanın da bu yıl ikinci senesi. Kadir Has Üniversitesi'nde inşaat mühendisliği okuyor. Senden iki yaş büyük demek ki." O an beynimde şimşekler çaktı. Eda geçenlerde Emre ile karşılaşmış, ayaküstü muhabbetleri sonunda Serkan'ın özel bir üniversitede inşaat mühendisliği okuduğunu öğrenmişti.

"Oğlunuzun adı ne?" diye sordum telaşla.

Aslı teyzenin yeğeni ondan önce, "Serkan," dedi, manalı bakışlarla. O an içimde volkanlar patladı sanki. Kalbim güm güm yerinden çıkacakmış gibi atmaya başladı. Titreyen sesimle sadece, "Peki, başka çocuğunuz var mı?" diye sorabildim. Serkan sonuçta tek çocuktu.

Sevim teyze, "Çok istedik ama olmadı. Kısmet. En azından Serkan'ımız var, bize yetiyor," dedi. Anlamıştım ki Sevim teyze benim Serkan'ın annesiydi. Şaşkındım. Ona annesiyle babasının ismini hiç sormamıştım. Sorduysam da çoktan unutmuştum. İsim konusunda her zaman hafızam kötüydü. Eda olsa daha dakikasında olayı çözerdi.

Şaşkınlığımı gizlemek ve olayları düşünebilmek için, "Anne ben odama gidiyorum ders çalışacağım. Sevim teyze, Aslı çok memnun oldum," dedim. İkisinin de yanaklarından öptüm.

"Ben de çok memnun oldum güzel kız," dedi Sevim teyze. Yanağında tıpkı Serkan'ınki gibi gamzesi vardı. Esmer, uzun boylu, masum yüzlü bir kadındı. Cidden Serkan annesine kilo haricinde ciddi anlamda benziyordu. Aslı da yüzüme beni tanıyormuş gibi imalı bir şekilde bakmaya devam etti. Sevim teyze ben odama giderken biraz sesli, "Bir ara Serkan'la da gelelim, arkadaş olursunuz. Hem oğlum da çok yakışıklıdır ona göre," diye seslendi.

"Tamam, olur," diye bağırdım ben de. Onları Serkan göndermiş olabilir miydi? Yok, canım bu onun tarzı bir şey değildi. Kendi gelir ama asla birini göndermezdi. Şimdi kim bilir nasıldı? Bir anda onu ne kadar özlemiş olduğumu fark ettim. Keşke Sevim teyzeye onun hakkında daha fazla şey sorsaydım diye düşündüm. Bahadır'ın yaptığı tüm o güzel şeyler, Sevim teyze ve Serkan yüzünden bir çırpıda aklımdan silinmişti. Uyumadan önce ne Bahadır'ı, ne muhteşem gecemizi, ne de aldığı tek taş yüzüğü düşünmüştüm. Tek düşündüğüm Serkan ve onun her zerresine kadar hatırladığım o güzel gamzeli yüzüydü...

BİN GÜN ÖNCE

Sınıfa girdiğimde ilk göze çarpan şey Bahadır'ların sırasını tüm sınıftakilerin çevrelemiş olduğuydu. Sırama geçebilmek için kalabalığı aşmaya çalışınca durumu anlamıştım. Bahadır sol bileği sargılar içerisinde, yanındakilere yaşadığı kazadan bahsediyordu. Beni görünce başını öne eğdi. Ders matematikti. Mehmet öğretmen gelir gelmez Bahadır'ın başındaki kalabalığı fark ederek, "Ne oluyor çocuklar?" diye sordu. Sonra sol bileği sargılar içerisinde olan Bahadır'ı gördü. Yanına gidip, sargısının üst kısmına eliyle dokundu.

"Geçmiş olsun Bahadır, ne oldu böyle?"

"Sağ olun öğretmenim. Mutfak dolabının camı düştü."

"Ciddi bir şey var mı peki?"

"Annemle ablam hemen hastaneye yetiştirdi. Dört dikiş var ama Allah'tan damarlarım kesilmemiş. Bir hafta, on güne kadar iyileşip yazı bile yazabilirmişim."

Cam falan düşmemişti. Kendini bana kanıtlayabilmek için resmen bileğini doğramıştı. Bu yaşadığı şey aşk falan olamazdı. Psikopatlıktı. Onunla konuştuğum şeyleri kimseye söyleyemezdim. Acaba Semra biliyor muydu? Ne zaman göz göze gelsek bana lanet biriymişim gibi bakıyordu. Bahadır'ı anlamaya çalışıyordum ama oluyordu. Bu olayın anlaşılacak yanı yoktu. Teneffüs arasında başını boş bulduğum bir vakit, "Neden yaptın Bahadır?" diye sordum.

"Sana söylemiştim," dedi. "Seni benden daha fazla kimse sevemez demiştim."

"Böyle yaparak kime neyi kanıtlayacağını sanıyorsun ki?"

"Benim zararım kendime Yağmur. Sana bir söz verdim. Bundan sonra asla seni rahatsız etmem. Ben sana olan aşkımı sensiz de yaşarım. Yeter ki bana karışma."

"Peki, sen bilirsin." Benim sevgimin onun için bir an önce bitmesini yürekten istiyordum. Yaptığı şey hiç basit değildi. Ya gerçekten de damarını kesseydi? Bunu düşünmek bile istemiyordum. Acaba kolunu numaradan sarmış olma ihtimali var mıydı? Er ya da geç sargılar açılınca görecektim ama Bahadır'ın yalan söylemeyeceğini de içten içe biliyordum.

Üzgün bakışlarını üzerime dikti. "Senden tek bir şey istiyorum Yağmur. Sana aldığım kolyeyi bir kez boynuna tak göreyim. İnan dünyanın en mutlu insanı ben olacağım."

Şaşkındım. Bu benim için hiçbir şey ifade etmeyecekti ama onu da kırmamın bir anlamı yoktu.

"Tamam, yarın takarım," dedim ve yerime oturdum.

Süreyya, "Senin ki hem âşık, hem sakar," dedi gülerek.

"Dalga geçme sen de. Daha kötüsü olmamış Allah'tan," dedim.

Kızlara Bahadır'a söylediğim yalanı anlatamazdım. Hepsi bana düşman olabilirdi. O gün tüm gün boyunca yüzüm asıktı. Bahadır'ın sargılı bileğini gördükçe sinirim tepeme çıkıyor, bir an önce evime gitmeyi istiyordum.

Ders bitti. Kimseye takılmadan Samet'i almaya gittim.

Samet ilk kez benden erken çıkmıştı. Sınıf öğretmeni ile birlikteydi. Yanlarında da sırtı bana dönük siyah uzun ceketli bir adam vardı. Adam elinde kocaman beyaz bir poşet taşıyordu. Çok geçmeden Samet'in öğretmeni ile tokalaştı ve Samet'in elini tutup dış kapıya, bana doğru yürümeye başladılar. Adamın yüzünü uzak olduklarından ilk başta seçemedim ama bana yakınlaştıklarında anlamıştım ki o kişi babamdan başkası değildi. Hafızamda kaldığı kadarıyla sadece saçları biraz beyazlamıştı. Onun dışında giyimine kuşamına bakılacak olursa hâli vakti yerinde gibiydi. İyi de Samet'i nasıl bulmuştu? Sonuçta birbirlerini hiç görmemişlerdi.

"Samet, Samet, Samet..." diye deliler gibi bağırarak yanlarına gittim. Babam beni görünce, "Canım kızım," deyip elini saçlarıma doğru uzattı. Tıpkı Türk filmlerindeki gibi elini sertçe geri ittim.

"Bana ve kardeşime bir daha asla dokunmaya kalkma," dedim. Samet'i kolundan tutup kendime doğru çektim. "Kızım bir dinle bak sana anlatacaklarım var," dedi.

Samet, "Babam bana oyuncak araba almış, hem de mavi renk." Babamın elindeki poşeti gösterdi. Samet'i kolundan tuttuğum gibi kocaman adımlarla babamın yanından ayrıldım.

Samet'in sırt çantasını sağ omzuma, beslenme çantasını da sağ elime aldım. Sol elimle de onun elini tutup hızlıca koşmaya başladım. Deli gibi yağmur yağıyordu. Nereye bastığımıza dikkat etmediğimden tüm sular ayakkabılarımızın içerisindeydi. Üşüyordum ama en çok da içim üşüyordu. Bugün içim dışım her yer daha da bir karanlıktı. Samet mavi araba, baba diye eve gidene kadar sürekli ağladı. Annem evdeydi. Bizi sırılsıklam görünce şok oldu. İkimizi de direkt banyoya yolladı. Ellerimizi, ayaklarımızı iyice yıkadıktan sonra Samet'e bir şeyler giydirmesi için anneme seslendim. Ben de odama geçip giyindim. Annem solanda elektrikli sobanın yanında Samet'i giydiriyordu. "O geldi," dedim. Gözlerim dolmuştu, ağlamaya başladım. Annem kimden bahsettiğimi hemen anladı. Belli etmemeye çalışsa da onun da gözleri dolmuştu.

"Konuştunuz mu?"

"Konuşacak bir şey var mı ki?" dedim. "Bir de utanmadan Samet'in elini tutmuştu. Hediye de almış. Göz boyayacak ya."

Samet'e döndüm. "Ablacığım o adam bir daha gelirse sakın onunla konuşma tamam mı? Öğretmenin yanına kaç hemen. Ben gelir alırım seni. Oldu mu ablacığım?"

Samet'in aklı arabada kalmıştı. Cebinden yüz milyon çıkardı. "Bununla mavi araba alalım mı?" diye sordu.

Annem Samet'in elinden parayı aldı. "Nerede buldun bunu?"

"Babam verdi."

"Doğduğundan beri görmediğin adama babam deyip durma sen de," dedim.

Annem parayı yeleğinin cebine koydu. "Bu kadar sinirlenme. Arada gelsin görsün ne olacak? Sonuçta ne olursa olsun o sizin babanız. Belki durumunu düzeltmiştir. O baksın size biraz da ne var? Ne kadar yorulduğumu görmüyor musun sen de?" dedi. Dayanamamış, ağlamaya başlamıştı. Daha fazla trajedi kaldıramayacağımdan cevap vermedim. Doğruca odama geçtim. Uzunca süre ben de yatağıma gömülüp ağladım. Annemin anlattığı bizi terk etme sahnesi canlandı gözümde. Tüm bu yaşadıklarım bugün için çok fazlaydı.

Dedemlerin maddi olarak bize çok katkıları olmasa da, manevi anlamda her zaman elleri üzerimizdeydi. Gerçi oturduğumuz bu evi bize bırakarak yeterince destek olmuşlardı.

Biz de okullar tatil olunca yaz tatillerimizi çoğunlukla Bursa'da onların yanında geçiriyorduk. Okul zamanı da arada anneannem abimin bahanesiyle İstanbul'a geliyordu. Peki ya onlar olmasaydı annem üç çocuğuyla kime, nereye giderdi? Nefes alabilmek için odamın tahta camını araladım. Sokağa bakındım. Serkan'ın aynı yerde, sokak lambasının altında oturduğunu gördüm. Çok sevinmiştim. Koca gün yaşadığım tüm sıkıntılara rağmen onun orada olması içimi hoş etmişti. Yüzümü gözümü sildim. Dolaptan aceleyle ne bulduysam üzerime geçirdim. Bu sefer yok saat geç oldu, yok annem kızacak, yok biri görecek korkum olmadan yanına gidip oturdum.

O da bu tavrıma şaşırıp, "Annen bir şey demesin?" dedi şaşkın bakışlarıyla.

"Demez, düşünecek daha önemli şeyleri var."

Yüzüme bakınca ağladığımı anladı. Eliyle başımı kendine doğu çevirdi, gözlerime bakıp, "Ne oldu böyle sana?" diye sordu endişeyle.

İlk kez babamdan, önce bizi terk edişinden sonra da bugün Samet ile beni görmeye gelişinden bahsettim.

"Keşke onunla konuşsaydın," dedi.

"Nasıl yani? Sen beni dinlemedin sanırım."

"Dinledim tabii ama sen babanı hiç dinlememişsin ki! Bilemezsin kim bilir annenle nasıl sorunları vardı. Onu bir daha görürsen en azından dinle. Baban olarak bunu hak ediyor bence."

Ondan bu cümleleri hiç beklemiyordum. Kötü düşünceleri kafamdan kovmaya çalışıp, "Neyse kapatalım bu konuyu," dedim.

O da dünden razıymışçasına, "Eda'dan ne haber? Kankamı beğendi mi?" diye sordu.

"Sence?" dedim gülerek.

"Bence bayıldı. Hem Emre de onu çok beğenmiş. Saf, doğal bir kız diyor. En azından eskiden çıktığı anasının gözü kızlara benzemiyormuş. Tüm hafta Eda'yı sordu, ne zaman buluşacağız diye. Yakıştılar da. İkisi de sarışın. Mavi gözlü. Boyları falan."

"Boy derken?" Serkan'ın yüzüne manalı bakışlarımı attım.

"Benim sevgilimin huyu huyuma uygun olsun yeter," dedi. Pot kırdığını anlamıştı. Kolunu omzuma dolayıp bana sımsıkı sarıldı. Yanında minicik kalmıştım ama keyfime de diyecek yoktu.

"Hadi oradan sen de," dedim. Ben de onu belinden sardım. Kokusunu içime çektim.

"Acaba Eda'nın numarasını versen mi Emre'ye? Belki bizden ayrı da görüşmek isteyebilirler. İstersen bir sor Eda'ya. Ona göre verirsin numarasını."

"Aman da aman düşünceli sevgilim kendine sevgili yapmış şimdi de kankasını mı düşünürmüş?" dedim kolunun altından sıyrılıp. Bunlar onun bana daha önce söylediği sözlerdi. Sonuçta tahminlerimde yanılmamıştım. Eda ile Emre birbirinden elektrik almışlardı ve yine görüşeceklerdi.

"Tamam, yarın sorarım Eda'ya. Tamam derse ki bayılacak bu habere, veririm."

Annemin, "Yağmur!" diyen sesiyle hemen ayağa kalktım.

"İyi bak kendine. Git hemen buradan. Annemin dikkatini daha fazla çekmeyelim."

"Tamam," dedi. O da ayağa kalktı. Yüzüne bakabilmek için başımı kaldırdım. Benden ciddi anlamda uzundu ve evden pat diye çıktığımdan ayağımda düztaban sokak terliği vardı. Tam gidecekken elimi yakaladı. "Yağmur seni gerçekten de çok seviyorum," dedi ve beni kendine çekip alnımdan öptü.

"İyi," dedim. Başka bir şey diyemeden eve gittim. Beni sevdiğini biliyordum ama ondan bunu duymak, hele de böyle zor bir anımda duymak beni çok daha mutlu etmişti. Annemin, "Yağmur hemen buraya gel," demesine aldırmadan odama koştum. Onun camdan gidişini izledim. Dudaklarımdan ve kalbimden onun duymadığı ve hiç duyamayacağı sözler döküldü: Ben de seni çok seviyorum...

BİN GÜN SONRA

Yatağımdan zar zor kalkabilmiştim. Dünkü düşüncelerimden ötürü gözüme uyku girmemişti. Serkan'ın adı bile her şeyi altüst etmeye yetmişti. Neden böyle nankördüm? Elimdekilerin kıymetini neden hep kaybedince anlıyordum. Şu anda hayatımda Serkan yoktu ve beni deliler gibi seven biriyle birlikteydim. Bahadır gerçekten de bana tapıyordu. Daha dün bana tek taş yüzük almıştı. Bense şimdi Serkan'ı yeniden nasıl görebileceğimi düşünmeye başlamıştım.

Annem erkenden Samet'i okuluna bırakıp işe gitmişti. Yalnız başıma kahvaltı etmeyi sevmediğimden, giderken Gül fırından peynirli poğaça almaya karar verdim. Okula vardığımda giriş zili çalmıştı. Herkes sınıflarına dağılmıştı. Elimde kalan poğaçamla koşarak okula daldım. İkinci katın koridorunda Bahadır'ı gördüm. Karşısındaki koyu kumral saçlı, uzun boylu, arkadan bakınca güzel olduğunu düşündüğüm bir kızla konuşuyordu. Önce Emel mi diye heyecan yaptım ama Emel'e benzemiyordu. Bu kız ondan daha uzundu. Bahadır karşısındaki benim daha önce nedense görmediğim bu afet kızla dip dibe sanki önemli bir konu hakkında konuşuyor gibiydi. Gözlerimi kısıp, olan biteni anlamaya çalışıyordum. Acaba dünkü yaşadıklarımız, bana olan aşkı, hepsi saçma sapan bir rüya mıydı? Yoksa her şey benden öç almak için kurduğu bir planın parçası mıydı? Kalp atışlarım hızlandı. Adım adım yanlarına gittim. Her türlü senaryoya kendimi hazırladım. Bahadır aniden başını çevirmesiyle beni fark etti. Bir an şaşırdı.

"Yağmur!"

"Merhaba," dedim sessizce. Ağlama moduna girmiştim çoktan. Bahadır o içten gülümsemesiyle yaklaşıp beni kolumdan çekti. Yanaklarımdan öptü. "Neden geç kaldın?"

Demek kızla arasında bir şey yoktu. Bir an önce bizi tanıştırsa ya diye içimden geçirdim.

"Evet, çok geç uyandım. Gece iyi uyuyamadım. Sonra da koştur koştur geldim."

"Belli oluyor, kahvaltı bile yapamamışsın." Elimde kalan son bir yutmalık poğaçaya baktı. Dudaklarımın etrafındaki poğaça kırıntılarını elleriyle temizledi.

Kız baktı ki Bahadır tanıştırmıyor lafa girip elini uzattı. "Merhaba Yağmur ben Gülşen. Kapıda seni çok bekledik ama giriş zili çalınca içeri girmek zorunda kaldık."

Bu kız bana yüzük alırken Bahadır'a yardım eden kızdı. Gülşen adını duyunca mutluluğum katbekat artmıştı. "Merhaba, Bahadır senden çok bahsetti," dedim. Kalp atışlarım bir anda eski seyrine dönmüştü. Duyguların insanın vücuduna bu kadar müdahale ediyor olmasına yine şaşırmıştım.

"Senden bana bahsettiği kadar değildir herhâlde," dedi.

"Bu arada deden için üzüldüm. Başınız sağ olsun," dedim. Bahadır onun dedesinin vefatı yüzünden Giresun'da olduğunu söylemişti sonuçta.

"Teşekkür ederim. Yaşlılık işte. Hepimizin gideceği yer orası." Hepimiz aynı anda sustuk. Gülşen o ara boş parmaklarıma baktı. "Ee nasıl buldun tek taşını?"

"Zevkine hayran kaldım. Ciddi anlamda çok şık, çok beğendim." Bunları yalakalık olsun diye söylemiyordum. Yüzük hem diğer tek taşlılardan çok farklı hem de çok güzeldi. İçimi Gülşen'e karşı sımsıcak arkadaşlık duyguları sardı. Sonuçta ne Başak ile ne de Eda ile eskisi gibi görüşemiyorduk. Gülşen bundan sonraki yeni kankam olabilirdi. Sonra niye yüzüğün parmağımda olmadığını açıklama gereği duydum.

"Okulda sıkıntı yaratmayacağını bilsem takardım ama okul bitene kadar cüzdanımda taşımak zorundayım," dedim.

"Tabii canım. Hele de Ahmet Bey görmesin, lütfen. Evlilik için diğer kızları da özendiriyorsun diye okuldan atar vallahi."

Doğru söylüyordu. Bahadır sessizdi. Bense güldüm.

Gülşen, "Ders arasında kahve içelim mi?" diye sordu Bahadır ile bana aynı anda bakıp. "Hem Bahadır'ın biraz dedikodusunu yaparız."

"Evet, ben zaten yokum burada," dedi Bahadır da.

"Tamam, canım sen de katılabilirsin. Tabii sessiz kalmak koşuluyla, değil mi Yağmur?"

"Yani olabilir tabii. Senin pabucun dama atıldı artık. Bundan sonra yeni kankam Gülşen, ona göre," dedim. Gülşen ile birbirimize bakıp gülüşmeye başladık.

"Sizi tanıştırmasam daha iyiydi desenize," dedi Bahadır. Beni kendine çekti, yanağıma bir öpücük daha kondurdu.

O ara öğretmenlerin giriş zili de çaldı. Bahadır bana biraz daha yakınlaştı. Beni duvara doğru yaslayıp, "Dersiniz ne bakalım?" diye sordu.

"Coğrafya," dedim. Gülşen'in yanında bu cüretkâr tavırlarına da şaşırmıştım.

Bileğimi yukarı kaldırıp, elimde kalan son poğaça parçasını ağzına götürdü. Şaşırmıştım. Onun başkasının tabağından yemek yiyemeyecek tipte biri olduğunu düşünüyordum. "Elinden yemek de bir başka lezzetliymiş," dedi. "Gerçi ileride hep yiyeceğim için çok şanslıyım." Yine evleneceği kişinin ben olacağımı söylemeye çalışıyordu. Sonra eğilip diğer yanağımdan öptü. Gülşen'in yanında bunları yapıyor olması bir bakıma güzeldi ama beni utandırıyordu.

"İyi dersler Yağmur'um," dedi. Benden hiç ayrılmak istemediği o kadar belli oluyordu ki.

Ben de alevler içerisinde yanan suratımla, ikisine de iyi dersler dileyip bir üst kata, kendi sınıfıma geçtim. Dakikalar önce Serkan nasıl acaba, ben Bahadır'dan sıkılıyor muyum acaba diye düşünen ben, onu Gülşen ile görünce bu kadar kıskandığım için kendime şaşıyordum. En son Serkan'ı böyle kıskanmıştım. Gerçi onu kıskanmak için çok daha geçerli sebeplerim vardı.

Serkan'ı resmen eski sevgilisiyle öpüşürken görmüştüm. Görmemle beraber gözlerime yaşların dolması ve eve koşmam bir olmuştu. Günlerce, aylarca ağlamıştım. O günden sonra Serkan ile sadece bir kez telefonda görüşmüş, ondan sıkıldığım için ayrılmak istediğimi söylemiştim. Hesap sormamıştım, ona beddualar etmemiştim. Nasıl edebilirdim ki? O benim her şeye rağmen ilk sevdiğimdi. Onları yan yana gördüğüm günü dün gibi hatırlıyordum. Her ne kadar aynı masada Emre, Emre'nin Eda'dan sonraki kız arkadaşı Hülya, Balık Erhan olsa da, ikisinin bu samimiyetleri her şeyi o an bitirmeme yetmişti. İşin kötü yanı Serkan Erhan'ın doğum gününü erkek erkeğe bir kafede kutlayacaklarını söylemiş beni de bu yüzden davet etmemişti. Bu ilişkimiz boyunca onun ilk ve son yalanı olmuştu. Emre'nin sevgilisi Hülya arayıp haber vermese evde boş boş oturup sevgilimin erkek arkadaşlarıyla takıldığını düşünecektim. Kız da sonradan pot kırdığına bin pişman oldu ama iyi ki de aramış beni. O gün neler hissettiysem benzerini az önce Bahadır'ı Gülşen ile görünce hissetmiştim. Aldatılmak duygusu ne berbat ve tekrarlandığında ne benzer bir histi.

Gülşen şu an için her ne kadar tehlikeli olmasa da Emel adında kıskanmam gereken gerçek bir sorunum vardı. Kız özellikle benden sonra Bahadır'ı daha da takıntı hâline getirmişti. Büyük ihtimalle kendi güzelliğine rağmen Bahadır'ın beni sevmesine akıl sır erdiremiyordu. Başak da zaten Emel'in kaprisleri yüzünden benimle eskisi gibi görüşmüyordu.

Coğrafya dersi çok sıkılmadığım ders grubundandı. Hocanın geç gelmesi sebebiyle kızlarla düne dair epeyce dedikodu yaptık. Bahadır'ın tek taş sürprizinden çok, Sevim teyzenin bize gelmesine şaşırdılar. Ayşegül, "Kızım bunlar yakında inşaat mühendisi oğlumuz Serkan Gamsız'ı kızınız Yağmur Sönmez'e istiyoruz demesinler," dedi hayretle.

"Yok canım daha neler. Ben doktor karısı olacağım. Bahadır kafasına koymuş. Doktor olacağım diyor başka bir şey demiyor." Bunları söylerken bile aklım Serkan'a takılmıyor değildi.

Şennur, "Senin için tıp okumak istiyordur o. Ben de onu azıcık tanıdıysam kesin sana biraz daha yakışabilmek için istiyordur doktor olmayı," dedi.

"Bir keresinde demişti zaten. Tıp okumayı, sen hasta olduğunda sana daha iyi bakabilmek için istiyorum diye." Güldüm, sonra devam ettim. "Aman kazansın da. Bakacak çok hasta bulur nasılsa. İlk hastası da kesin sınıflarındaki Emel salağı olur."

Dedikodu faslımız hocanın derse girmesiyle sona erdi. Kızlara Gülşen'den bahsetmeye zaman kalmamıştı. O ara iki sıra önümüzde yan yana oturan Aykut ve Serpil'e takıldı gözüm. Aykut artık benden olabildiğince kaçırıyordu. Ayşegül bir ara, "Seninki baktı olmuyor kıskandırma çalışmalarına başladı," dedi.

"Ay ben onun nesini kıskanayım Allah aşkına? Şu an tek kıskandığım kişi Bahadır. Of ya şimdi kesin Gülşen'le birlikte yan yana oturuyordur. Keşke o da bizim sınıfta olsaydı, şöyle gözümün önünde," dedim. Allah'ım kafam iyice karışmıştı. Ne dediğimi ne hissettiğimi kimden kimi kıskandığımı bilmiyordum artık. Muhittin hocadan çekindiğimizden daha fazla konuşamadık. Dersimizi güzel güzel dinledik. Tüm ders aralarında Bahadır ve Gülşen ile buluştum. Birlikte kahve içtik, sohbet ettik bahçede yürüdük. Gülşen'in Bahadır'ın her şeyini bilmesi çok sinir bozucuydu. Çok fazla anıları vardı. Ayrıca evleri de birbirlerine inanılmaz yakındı. Sonuçta iki buçuk yıldır aynı sınıftalardı. İşin daha da dramatik yanı aileleri de birbirlerini tanıyordu. Kafam iyice allak bullak olmuştu. Eda ile konuşmaya, fikir almaya ihtiyacım vardı.

Okul sonrası Bahadır ile bizim eve doğru yürümeye başladık. Gülşen'i sevip sevmediğimi sordu. "Biraz kıskandım ama sevdim," dedim. Nasıl bu kadar açık sözlü olduğuma ben bile şaşırmıştım.

"Beni en son kıskanacağın kişi o bence. Aramızda arkadaşlık ve dostluktan başka hiçbir şey yok, olmaz da. Aslına bakarsan Yağmur benim senden başka kimseyle aşk anlamında yaşayabileceğim bir şey yok. Biliyorsun sen benim ilk ve son aşkımsın."

Elimi tuttu. Mahallenin köşesinde durduk. "Biliyor musun, sensiz geçirdiğim her günü tek tek saydım ben," dedi.

"Nasıl yani?" diye sordum. Anlamamıştım.

"En son seni gördüğüm gün ortaokulun son günü yani, karnelerimizi almıştık hani. Sen elinde karnen ve takdir belgen oradan oraya koşturuyordun. Üzerinde açık mavi bir bluz, mavi kot, yüksek topuklu siyah beyaz spor ayakkabıların vardı. Saçlarını da mavi bir tokayla yukarıdan toplamıştın."

"O topuzu annem yapana kadar sinir krizi geçirmişti resmen," dedim ben de araya girip. Beni bu kadar net hatırlaması çok tuhaftı. Çünkü ben onu o gün hiç mi hiç hatırlamıyordum. Demek ki o an ilgimizi çeken şey ve kişilerle alakalıydı bu durum. Sonuçta ben de o dönemde Serkan'ın giydiği kıyafetleri, bana söylediği sözleri, o müthiş yüzünü hep hatırlardım. Sonra devam etti. "Seni koridorda gördüğüm o son günden sonra tam bin gün görüşmedik seninle." Benim anlamsız bakışlarımdan ötürü açıklamaya devam etti. Eve her gittiğimde duvarıma astığım ayrılık tablomuza sensiz geçirdiğim her gün için bir çizik attım. Seni yeniden bizim okuldaki koridorda gördüğüm gün ise eve gidince o çizikleri topladım. İnanabiliyor musun tam bin gün çıktı. *Bin Gün.*"

Duyduklarımı şoklar içerisinde dinliyordum. Böyle bir aşk sadece romanlarda, filmlerde olur sanıyordum ama ben tam da o aşkın içerisindeydim. "Bilmiyordum Bahadır," dedim. "Beni bu kadar önemsiyor ve seviyor olman bir mucize." Birileri görür mü diye aldırmadan ona sıkıca sarıldım. Mis kokusunu içime çektim.

"Ben sadece benim yanımda mutlu olmanı, huzurlu olmanı istiyorum Yağmur. Bazen ne diliyorum biliyor musun?"

Kollarından sıyrılıp ne söyleyeceğini merak eder hâlde yüzüne baktım.

"Kalbime girip sana olan duygularımı görebilmeni. Ben sözlerimle anlatamıyorum çünkü. Kimse de anlatamaz, anlayamaz. Bunun için yüreğime, beynime girip kendi gözlerinle görmen lazım."

"Anlıyorum Bahadır. Beni ne kadar sevdiğini gerçekten anlıyorum," dedim. Elini sıkıca tuttum. Sonra bizim eve doğru yürümeye devam ettik. Tabii eve yaklaşınca da birilerinin görmesinden çekindiğimden elini bıraktım, yan yana yürümeye devam ettik. O ara bizim sokakta top oynayan çocuklar yanlışlıkla toplarını benim bacağıma attılar. Çorabımın azıcık çamurlanması dışında başka bir problem yoktu. Bahadır'ın sinirden topu öyle bir geri atışı vardı ki gören de bacağımı kırdılar sanırdı. "Dikkat etsenize ne biçim oynuyorsunuz!" diye ortalığı inletti. Ben annemin sesimizi duymasından korkarak, "Canım bir şeyim yok sakin olsana," dedim.

"Nasıl böyle mahalle arasında oynarlar anlamıyorum ki. Ya sana bir şey olsaydı?" Bacağıma topun geldiği yere doğru eğildi.

"Emin misin? İstersen doktora gidelim. Çok hızlı çarptı."

Altı üstü futbol topuydu. Eğer yüzüme gelseydi durum farklı olabilirdi ama şansa bacağıma gelmişti. Gayet iyiydim.

Ortamı neşelendirebilmek için, "Yanımda sen varken bana hiçbir şey olmaz, merak etme," dedim. Bahadır'ın bu ani parlaması beni de endişelendirmişti. Bacağıma gelen bir top yüzünden bu kadar sinirlenebiliyorsa ileride karşılaştığımız daha başka ciddi durumlarda kim bilir neler yapabilirdi?

Eve çok az kalmıştı. Yanaklarımdan öptü ve gitmem için beni bekledi. Hava kararmıştı. Ortalıkta top oynayan çocuklardan başka kimse yoktu. Devam eden gerginliğini saklamaya çalışarak, "Seni seviyorum," dedi dudaklarını kıpırdatarak. Sadece el salladım. Onu bazen hiç anlayamıyordum.

Samet TV karşısında bir şeyler izliyordu. Annem de mutfakta yemek yapıyordu. Tencerede kaynayan etin kokusu mutfaktan her yere yayılmıştı. Bugün resmen ziyafet vardı.

"Yemek ne zaman hazır olur anneciğim?" diye seslendim.

"Daha pişmedi. Yarım saati var," diye karşılık verdi.

"O zaman ben Eda'lara gidiyorum. Yemek pişine kadar dönmüş olurum."

"Bak geç kalma. Bir de sokak sokak seni aramayayım."

"Tamam, merak etme Melek Sultan," diye bağırdım, kapıyı kaparken.

Çantamı bırakıp çıkmıştım. Üzerimi bile değiştirmemiştim. Bir an önce olan biteni Eda'ya anlatmak istiyordum. Annesi şansa evde yoktu. Bana mutfaktan kolayla cips getirdi. Odasına geçtik. Öyle acıkmıştım ki tabaktaki cipsi saniyesinde bitirdim. Eda gidip tabağı yeniden doldurdu.

"Açsan yemek de var," dedi beni öyle katur kutur tabağı süpürürken görünce.

"Yok, annem bekliyor yemeğe. Ne bileyim tatlı geldi aç karnına."

"Nasılsın bakalım? Bahadır'ın nasıl?"

"Önce sen anlat, benim hikâye uzun," dedim.

"Sonunda tanışabildim," dedi. İkimiz de aynı anda sevinç çığlığı attık.

"Vay, süper!" dedim boynuna sarılıp. Son zamanlarda okullarının kantininde karşılaştığı gizemli çocukla sonunda tanışabilmişti. Çocuğu kantinde sadece cuma günleri öğle saati görebiliyordu. Diğer günler nedense denk gelmemişlerdi. Eda ona bakıyor, o Eda'ya bakıyordu ama ikisi de çekindikleri için birbirleriyle konuşamıyorlardı.

"Ay öleceğim meraktan. Nasıl oldu anlat çabuk."

"Bugün cuma biliyorsun."

İkimiz de aynı anda gülmeye başladık. Eda anlatmaya devam etti.

"Bizimki öğlen bir baktım kantinde. Kahve içiyor. Ben de bizim sınıftan kızlarla indim. Hemen karşısındaki masaya oturdum. O beni kesti ben onu kestim."

Sinemada film izler gibi Eda'yı dinliyor aynı zamanda da tabaktaki son kalan cips kırıntılarını elimle toplamaya çalışıyordum.

"Sonra ben lavaboya gittim."

"Seni numaracı. Çocuk peşinden gelsin diye tabii," dedim.

"Cidden Yağmur aklımın ucundan geçmemişti. Çişim geldi kızım. Ne numarası. Neyse tam ellerimi yıkadım çıkacağım tuvaletin kapısının önünde beni bekliyor. Resmen şok oldum."

"Ben de," dedim gülerek.

"Neyse çocuğun adı Ufuk. Benden bir yaş büyük. Onlar kredili dönemde okuduklarından, kredisini tamamlamaya çalışıyormuş. Bu yüzden sadece cuma günü geliyormuş okula."

Eda'nın Ufuk'tan bahsederken gözlerinin içi gülüyordu. Uzun zamandır onu böyle mutlu görmemiştim. Emre ile ilişkisinin bitmesinin ardından çok durulmuş, bambaşka biri olmuştu. Birileriyle arada konuşuyordu ama bir türlü kimseyle frekansları tutmuyordu.

"Biliyor musun Ufuk, Emre'ye inanılmaz benziyor. Onun da gözleri masmavi."

"Hayırlısı canım arkadaşım. İnşallah bu sefer gönlünce olur her şey," dedim. Sıkı sıkı tekrar sarıldım. Sonra da ona kapak olarak cüzdanımdan çıkardığım tek taşımı gösterdim. Şok oldu.

"Kızım kesin Bahadır'ın ailesi yakında seni istemeye gelir, benden söylemesi," dedi.

"Onu bilmiyorum da Serkan'ın annesi dün geldi," dedim gülerek.

"Nasıl ya. Şaka mı bu? Kızım haberler sendeydi madem niye beni boş boş konuşturuyorsun?"

Ben de Sevim teyzeyi, yeğeni Aslı'yı, düne dair ne varsa her şeyi anlattım. Eda şoktaydı. "Bu kadar büyük tesadüfler ancak filmlerde olur sanıyordum," dedi. Haklıydı. Bu işten ben de şüpheleniyordum. Annemin, Serkan'ın annesiyle böyle tesadüf karşılaşması bir anda kanka olması garipti. "Çıkar yakında kokusu," dedim. Yarım saati çoktan geçmişti. "Sonra yine konuşuruz," deyip aceleyle Eda'lardan çıktım.

Annem sofrayı hazırlamıştı. "İyi hadi ben de tam seni çağırmaya geliyordum," dedi. Okul üniformalarımı çıkarıp eşofmanlarımı giydim. Elimi yüzümü yıkadım, sofraya Samet'in yanına oturdum. Yer sofrasını da oldum olası sevmiyordum. Misafir gelince masalar kuruluyor, bize gelince yerlerde sürünüyorduk. "Anne biz neden masayı sadece misafirler gelince kullanıyoruz ki?" diye sordum.

"Aman ne bileyim, alışkanlık işte," dedi.

"Tamam, ona da alışırız. Vallahi benim ayaklarım yer sofrasında hiç rahat değil. Sürekli uyuşuyor."

"Tabii sen evin prensesi olduğun için sana zor gelmesi normal," dedi. Gülüyordu.

Anneme de bir şey söylemeye gelmiyordu. Elli kere bacaklarımın pozisyonunu değiştirdiğimden güzelim yemekten hiçbir şey anlamadım. Karnım doyar doymaz, "Ellerine sağlık annelerin en güzeli," deyip yanağına bir öpücük kondurdum ve odama geçtim.

Anneme yardım edecek mecalim yoktu. O da hayret ilk defa söylenmemişti. Kafamı toplayıp dünün ve bugünün kritiğini yapmam gerekiyordu. Bir ara annem yanıma gelip, "Bu hafta sonu hani geçen gün gelen zengin kadın var ya o gelecek. Hem de bahsettiği yakışıklı inşaat mühendisi oğluyla, haberin olsun," dedi ve gitti.

Yaşadığım şokların ardı arkası kesilmiyordu. Bahadır bu olayı duysa beni topa koyardı. Hayat nasıl bu kadar tuhaf olabiliyordu ki? Serkan'ın bizim evde ne işi vardı? Onu görmeyeli onca zaman geçmişti. Artık yeni bir aksiyon kaldıracak gücüm kalmamıştı ama diğer taraftan da aman gelsin ne olacaksa olsun diye düşünüyordum.

Resim yapmak istedim ama keyfim olmadığından boyaların kapağını açıp koklamakla yetindim. Kafam çok karışıktı. Sonra teybe Doğuş'un CD'sini taktım. Her bir şarkıyı, Serkan ile olan hatıralarımı tazeleyerek dinledim. Gözlerim doldu. Serkan ile yaşadığım her şey mucizevi şekilde güzeldi. Ben belki de Serkan'ın yokluğundan daralıp kendimi Bahadır'ın kollarına atmıştım. Ona ortaokul zamanımızda hiç ilgi duymamıştım ki. Şimdiyse Serkan bana geri dönebilirdi. Ondan neden ayrıldığımı bile hâlâ bilmiyordu. Oysa o hep bizi ayırmak isteyenler olacaktır; ne duyarsan duy, ne görürsen gör gel bana söyle derdi. Sıkıldığım için ayrılmak istiyorum demiştim, o da saygı duymuştu. Üzerime düşeceğini, ayrılma sebebimi anlayacağını düşünmüştüm. Aramayınca da demek ki Ceyda ile mutlular diye kafamda kurmuştum. Eda ile Emre bizden önce ayrıldıklarından Eda'dan da Serkan ile ilgili hiçbir şey öğrenememiştim. Peki, şimdi ne oldu da Serkan'ın bana olan aşkı alevlenmişti? Annesiyle bana gelmek de ne demekti? Dayanamayıp kalktım annemin yanına gittim. TV karşısında koltukta kendince keyif yapıyordu.

"Anne sen Sevim teyze ile nasıl tanıştın en baştan anlatır mısın?"

Sonuçta anneme biliyor musun Serkan benim eski sevgilim diyemezdim. Annemin anlattıklarına göre bizim alt mahalledeki komşunun kızı Yeşim'in kına gecesinde tanışmışlardı. Yeşim'in annesiyle, ikisi de çok yakın olduklarından bir anda orada samimi olmuşlardı. Gerçekten de tesadüf gibi görünüyordu. Belki Serkan'ın da benden haberi yoktu. Hafta sonu gelmeden olayı çözemeyecektim. Beklemekten başka çarem kalmamıştı. Peki ya Serkan'a karşı eski duygularım yeniden alevlenirse, Bahadır ne olacaktı? Ona bunu ikinci kez yapamazdım. Dışarıdan sesler geliyordu. Pencereden dışarıyı süzdüm. Serkan'ın her zaman oturduğu yerde serseri kılıklı iki çocuk vardı. Karanlıktan yüzleri görünmüyordu ama vücut yapılarına bakınca Serkan ya da Bahadır olmadıkları belliydi. Uyumaya ve bu olanlar yüzünden kafamı daha fazla karıştırmamaya karar verdim. Tabii üç saat boyunca gözüme zırnık uyku girmeden yatakta debelenip durdum.

BİN GÜN ÖNCE

Sabah kalktığımda kahvaltının da, annemin de hazır olduğunu gördüm. Üzerinde Ayşe ablanın, doğum gününde anneme hediye ettiği siyah, boncuklu bluz ve siyah kalem eteği vardı. Siyah kalın çorap giymişti. Hatta odama girip benim makyaj malzemelerimi karıştırmış, pembe rujumla, siyah göz kalemimi kullanmıştı. Uzun zamandır ilk kez bu kadar güzel görünüyordu. Parfümünü de üzerine bir güzel boca ettikten sonra işe gitmediğinden emindim.

"Hayırdır anne, sabah sabah nereye?"

"İşim var. Sen kardeşini yedir. Üzerini giydir. Beslenmesini de hazırlayıp, onu okuluna bırak tamam mı?" Cüzdanından çıkardığı beş milyonu uzattı. "Bununla da kendine ve kardeşine poğaça, süt bir şeyler alırsın işte." Bu kadar kılık kıyafetine özenmesi aklıma hoş şeyler getirmiyordu.

"Ne işin var? Nereye gidiyorsun? Resim dersin mi var yoksa?" diye imalı bir şekilde yeniden sordum. Elinde malzemeleri yoktu. Kursa gitmediği açıktı.

O ara ayakkabı çekmecesinden siyah topuklu çizmelerini çıkardı. Topukluları giyince boy farkımız iyice artmıştı. Yüzüme bakmadan, "Zevzek zevzek konuşma. Babanla görüşüp geleceğim," dedi ve kapıyı çarpıp gitti.

"Babamla mı?" Bunu öyle sıradan bir şeymiş gibi söylemişti ki resmen şok olmuştum. Babamın bir kez bile okula gelmesi, demek her şeyi düzeltebiliyordu. Aklım almıyordu. Ben bile onu böyle kolay affedemezken annem nasıl hiçbir şey olmamış gibi onunla görüşecekti ki?

Samet'le yaptığımız tatsız kahvaltı sonrası okula gittik. Onu sınıfına bırakıp, kendi okuluma geçtim. Kızlar yine öğretmenler masasında toplanmış dedikodu yapıyorlardı. Suratımın asık olduğunu Süreyya daha kapıdan adımı attığım anda anlamıştı.

"Ne o yoksa hâlâ Bahadır'ın bileğine mi üzülüyorsun?" diye sordu. Kızlara bu durumun benden kaynaklı olduğunu anlatamadığımdan ne zaman Bahadır'ın bileğinden konu açılsa kalbim hop hop atıyordu.

"Sorma canım tek derdim oydu şimdi," dedim kayıtsız kalmaya çalışarak.

Şennur, Ayşegül, Bilge beni çember içerisine aldılar. Süriş öğretmen sandalyesini çekip beni oturttu. O da masanın üzerine oturup, "Anlatsana ne oldu, hiç iyi görünmüyorsun," dedi.

"Dün Samet'in okuluna babam geldi," dedim. Konuya çok hızlı giriş yaptığımdan kızların ağızları bir karış açık kaldı. "Nasıl buldu bizi anlamıyorum. Sonra Samet'e hediye araba almalar, cebine yüz milyon koymalar. Göz boyamaya çalışıyor belli," diye devam ettim.

Süreyya, "Anlamış demek hatasını. Herkes ikinci bir şansı hak eder bence," dedi.

"Oh ne âlâ! Babasız geçen sekiz yıl. Dile kolay tabii. O Samet'in en zor zamanlarında yanında yoktu. Annem, abim, kardeşim neler çektik biz? Samet hastalığından dolayı ölebilirdi ve ölmüş olsaydı bunu bile belki yeni öğrenecekti. Bir kadın uğruna hepimizi terk etti. Şimdi neyin ikinci şansı?"

Samet kalbi delik doğmuştu. Daha bebekken defalarca ameliyat olmuştu. Bazı doktorlar, kulağı duymuyor, bazıları net görmüyor, bazıları da beyin özürlü diyorlardı. Çok şükür ki dediklerinin hiçbiri olmadı. Kardeşim şimdi sapasağlamdı. Sadece çabuk sıkılıyor ve konsantrasyon bozukluğundan dolayı yaşıtlarından biraz daha geç öğreniyordu. Tabii ilgisiz babam bunların henüz hiçbirini bilmiyordu.

Şennur, "Nereden bileceksin ki? Belki annenle eskiden beri görüşüyorlardır," diye fikrini söyledi.

Ayşegül de, "Evet, hatta belki de annene maddi yardımda bile bulunuyordur," diye destekledi.

Acaba böyle bir şey olabilir miydi? Pek sanmıyordum. Annem ne zaman kavga etsek sözü hayırsız babama getirirdi. Ben bunları düşünürken sınıfa Bahadır girdi. Bize doğru bakıp beyaz sargılı bileğiyle kendi sırasına oturdu. İşin ilginç yanı Semra da hemen onun yanına geçti. Kızlar durumu fark edip gülmeye başladılar. Bahadır da Semra ile çok ilgili görünüyordu.

Süriş, "Seninkinin sana olan aşkı kısa sürdü," dedi gülerek.

"Bir de onun aşkıyla uğraşamayacağım. Benim derdim bana yetiyor," dedim.

Şennur, "Serkan ne yapıyor? Aranız nasıl?" diye sordu.

Kızlarla böyle ciddi konuları ancak bu kadar süre konuşabiliyorduk. Onlara Serkan'ı, dün yine bizim kapıya geldiğini anlattım.

"Kızlar ne yazık ki Serkan'ın yakışıklı arkadaşı Emre'yi de, Eda'ya kaptırmış bulunuyorsunuz," dedim gülerek. Kızlardan ya, of, puf sesleri gelince diğerleri de bizim olduğumuz tarafa baktı. Tabii Semra ve Bahadır dışında.

Düne kadar benim için bileğini falçatayla doğradığını söyleyen adama ne olmuştu böyle çok şaşırmıştım. Herkes bugün bir tuhaftı. Şennur'un diğer kızlara göre biraz kilolu olmasından dolayı Erhan'ı beğenebileceğini düşünüyordum. "Şennur sana yine de birini ayarlayabilirim," dedim. "Şöyle orta boylu hafif kilolu ama çok zengin ve çok esprili birini. Adı Erhan. Bence sen bir düşün, istersen senin için de bir organizasyon yaparız."

"İyi olur," dedi.

Kızlara, "Hafta sonu Serkan, Eda, Emre ben yemeğe gideceğiz," dedim. Herkesten vay süpermiş sesleri yükseldi yine.

"Bu arada Gülşah nerede?" diye sordum.

Bilge, "Dün kardeşini bir olayda bıçaklamışlar. Geceyi hastanede geçirdiler. Şimdi kardeşi evde. Durumu iyi ama Gülşah yanından ayrılmak istemediğinden okula gelmedi," dedi.

Hepimiz şaşkındık. "Kızım şimdi mi söylenir?" dedim.

Ayşegül, "Bulmuşlar mı yapanı?" diye sordu.

"Evet, onların mahallede bakkal sahibi bir adammış. Evinde yakalanmış."

Okul çıkışında kızlar Gülşah'lara gitmeye karar verdi. Ben Samet'i alacağım için, "Siz gidin ben hafta sonu bir ara giderim," dedim.

Gün boyu Bahadır ile hiç yüz yüze gelmemiştim. Semra Bahadır'ın yanındaki Mustafa ile yer değiştirmişti. Hemen arka sıramızda olduklarından sürekli gülüşme seslerini duyuyordum. Şaşkındım ama Bahadır adına da bir yandan seviniyordum. Kafam bir milyondu. Annemi düşünüyordum. Babamı, Samet'i, Serkan'ı, abimi. Bahadır'a yer yoktu.

Okul çıkışı kızlar Gülşah'a, ben ise Samet'i almaya gittim. Bir de Samet'lerin okulunun kapısında ne göreyim? Annem ve babam. Muhteşem ikili. Samet'i beklediklerі aşikârdı. Arkaları bana dönüktü. Onlar beni görmeden okulun kapısından geri çıktım. Kızların peşinden koşturdum. Beraber Gülşah'lara gittik. Tabii kızlara Samet'i alamama sebebimi açıkladım.

Bilge, "Keşke sen de gitseydin yanlarına. Hem babanda madem para var sana da bir yüz milyon verirdi kesin," dedi.

"Aman ondan gelecek para dedemden gelsin," dedim kendimi gülmeye zorlayarak. Gerçi dedemde para vardı ama bize öyle kolay koklatmazdı.

Eve vardığımızda kapıyı Gülşah açtı. Suratı kireç gibiydi. Olayı anlattıkça daha da morali bozuluyordu. "Adam sucuk salam kestiği bıçakla kardeşimi bacağından bıçaklamış," dedi. Atakan'ın bacağına on üç dikiş atılmıştı. Ona hazırlanan odaya geçtik. Kardeşi uyuyordu. Sonra salonda ailesi ile konuştuk. Onlar tabii adamın ömür boyu hapis yatmasını istiyordu. Kavga sebebi de para üstü ile ilgili saçma sapan bir şeydi. Daha kötüsü de olabilirdi diye Atakan'ın şimdiki durumuna şükrettik. Kızlarla Gülşah'lardan çıkıp okulun karşısındaki Çağrı kafeye gittik. Gülşah'ı da hava alması için zorla evden çıkardık. Çay içtik, sohbet ettik. Ben de kafamı biraz olsun dağıtmış oldum. Yanlarından ayrıldığımda saat epey geç olmuştu. Çok da tındı. Annem hata yapabilme lüksüne sahipse ben de pekâlâ yapabilirdim.

Eve girmemle, karşılaştığım sahne beni üçüncü kez şoka sokmuştu. Babam elinde çay fincanı, yanında Samet ve annem, önlerinde rengârenk kurabiyeler muhabbet ediyorlardı. Adamın resmen gözlerinin içi gülüyordu. Beni görünce fincanı elinden bıraktı. "Hoş geldin Yağmur," dedi. Öpmek için uzandı ama ben geri çekildim. Sen pek hoş gelmedin, dedim içimden. Tam odama gitmek üzereyken annem, omzumdan çantamı çekti. Sonra beni de kolumdan çekip onların karşısındaki çiçekli berjere oturttu. "Gel bakalım küçük hanım, seninle biraz konuşacağız."

Samet minik araba koleksiyonuyla oynuyordu. Hepsi de yeniydi. "Abla bak bu kırmızı araba da senin olsun hadi gel oynayalım."

"Tamam, ablacığım birazdan oynarız," dedim ve sadede gelin dercesine annemle babamın suratına baktım.

Annem, "Baban senin için burada Yağmur. Ona ne kadar kızgın olduğunu biliyorum ama o senin baban. Şimdiye kadar yaptığı tüm hataların farkında. Bugün uzun uzun konuştuk. Öncelikle söyleyeyim bizim barışmak gibi bir durumumuz yok. Şu an sadece sizin için bir arada bulunuyoruz," diye söze başladı.

Babam, "Bu yıl ortaokulun bitecek. Benim evime taşınmanı ve benimle yaşamanı istiyorum," dedi. Bu yaşta yüreğime küt diye inecekti.

"Ben istemiyorum ama," dedim. Hemen kestirip atmıştım. Buralardan uzak olmam demek, Serkan'dan ayrılmam, arkadaşlarımdan ayrılmam her şeyi elimin tersiyle itmem demekti.

Babam, "Bak Yağmur Samet daha çok küçük. Onun annesiyle kalması gerekiyor. Abin de bildiğin üzere hapiste ama sen kocaman kız oldun ve pekâlâ bizimle yaşayabilirsin. Hem bizim oradaki okullar eğitim açısından çok daha iyi. Ayrıca maddi durumum da eskisi gibi değil. Ne istersen yapabiliriz senin için. Kendine ait kaloriferli, senin istediğin mobilyalarla döşenmiş güzel bir odan olacak. Okula seni şoförüm götürüp getirecek. Üniversiteye hazırlanmak için istediğin dershaneye gidebileceksin. İstersen sana özel öğretmen de tutarız. Ben sana iyi bir gelecek vermek istiyorum kızım. Şimdiye kadar gerçekleştiremediğim babalık görevimi de yerine getirmek istiyorum. Lütfen bana izin ver," dedi yalvarır gibi.

Sıcacık, tozpembe, rutubeti olmayan, tavanı bembeyaz bir odamın olmasını aklı başında herkes gibi istiyordum tabii ama ya arkadaşlarım, ya annem ya kardeşim? Onlardan nasıl ayrılabilirdim? Peki ya Serkan, o ne olacaktı? Onu Ceyda gibi bir kokoşun kollarına atmak istemiyordum. Derdimin sevdiklerimden uzak kalmak olduğunu anlayan annem, "Buraya hafta sonları gelirsin. Babanın şoförü getirir, değil mi Ali? Hem ben size yetişmekte artık çok zorlanıyorum. Senin masraflarını da, abinin masraflarını da söz verdi baban halledecek," dedi. Annem babamı bir melek gibi göstermeye çabalıyordu. Benim nasıl bir masrafım vardı ki?

"Bizim masraflarımızı ödesin ben yine de seninle kalayım anne."

Babam, "Kararın bu yönde olursa saygı duyarım ama ben hepinizi çok özlüyorum. En azından işten döndüğümde akşamları seni yanımda görmeyi çok isterim," dedi.

Anneme manidar bir bakış atmıştı. Belki de içten içe annemi de özlüyordu. Annem, "Okul çıkışında da arada gelmek istersen gelir istediğin kadar kalırsın. Hem babanın eşinin senin yaşlarında bir kızı var. Onunla da arkadaş olursunuz. Bence bunu bir düşün," diye üsteledi.

Babamın şimdiki eşinden ortak çocukları olmadığını, annemin bir ara Ayşe abla ile telefonda sessiz sessiz konuşmasından duymuştum. Belki de kızların dediği gibi annem babamla arada görüşüyordu. Babam kadın için, kadın da babam için evliliğini bitirmişti. Kadının diğer eşinden olan kızı belki de annemin dediği gibi bana arkadaş olacaktı. İstediğim zaman annemin yanına gidip gelecektim. Daha iyi okullarda okuyup dershaneye bile gidecektim. Kulağa hoş geliyordu ama babamı da hemen affedip kollarına atılmak istemiyordum.

"Tamam, ben düşüneceğim," dedim ve odama geçtim. Dakikalarca ağladım. Bu gecekondu evi seviyordum. Akan tavanını, rutubetini, minik farelerini, buz gibi odalarını gerçekten de seviyordum. Ben bu evde doğmuştum. Nasıl annemi, Samet'i bırakıp gidebilirdim? On dakika sonra da dışarıdaki seslerden babamın gittiğini duydum. Annem yanıma gelip, "Aç mısın?" diye sordu. Gözyaşlarımı sildim. "Tokum," deyince masama çay ve kurabiye bırakıp gitti. Benimle tekrar konuşmadı. Her şeyi Serkan'a anlatmalıydım. Defalarca sokağa baktım ama yoktu. İnanılmaz derecede onunla konuşmaya ihtiyacım vardı. Biraz kitap okudum. Biraz resim yaptım. Hiçbir şeyden keyif almayınca da kendimi yatağa atıp gözlerimi kapkara tavana diktim. Soğuktu. Üzerime odamdan daha soğuk yorganımı çektim. Babama gitmek her düşündüğüm dakika daha cazip görünüyordu. Sonuçta Serkan ile hafta sonu için sözleşmiştik. Ona durumumu anlatacak ve ondan fikir isteyecektim. O ne derse yapmaya hazırdım. Gözlerimi yumdum. Hayalsiz ve rüyasız boş bir uykuya daldım.

BİN GÜN SONRA

Hafta sonu gelip çatmıştı. Annem Sevim teyzeler için hazırlıklara sabahın köründe başlamıştı. Ara ara gelip, "Acaba oğlu nasıl? Bakarsın bir de seni isterlermiş oğullarına? Ay hadi inşallah. Ben çok çektim sen çekme, kızım. Aile de çok zengin. Kadının kocası Suzan turizm var ya onun sahibiymiş. Çocuk da inşaat mühendisi olacak. Sen de artık matematik öğretmeni mi olursun evinin kadını mı olursun bakarsın işte. Neyse kendini en azından kurtarırsın bu sefaletten," diyordu. Bunları söylerken oradan oraya koşturuyordu. Bir yandan etrafı topluyor, bir yandan da bana marketten neler alacağımı söylüyordu. Aklımda tutamayacağımı anlayınca odamdan kâğıt kalem getirdim. Dediklerini liste hâlinde yazdım.

"Bunları iki, üç saate ancak getiririm. Okulda kursum var ona gideceğim, dönüşte ancak alırım istediklerini." Amacım dün sözleştiğim üzere Bahadır ile buluşabilmekti. Ona Serkan konusundan bahsetmeyecektim.

"Bugün de gitme kursa, sen zeki kızsın halledersin. Hem bana yardımın lazım," dedi.

Bahadır ile buluşmayı bu kadar kafa karışıklığı içerisinde ben de istemiyordum. Öncelikle Serkan ile olan durumumu netliğe kavuşturmam gerekiyordu. Onun gözlerinin içine bakarak akşam Serkan'ı göreceğimi söylememek çok zor olacaktı. Anneme, "Tamam o zaman kızları arayıp haber vereyim," dedim.

Şennur'u arar gibi yapıp Bahadır'ı aradım. Telefonu o açtı. "Merhaba nasılsın?"

"Seninle az sonra görüşeceğim için çok heyecanlıyım. Peki ya sen?" dedi, keyifli olduğu sesinden anlaşılıyordu.

"Ben de bununla ilgili aramıştım. Ben gelemiyorum. Akşama misafirlerimiz var. Anneme yardım etmem gerekiyor."

Bahadır'ın sesi bir anda düştü. Üzüldüğü belli oluyordu. "Tamam, o hâlde yarın mutlaka görüşelim," dedi.

"Bakarız, hoşça kal," deyip telefonu kapadım. Eminim bana çok kızmıştı ve sesimden yolunda gitmeyen bir şeyler olduğunu anlamıştı.

Ev işi, temizlik, alışveriş, mutfak derken saat epey geç olmuştu. Annem elimdeki salata tabağını alıp, "Hadi sen git hazırlan, gerisini ben hallederim," dedi. Samet'i de kalabalık yapmasın diye Ayşe abla gelip almıştı. O saate kadar ne olduğunu bile fark edememiştim ama Serkan ile annesi bize geliyordu. Bizim gecekondu evimize... Annem bir gün önceden çatıya çıkıp yağmur alan yerleri süpürdüğünden damımızın akan yerlerine koyduğumuz leğenleri, kovaları kaldırmıştık. Yine de evimiz rutubet kokuyordu. Her odanın duvarı çatlamış ve rengi griye dönmüştü. Evimizden, fakirliğimizden ciddi anlamda çekiniyordum. Serkan'ların binasının önünden her geçtiğimde onun odasını, evlerinin güzelliğini gözümde canlandırıyordum. Zaten resimlerinden de az çok ne kadar modern bir evde oturduklarını anlamıştım. Ben de babamlarda kaldığım dönem zenginliğin tadını çıkarmıştım ama ne yazık ki bu çok kısa sürmüştü. Kazananlar ve kaybedenler kulübü birazdan bir araya gelecekti.

Kendimi belki de bu yüzden abartılı göstermek istemiştim. Siyah mini eteğimi ve kısacık siyah kazağımı giydim. Kulağıma kocaman halka küpelerimi taktım. Annemin ne diyeceğini umursamadan kırmızı oje ve kırmızı ruj sürdüm. Sonuçta Sevim teyze de modern bir kadındı. Annem yüzümü henüz göremeden kapı çalınınca, bir koşu gidip ben açtım.

Serkan beni görünce çok şaşırdı. Elinde kocaman bir demet gül ve çikolata kutusu vardı. Annesi beni gayet normal karşılayıp, "Merhaba tatlım, ne güzel olmuşsun böyle," deyip yanaklarımdan öptü. O ara arkamı dönüp annemle göz göze geldim. O da şaşkındı. Başka bir şey bulamadın mı giyecek der gibi bakmıştı. Artık annemle konuşmadan gözlerimizle anlaşabiliyorduk. Tabii misafirlere ayıp olmasın diye sesini gece boyunca hiç çıkaramadı.

Serkan elindekileri bana verip anneme elini uzatarak, "Merhaba ben Serkan," dedi.

O an bir gülme geldi. Kendimi öyle zor tuttum ki. Annem, "Hoş geldin oğlum ben de Melek," deyip Serkan'ın elini sıktı. Elimdekileri masaya bırakıp, Sevim teyzenin ceketini portmantoya astım. Önce Sevim teyzeyi öptüm, sonra da Serkan'a elimi uzatıp, "Merhaba ben de Yağmur," dedim. Elimi öyle sıkı tuttu ki zar zor geri çekebildim. Gülerek, "Çok memnun oldum Yağmur," dedi. Yine gamzesi görünmüştü. Kendimi daha fazla tutamayıp masadaki çiçek ve çikolataları alıp mutfağa koştum ve sessizce gülmeye başladım.

Annem yanıma geldi. "Ne oldu kız? Neye gülüyorsun? Çok beğendin değil mi çocuğu?"

"Sorma çok," dedim ben de. Çok kelimesini uzatarak söylemiştim. Serkan yine her zamanki gibi şık giyimli ve karizmaydı. Ayrıca öyle hazırlanıp gelmişti ki sanki birazdan beni isteyeceklerdi. Elimi tuttuğu anda kendimi yine eski günlerimizdeki gibi hissetmiştim. Ona olan duygularım kaybolmamış, hatta ne garip ki katbekat artmıştı. Kendimi hem suçluyor, hem de Allah onu benim karşıma yeniden çıkardıysa mutlaka vardır bir sebebi diye kendimi avutuyordum.

Annem, "Hadi oyalanma mutfakta, çayları doldur gel, ayıp olmasın misafirlere," deyip onların yanına gitti. Seslerini duyabiliyordum. Annem, "Maşallah Sevim, oğlun cidden çok yakışıklıymış," diyordu.

Çayları doldurup yanlarına gittim. Ellerimin titrememesi için büyük mücadele veriyordum. Gerçekten de çok heyecanlanmıştım. Sonra da annemin hazırladığı diğer tabakları önlerindeki masaya dizdim.

Sevim teyze, "Neden zahmet ettin Melek'çiğim bir çay demlesen yeterdi," dedi.

"Ne zahmeti canım ne yaptık ki," dedi annem de karşılık olarak. Annem sürekli tırnaklarıma, mini eteğime, rujuma bakıyor, rahatsızlığını delici bakışlarıyla belli ediyordu.

Masada da yok yoktu. Patates salatası, gül böreği, un kurabiyesi. Her şey çok lezizdi. Tabii ben utandığım için bir çatal patates salatası bile yiyememiştim. Sadece çay içiyordum. Serkan'ın yemekle her daim arası iyi olduğundan tabağındaki her şeyi silip süpürmüştü. "Melek teyze ellerinize sağlık muhteşem olmuş," dedi. Annem de illa topu bana atacak ya, "Yağmur'la beraber hazırladık, afiyet olsun oğlum," diye karşılık verdi. Onlar havadan sudan muhabbet ederlerken biz sürekli Serkan ile bakışıp içten içe gülüşüyorduk.

Sevim teyze, "Siz bizim muhabbetlerimizden sıkılırsınız şimdi. Melek'çiğim Yağmur'un odası varsa gençleri gönderelim, biz de kadın kadına daha rahat konuşalım olmaz mı?" dedi.

Annem yine o delici bakışlarından atıp, "Hadi Yağmur hem bize kahve yap, hem de Serkan'a odanı göster," diyerek durumu kabul etti.

Serkan ile çıktığımız onca süre boyunca okulun yanındaki park dışında hiç baş başa kalmamıştık. Şimdiyse annem bizi yalnız kalalım diye odama gönderiyordu. Dışarıda benim bir erkekle muhabbet ettiğimi görse kıyametleri koparırdı. Ne demişler paranın yüzü sıcaktı. Serkan ben Ataköy Lisesi'ndeyken arada okul çıkışıma gelirdi. Babamın şoförü İhsan amcaya onun geleceği zamanlar bir saat geç gelmesini tembihlerdim. Bu İhsan amca ile benim aramdaki minik sırrımızdı. Arada gittiğimiz okulun yanındaki Kavaklı parkın dışında hiç yalnız kalmamıştık. Çekinerek yerimden kalktım. Serkan'a karşı odayı işaret ettim. Kahveleri yapıp önce Sevim teyze ile anneme bıraktım. Serkan'a ve kendime de kahve yapmıştım. Elimde fincanlarla odama girdiğimde ayakta kitaplığımı inceliyordu. Bana aldığı saat ve bileklik de kitaplığın rafındaydı. Aldıklarını göstererek, "Atmamışsın hayret," dedi.

"Neden atayım ki en kötüsü satabilirdim, ona da kıyamazdım," dedim. Sesim titriyor gibiydi. Konuşmasam daha iyi olacaktı.

"Nasılsın Yağmur?"

Yüzünü bana dönmüştü. Kahveleri yatağımın yanındaki fiskosun üzerine bıraktım. Onunla burun buruna gelmiştim. Kokusu muhteşemdi. Başımı kaldırıp yüzüne baktım.

"İyiyim," dedim. Yüzümün kızardığını hissediyordum. Alevler içerisindeydim. Kalbim pır pır atıyordu.

"Duyduğuma göre bizim şair ruhlu Romeo ile birlikteymişsin," dedi.

Bir anda gerçeklere dönmüştüm. "Sen nereden biliyorsun ki?" diye sordum. Konuşmadı. Ben de altta kalmamak için, "Sen de hâlâ Ceyda ile mi birliktesin?" diye sordum.

"Biz Ceyda ile senden çok önce çıkmıştık, sonrası olmadı," dedi. "Bundan zaten senin de haberin vardı."

Elimi tuttu. Yatağımın karşısındaki telleri gıcır gıcır öten çekyata oturdu. Beni de yanına oturttu. Gözlerime baktı. "Sana karşı dürüst olacağım Yağmur. Senin benden ayrılma sebebini inan yeni öğrendim. Hülya her şeyi üç hafta önce anlattı. Ceyda ile ikisi akılları sıra bize tuzak kurmuşlar. Sana söylemiştim Yağmur. Bizi ayırmak isteyecek çok kişi olacak demiştim. Senin bizi gördüğün günü anlattı Hülya. Hepsi o ikisinin oyunuymuş. Hülya'nın bu oyuna katılma sebebi de biz seninle çıkmaya devam edersek Emre de bize takılır, sonra da Eda ile barışır korkusuymuş. Tabii Ceyda da yanına yardımcı arıyor."

"Dur bir dakika nasıl yani? Ben ikinizi gözlerimle gördüm. Öpüşüyordunuz. Ayrıca sen Erhan'ın doğum gününü erkek erkeğe kutlayacağız diyerek resmen bana yalan söyledin."

O gün aklıma gelmiş yine sinirlenmiştim. Serkan'dan ve o büyülü kokusundan olabildiğince uzaklaştım. Karşısına geçip yatağımın köşesine oturdum. Kahvesinden bir yudum aldı. Böyle sakin olmasına şaşırmıştım.

"Dediğim gibi, her şey Ceyda ile Hülya'nın bir oyunu. Ceyda benimle yeniden çıkabilmek için yapmış her şeyi. Senin bizi gördüğün gün, Hülya Emre'den yerimizi öğrenmiş. Ceyda ile birlikte gittiğimiz kafeye pat diye geldiler. Hülya zaten bilerek seni de çağırmış. Tabii senin geldiğini görünce Hülya, Ceyda'ya işaret yapmış. Ceyda da o an üzerime önümdeki suyu döktü. Sonra da özür dilerim deyip dudağıma yapıştı. Tabii biz kim bilir nasıl samimi göründüysek artık. İşin kötü yanı o gün senin de orada olduğunu hiçbirimiz görmedik. Hülya geçen ay Emre ile kavga etti. Onları ben barıştırdım. O da bu iyiliğimden sonra utana sıkıla tüm çevirdikleri dolapları anlattı işte."

Elindeki fincanı çekyatın yanındaki fiskos masasına yeniden bıraktı. Yanıma gelip yeniden ellerimi tuttu. Sıcacıktı.

"Sana söylemiştim Yağmur. Birileri sürekli bizi ayırmak isteyecek demiştim. Sana da sordum neden ayrılmak istediğini ama anlatmadın. Ben nereden bilebilirdim ki tüm bunları. İlk altı ay gizli gizli peşindeydim. Hayatında biri mi var, ne oldu da böyle oldu diye. Hatta baban yüzünden benden ayrıldığını bile düşündüm. O ara hiçbir şey öğrenemedim tabii."

Ben Serkan'ı şaşkınlıkla dinliyordum. Demek hiçbir suçu yoktu. "Nasıl yani sen benden sonra Ceyda ile yeniden çıkmadın mı?"

"Hayır, ne Ceyda, ne de bir başkası oldu senden sonra. Sadece okuluma gidip geliyordum. Arada da Emre ve Erhan ile bir yerlere çıkıyorduk hepsi bu. İstersen Emre ve Erhan ile de konuş. Hatta dilersen Hülya ile de konuşturabilirim seni," dedi.

"Peki ya annen? Olan bitenden onun haberi var mı?"

"Tabii ki var. Ona her şeyi anlattım. Seni ne kadar sevdiğimi, salak bir kız yüzünden ayrıldığımızı söyledim. O da bana, 'O hâlde ben annesiyle tanışayım, sonra da sizi barıştırayım,' dedi. Şu Yeşim'in kına gecesi de bahanesi oldu annenle tanışabilmek için."

Yüzüm kızarmıştı. Haklıydı ama ben onunla ayrı olduğumuz süre boyunca Ceyda ile gününü gün ettiğini düşünmüştüm. Ayrıca yeniden barışmak için de çok büyük çabalar sarf etmemiş olması tezimi pekiştirmişti. Kafam iyice karışmıştı. Serkan benim ilk aşkımdı ama ben de Bahadır'ın ilk aşkıydım. Ne yapacağımı bilmiyordum. Sonra başımı ona doğru çevirdim, bir anda Serkan ile göz göze geldik. Ellerimiz birbirine iyice kenetlenmişti. Beni dudaklarımdan öpmeye başladı. Şaşkındım. Hayatımda ilk kez biriyle öpüşüyordum ve o kişi kalbimin gerçek sahibinden başkası değildi. Sonra bana sımsıkı sarıldı. "Seni çok seviyorum Yağmur. Lütfen beni bir daha bırakma." Ağlıyordum. Defalarca ıslanan yanaklarımdan öptü. Bahadır'a karşı yaptığım haksızlıktan, bana Ceyda'nın yaptığı haksızlıktan, ne yapacağımı bilmediğimden ağlıyordum. Yüzümü ellerimle sildim.

Bir anda bahçeden gelen tıkırtı sesleriyle Serkan'dan uzaklaştım. Tül perdeyi çekip dışarı baktım. Birinin hızlı adımlarla bahçeden uzaklaştığını fark ettim. Ayrıca camlar tahta kaplama olduğundan tüm sesin dışarıdaki o kişi tarafından duyulduğu aşikârdı. Dışarıya çıkıp kim olduğuna bakabilir, hatta peşinden koşup onu yakalayabilirdim ama yapmadım. Gidenin Bahadır olduğunu zaten biliyordum. Her şeyi duymuş hatta belki de görmüştü. Bunu ona nasıl açıklayabilirdim?

Serkan, "Bu sefer çiçek bırakmadı mı Romeo?" diye buz gibi bir espri yaptı. Manasız bakışlarımdan ne kadar şaşkın olduğumu anlamış ve söylediğine pişman olmuştu.

Serkan'dan kafamı toparlamak için bana zaman vermesini istedim. Aynı zamanı Bahadır'dan da isteyecektim.

"Kalbinin sesini dinle Yağmur," dedi. Perdeleri kapatmıştım. Yanıma yeniden sokuldu. Tadını aldığım o hazzı ne yazık ki tekrar tekrar yaşamak istiyordum. Sanki az önce Bahadır tarafından izlenen biz değilmişiz gibi beni yeniden ve defalarca öpmesine izin verdim. Öpüşmenin bu kadar nefes kesen bir şey olduğunu hiç tahmin etmemiştim. Kalbim yerinden çıkacakmış gibi atıyordu. Mis kokusunu ciğerlerime kadar çekmiştim. Birbirimize sımsıkı sarıldık. Sonra onu odamda bırakıp yüzümü yıkadım, rujumu tazeledim. Birlikte bizimkilerin yanına gittik. Yüzüm hâlâ kızarıktı.

Sevim teyze manalı ifadesiyle, "Gençler nasıl anlaşabildiniz mi bakalım?" dedi. Utancımdan sadece gülüp başımı yere eğdim. Annemin olan biten hiçbir şeyden haberi yoktu. Serkan'ı birkaç kez uzaktan yanımda görmüştü. O yüzden onu hatırlaması çok zordu. Sonra Sevim teyze ve Serkan geç oldu biz kalkalım dediler ve gittiler. Annem onlar gider gitmez üzerime bakıp, "Başka bir şey bulamadın mı giyecek? Gören de kıyafetin yok sanır," dedi. Sonra da Sevim teyzelerin diğer mal varlıklarından, Serkan'ın tek çocuk olduğundan, başımıza konan talih kuşundan bahsedip durdu. Çok geçmeden kapımız çaldı. Bir an ürktüm ama gelen Samet, Ayşe teyze ve Ayşe teyzenin oğlu Hakan'dı. Onlar benim dedikodumu yapmaya başlayınca, odama geçtim.

Kalbim her ne kadar birini seçmiş gibi görünse de insanın iki kişi arasında kalmasının ne demek olduğunu anlamıştım. Babama da, Bahadır'ın babasına da artık daha fazla hak veriyordum. Sonuçta iki kişi arasında kalmak sadece erkekler için geçerli olan bir durum değildi. Benim de yapabileceğim tek şey yüreğimin sesini dinlemek olacaktı.

BİN GÜN ÖNCE

Sabah kahvaltımı yapar yapmaz Eda'lara gittim. Saçını geceden bigudilerle sarmış dalgalı yapmıştı. Dar mavi kotunu, üzerine de balıkçı yaka mor kazağını giymişti. Mavi göz kalemi nedeniyle gözlerinin maviliği daha da ortaya çıkmıştı. Serkan'ı Eda'nın yanında ciddi anlamda kıskanıyordum. Her ne kadar arada Emre de olsa ortamda çok dikkat çeken bir kızdı. Tabii bu konuyla ilgili dua etmekten ve kendime güvenmekten başka yapacağım bir şey yoktu. Serkan Emre ile çoktan gelmiş, parkın yanındaki kafede salep içiyorlardı. Serkan beni görünce kocaman gülümsemesiyle sarılıp, "Hoş geldin gönlümün tek sahibi," dedi. Emre de Eda'ya sıcak bir, "Merhaba," ile karşılık verdi.

Birlikte Serkan'ın bahsettiği Yeşilköy'deki restorana gittik. Balık Erhan'ın ehliyeti olduğundan Serkan'ın arabasıyla bizi o bıraktı ama yemek için kalmadı. "Sizi almaya geldiğimde çay içerim ben de," dedi. Sonuçta tek tabanca yanımızda takılmak istememişti. Yemekler muhteşemdi. Hepimiz levrek ızgara sipariş ettik. Yanına kalamar ve mevsim salata söyledik. Sonrasında ise sıcak fırın helvasıyla finali yaptık. Serkan yanımdayken hesabı düşünmeme gerek yoktu. Sonuçta maddi durumları çok iyiydi. İstesem bile bana ödetmezdi. Ayrıca sevdiğimiz yemek tatları da birbirine çok uyuyordu. Yemek boyunca, ara ara elimi tutuyor, her defasında gözlerimin içine bakıp gülüyordu. Bazen de nasıl gidiyor, sıkılıyor musun dercesine göz kırpıyordu. Kafamın ne kadar karışık olduğundan tabii hiç haberi yoktu. Diğerlerinin yanında aile meselemi açmam ve ondan fikir almam doğru olmazdı. Baş başa kalacağımız zamanı kolluyordum. Çay faslına geçtiğimizde söylediği üzere Erhan da geldi. Serkan herkesin içerisinde, "Yağmur senin doğum günün ne zamandı sahi?" diye sordu.

"Anlaşılan bana yine doğum günü hediyesi geliyor," dedim masadakilere gülerek. Cebinden yine saat kutusu gibi kare bir kutu çıkardı. Biraz daha küçüktü sanki. Kutunun kapağını açtı. İçerisinde ışıl ışıl parlak taşlardan oluşan bir bileklik vardı. Ceyda'nın kolunda gördüğüm bilekliğe çok benziyordu. Belki onu da Ceyda'ya Serkan hediye etmişti. İki bileklik arasındaki benzerliği kestirmeye çalışırken, bir müddet öylece bakakalmıştım. Serkan, "Yardım edeyim de takalım hadi," dedi.

Eda kıskanmış gözlerle bize bakıyordu. Teşekkür ettim. Sokulup yanaklarından öptüm. Serkan'ın bu kadar yakışıklı, bu kadar zeki ve bu kadar düşünceli oluşu beni hep şaşırtıyordu.

Keyifle içtiğimiz çayların ardından yine Erhan bizi mahallemize kadar getirdi. Serkan'a, "Arabadan inmeden baş başa biraz konuşabilir miyiz?" dedim.

"Tabii," dedi.

Emre, Eda'ya, "Biz de biraz parkta oturalım mı?" diye sordu. Erhan da, "Ben de abimlere gideyim o hâlde iyi akşamalar," deyip gitti.

Serkan direksiyon başına, ben de yan koltuğuna geçtim. Arabayı bizim alt mahalledeki Molla Gürani parkının yanına çekti. Arabadan inmeden, ona babamın ani ziyaretinden, beni kendi evine götürmek istediğinden ve tabii bana sunduğu güzel vaatlerden bahsettim.

"Anladığım kadarıyla babanın yanında muhteşem bir gelecek seni bekliyor. Senin yerinde ben olsaydım bir dakika bile düşünmez giderdim," dedi. Gözlerinin içi gülüyordu. Böyle kolay kabul etmesine çok şaşırmıştım. Beni sevdiğini söylüyordu ama Ataköy'de yaşayacağımı, ondan uzaklaşacağımı bile bile bana git diyordu.

"Ben ikimizi düşünüyorum," dedim utanarak. Başımı önüme eğdim. Yanağıma öpücük konduracağı sırada başımı kaldırıp ona çevirmiştim. Sıcacık ve kısacık öpücüğü dudağıma denk geldi. Kalp atışlarım bir anda hızlandı. Yanaklarım kızardı.

"İnan bilerek yapmadım. Zaten isteseydim inan böyle denk getiremezdim, cidden çok çok özür dilerim," dedi. Sonra konuya tekrar dönüp, "Bizi ne mesafeler, ne de bir başkası asla ayıramaz. O konuda için rahat olsun. Hem baban demiş ya hafta sonları buraya gelirsin diye. Hafta içi belki görüşemeyeceğiz ama koca iki gün bize zaten yeter. Ayrıca bizimkiler de son zamanlarda hep taşınmaktan bahsedip duruyorlar. Hem belli mi olur, belki de size komşu geliriz."

Onun benden uzaklaşacağını, pusuda bekleyen Ceyda ile yakınlaşacağını düşünüyor ve bundan deliler gibi korkuyordum. Bir yandan da Ceyda gibi kaliteli giyinmek, güzel okullarda okumak, Serkan'a daha da yakışır olmak istiyordum.

"Tamam, gideceğim. Sanırım kendim için en doğru karar bu."

"Benim sevgilim en iyi okullarda okuyup matematik profesörü mü olacakmış? Aferin ona," dedi.

"Benim canım sevgilim de mühendis olup güzel güzel binalar mı dikecekmiş?" diye karşılık verdim ben de. Gülerek yanaklarımdan sıcacık öptü. Misler gibi kokuyordu. Sonra beni bizim sokağın başında bırakıp gitti.

Annem bulaşık yıkıyordu. Akşam yemeğini Eda ile dışarıda yiyeceğimi söylediğimden o da yemeği Samet ile birlikte yemişti. Yanına gittim. "Tamam," anne dedim. Yüzüme şaşırarak baktı. "Babamın teklifini kabul ediyorum," diye devam ettim. Yüzü bir anda gülmeye başladı. Sabunlu ellerini yıkadı. Sarılıp beni öperken, "Ben de gitmeni hiç istemiyorum Yağmur. Samet her gün ablam nerede diye seni soracak ama hepimiz için inan böylesi daha iyi," dedi.

"Peki, bundan dedemlerin haberi var mı?" diye sordum.

"Var onlar da senin için en iyi olan ne ise onu yapmamı söylediler. Kızma bana olur mu kızım? Ben seni bırakmak ister miyim hiç? Ah şu parasızlık işte. Hem her hafta sonu gelirsin. Sonuçta biz buradayız, nereye gideceğiz?"

Ağlıyordu. Annemin sağı solu belli olmazdı. Acaba içten içe Samet'i de alıp Bursa'ya dedem ve teyzemlerin yanına mı taşınmayı düşünüyordu? Eğer böyle bir şey yapacak olursa beni de defterden silmesi gerekirdi. Ben de ağlamaya başladım. Gidip salondaki saate baktı. "Geç olmuş, yarın arar babana haber veririz gideceğini. Sonra bir program yaparız," dedi. Sonra bulaşıkları yıkamaya devam etti. Ne programıydı anlamadım. Hıçkıra hıçkıra ağlayarak odama gittim. Kendimi yatağıma attım. Belirsiz ama parlak bir geleceğin beni beklediğini düşündüm. Tüm olanları kızlara, özellikle Eda'ya anlatmak için sabırsızlanıyordum.

Dışarıdan araba ve müzik sesleri gelmeye başlamıştı. Ali Güven'den *Ardına Bakma Yolcu* çalıyordu. Tabii ki Serkan'dan başkası değildi. *Ardına bakma yolcu, gece almaya geldi seni benden. Beni bir daha sorma yolcu arama gittiğin yerden.*

Evet, benim sevgilim tam bir deliydi.

BİN GÜN SONRA

Bahadır okula gelmedi. Tüm gün bekledim, Gülşen'le konuştum ama kimsenin neden gelmediğine dair haberi yoktu. Pazar günü de beni hiç aramamıştı. Neden araması gerektiğini düşündüğümü de bilmiyordum. En son bizim mahallenin sessizliğine ve karanlığına karışıp gitmişti. Korkuyordum. Yeniden sigaraya başlamasından, serseri çocuklarla arkadaşlık kurmasından, hatta Serkan'a zarar vermesinden korkuyordum. Bana bir şey yapmayacağını biliyordum ama başkasına pekâlâ yapabilirdi. Akşama kadar camlara, okulun bahçesine, sınıfın kapısına baktım ama gelmedi. Ayşegül ve Şennur'a ders aralarında Serkan'dan, annesinden ve bize olan ziyaretlerinden bahsettim. Tabii Serkan ile öpüştüğümüzü ve bunu Bahadır'ın gördüğünü söyleyemedim. Kızlar çok şaşırmıştı. Genel olarak Bahadır'ın bana olan sevgisinin Serkan ile kıyaslanamayacağını ama Serkan ile daha mutlu olacağımı söylüyorlardı. Bu arada Serpil ve Aykut çıkmaya başlamıştı. Ders aralarında sürekli el elelerdi.

Okul çıkışı kızlarla vedalaşıp evin yolunu tuttum. Kızlar Çağrı kafeye gidelim diye çok ısrar ettiler ama kafam çok yorgundu. Eve varmama iki sokak kalmıştı ki arkamdan, "Pişt pişt," diye sesler duydum. Gelen Bahadır'dı. Boynuma sarıldı. Uzunca bir süre bırakmadı. Elimi tuttu. Beraber evin oradaki parka gittik. Sanki bizi gören o değilmiş gibi davranıyordu. Çok garipti. Her zamanki yerimize oturduk. Üşüdüğümü anlayıp üzerinden çıkardığı ceketini giymem için bana verdi. O ara gömleğinin kolu sıyrıldı. Sol kolunda daha önceki dikiş yerinin üzerinde derin bir yara izi olduğunu fark ettim. Gömleği omzuna doğru sıyırdım. Gözlerime inanamıyordum. Daha önceleri tükenmez kalemle yazdığı Yağmur harflerini bu sefer falçatayla derisine kazımıştı. Her harfin olduğu yer kıpkırmızıydı ve daha yeni kabuk tutmaya başlamıştı. Benim yüzümden resmen kendine işkence ediyordu. Bu aşk değildi. Yüzünde o güne dair hiçbir ifade yoktu. Konuşmuyordu. Ben de nereden başlayacağımı, nasıl başlayacağımı bilmiyordum.

"Bak Bahadır o gördüğün kişi benim eski erkek arkadaşım Serkan. Annem geçenlerde tesadüf eseri annesiyle tanışmış ve ikisini bize davet etmiş. Benim planladığım bir şey olmadığını bilmeni istiyorum." Konuya pat diye girmiştim.

Bahadır'ın yüzüne bakmaya çalıştım. Öylece yere bakıyor ama beni dinliyordu. Tepkisizdi. Devam ettim. "Sonra Serkan ile odama geçtik ve eskilerden bahsettik. Ondan ayrılma sebebimin onun eski sevgilisinin tuzağı olduğunu öğrendim. Sonuçta onu ne kadar sevdiğimi, üç yıl önce onun varlığı dolayısıyla seninle hiçbir şey yaşamadığımı sen de biliyorsun."

Bahadır hâlâ sessizdi. Bu durum beni korkutuyordu. Elini tuttum, geri çekmedi. Hatta elimi bırakma dercesine kendine doğru çekip, biraz sıktı.

"Bak Bahadır biz seninle hiç öpüşmedik. Sen hep derdin elini tutmak bile bana yetiyor diye. Bunun olmasını inan ben de istemezdim ama bir anda oldu işte. Hesapsızca, düşünmeden oldu. Belki kızacaksın bu dediğime ama o an hayatımdaki herkesi, her şeyi unuttum." Bu sözlerimden sonra

Bahadır elini elimden çekti. İki kolunu göğsünde birleştirdi. Üşümüştü. "Kalkalım istersen," dedim.

"Devam et, bitir sözünü."

"Son olarak senden istediğim sadece zaman Bahadır. Bana biraz zaman ver. Düşüneyim. İlişkimizi tartayım. Ne yapmam gerektiğine daha net karar vereyim."

Bana doğru döndü. Gözlerimin içine baktı. Kızgınlığı da, kırgınlığı da öyle belli oluyordu ki, gözlerinin ardındaki yaşları bile görebiliyordum.

"Demek zaman istiyorsun. Tamam Yağmur. Bana döneceksen tüm zamanlar senin olsun."

Kalktık. Eve doğru yürüdük. Yol boyunca hiç konuşmadı. Elimi tekrar tutmadı. Bir ara üşüyen ellerimi ısıtmak için Bahadır'ın ceketinin ceplerine soktum. Sağ cebinde çok soğuk, metal bir şey vardı. Öncesinde fark etmiştim ama cüzdanı ya da başka bir şey olabilir diye önemsememiştim. Cebinden çıkardığım şey gerçek bir silahtı. Şok içerisinde panikle Bahadır'a gösterip, "Bu ne şimdi?" diye sordum. Bahadır hızlıca önüme geçti ve silahı tekrar ceketinin cebine koydu. Korkudan ceketi hemen üzerimden çıkarıp ona geri verdim. O bir gören oldu mu diye etrafa bakınıyordu. Kimse görmemişti. Sokak sakindi ama ben çok fena korkuyordum.

"O silahın sende ne işi var?" dedim sinirli bir hâlde. Kafamda türlü senaryolar belirmişti. Kolunu bu kadar acımasızca kesen biri, bir başkasına kim bilir neler yapabilirdi? Belki de beni ve Serkan'ı öldürmeyi düşünüyordu. Gözlerim dolmuştu. Bu işten nasıl kurtulacağımı bilmiyordum.

Durdu yüzüme baktı. "Bilmediğin şeyler var Yağmur. Kendimi korumam için bunu taşımam gerekiyor."

"Sen daha on yedi yaşındasın Bahadır, neden bahsediyorsun?" Ağlamaya başladım. Kaldırım kenarındaki bankı gösterdi. Oturmamı söyledi.

"Bak Yağmur, yakın zaman öncesine kadar siyasi bir grubun başkanlığını yapıyordum. Bu nedenle çok dostum ama bir o kadar da düşmanım var. Daha önce karşıt görüşten kişilere çok hazırlıksız yakalandım ve başıma unutamayacağım türden büyük olaylar geldi."

Kızların bahsettiği dayak yeme mevzusundan bahsediyordu. Yine de sormak ve ondan tüm olayları öğrenmek istedim. "Başına ne geldi anlat lütfen."

"Bir gün okul çıkışı, beni dokuz kişi kaçırıp terk edilmiş bir binaya götürdüler. Sonra sabaha kadar aklına gelebilecek her türlü işkenceyi yaptılar. Uzun süre okula gidemedim. Tabii bu olaylar tüm okula yayıldı. Sonrasında bana yapılan tüm işkencenin öcünü aldım. Şimdi de olaylar yeniden alevlendi. Kısacası kendimi korumam gerekiyor."

Ağlamam kesintisiz devam ediyordu. "Senin gibi birine nasıl böyle davranırlar? Sen çok iyisin." Anlamıyordum. Konuşmak için bile takatim yoktu. Serkan ile olan mevzuyu ikimiz de unutmuştuk. Asıl konu artık Bahadır'dı. Bu yaşadıkları yüzünden korkusuz, gözü kara biri olmuştu demek. Yaşadığı şeyler ona umursamazlığı öğretmişti.

"Bunu okula nasıl sokuyorsun peki?" dedim.

"Okula gitmeden bir büfe var. Orada çalışan çocuk bizim gruptan. Sabahları bırakıp, akşamları alıyorum."

"Silahı nereden buldun peki?"

"Babamın silahı. Evdeki dolapta kilitli sanıyor. Bende olduğundan haberi yok," dedi.

"Bahadır ne yapmayı planlıyorsun ki, seni tekrar kaçırırlarsa hepsini kurşuna mı dizeceksin? Sen neden bunu babanın halletmesine izin vermiyorsun? Sonuçta polis o. Bir şekilde sana bunu yapanları yakalarlar ve gerekli cezayı devlet verir."

"Babam bana yapabileceği tüm iyilikleri yaptı. Gerisi benim işim."

"Ablan öyle dememişti Bahadır. Senin benden sonra değiştiğini söylemişti. Yalan mıydı peki? Sen yine devam ediyorsun yani bu saçma sapan şeylere."

"Evet, ama eskisi gibi değilim Yağmur. Elimden geldiğince uzak durarak kendi birikimlerimi onlara aktarıyorum. Zaten bu yıl başkan Hasan diye bir çocuk olacak. Çok istekli. Sana söz veriyorum bir daha bu konularla alakalı bir şey duymayacaksın benden. Sadece bu aralar bir duyum aldım ve ondan dolayı bu hafta yanımda taşıyacağım silahı. Belki okula da gelmem. Hem senin düşünmen için de bir fırsat yaratmış olurum yokluğumla."

Ağlamam kesilmişti ama aklım iyice karışmıştı. Bahadır'dan artık daha çok korkuyordum. Ben Serkan'ı da, onu da bileğime bir çizik atacak kadar sevmemiştim. Ömrü hayatım boyunca da böyle bir aşk yaşayamayacağımı biliyordum. Bahadır nasıl bir dünyada ve nasıl bir düşünce yapısıyla yaşıyordu hiç bilmiyordum ama sanki bu dünyaya ait gibi değildi.

Tekrar eve doğru yürüdük. "Kendine dikkat et," dedi ve elime pantolonunun cebinden çıkardığı kâğıdı sıkıştırdı.

"Bu ne?"

"Yıllar önce vermeyi unutmuşum. Dün defterimin arasında buldum," dedi ve hızlı adımlarla gitti. İlk kez benim önce gitmemi beklememişti. Ardına bakmamıştı. Seni çok seviyorum dememişti. Korkuyordum. Sanki onu son görüşümdü.

Evde annem heyecanla beni bekliyordu. Serkan'dan bir haber almış mıydım, yolda onu görmüş müydüm gibi sorular sordu. Yüzümün asık olduğunu anlayınca da, "Sana bir sıcak çay getireyim," deyip gitti.

Ben de o ara ılık bir duş aldım. Annemin getirdiği sıcacık çayı yudumladım. Annem bir şeyler söylemeye yeltenince, "Anne daha sonra konuşalım mı?" diye sertçe karşılık verdim.

"Nasıl istersen güzel kızım," dedi, yanaklarımdan öptü.

Sonuçta annemin ne yaşadığımdan zerre haberi yoktu. Anlatmayı da asla istemezdim. Sonuçta annemdi, yanlı düşünürdü. Tüm bedenim alev alev yanıyordu. Çayımı bitirdim. Gece lambamı taktım. Yatağıma uzandım. Artık ağlamak, düşünmek, hayal kurmak istemiyordum. Bahadır'ın elime sıkıştırdığı kâğıdı okuyacak gücüm bile yoktu. Biraz öylece dinlendim, sonra dayanamayıp ışığı yeniden yaktım. Çantamdan kâğıdı çıkardım ve okumaya başladım.

Dünya üzerinde sevebileceğim ilk ve son kıza...

Şu an bileğimde bir sürü dikiş var. Sebebini biliyorsun. Sana söylemiştim Yağmur. Kimse seni benim kadar sevemez demiştim. Benim senin için yapamayacağım hiçbir şey yok. Sen de bunu anla lütfen. Akşamları okuldan gelince seni anneme, ablama anlatıyorum. Artık onlar da seni çok iyi tanıyor. Onlara, hiç koklayamadığım saçlarının mis kokusundan, güzelliğinden, bal rengi gözlerinden, sesinin ahenginden bahsediyorum. Tabii bir de hiç kimsenin yapamadığı tüm matematik sorularına pat diye cevap verebilmenden. Gelelim bizim meseleye. Seni ilk gördüğüm günden beri, ben bende değilim Yağmur. Neden kendimi bu kadar kaptırdım inan ben de bilmiyorum. Belki de herkes benim peşimden koşarken, senin benden kaçıyor oluşun bağladı beni sana. Bilmiyorum. Sana olan hislerimi böyle yazarak anlatmaya ça-

lışmayacağım. Bu zaten imkânsız olurdu. Bazen Allah'a yalvarıyorum: Keşke benim seni nasıl sevdiğimi benim ruhumla ve kalbimle görebilsen diye, ama olmuyor. Beni de, sana olan sevgimi de hiç görmüyorsun. Bu yazdıklarımın senin için hiçbir şey ifade etmediğini biliyorum. Belki mektubumu yine okumadan atacaksın ama umurumda değil. Sana tek söyleyebileceğim ben senin için her şeyi göze alırım. Beni sev ya da sevme. Aslında beni hiç sevmeyeceksin biliyorum. Sen de şunu iyi bil ki sen benim ilk aşkımsın ve son aşkım da yine sen olacaksın.

Mustafa Bahadır, 1997

Camdan sesler duydum. Elimdeki mektubu hızlıca ders masamdaki çekmeceye koyup camdan baktım. Penceremin önündeki saksılardan biri devrilmişti. Bahadır'dan şüphelenmiştim ama ortalıkta görünen kimse yoktu. Sonra mektubu tekrar tekrar okudum. Neden bana bu mektubu o zamanlar vermemişti ki? Onca zaman saklamıştı demek. Bahadır'ın sevgisi gerçek olamayacak kadar güzeldi. Her geçen gün benim için daha da zorlaşıyordu. Sanki hayatımın en zor ve en kara uykuları artık beni bekliyor gibiydi. Allah'tan kâbussuz sakin bir uyku dileyip zorla uyudum.

BİN GÜN ÖNCE

Babam yememiş içmemiş sabahın köründe bize gelmişti. Yanında da cici kardeşim Tülay vardı. Tülay benden bir yaş büyüktü. Sarı düz saçları, kahverengi gözleriyle güzel denilebilecek bir kızdı. Boyu benden beş santim kadar uzundu ama benden neredeyse on kilo fazlaydı. Kısa tanışma faslımızın ardından babam eşyaları toplamam için bekleyeceklerini, zamanımın olduğunu, acele etmeme gerek olmadığını söyledi. Biz Tülay ile odama geçtik. Annemin bir gün önceden hazırladığı boş valizlere kıyafetlerimi, bakkaldan aldığı kutulara da defter ve kitaplarımı doldurduk. Babam, annem ve Samet ile salonda çay içiyorlardı. Böyle de modern bir aileydik. Tülay iyi bir kıza benziyordu. Beni kıskanmış gibi bir hâli yoktu. Komiğime giden ise babama baba diyor oluşuydu. Sonuçta annesi babamla o dokuz yaşındayken evlenmişti. Aklının erdiği bir yaştı. Belki de babam böyle istemişti. Giyim tarzlarımız da aynı gibiydi.

"Arada benim dolabımdan istediklerin olursa giyebilirsin," dedi. Cici kardeşim cici olduğu kadar düşünceliydi de.

"Teşekkür ederim ama samimi arkadaşlarım dışında kimseden kıyafet almıyorum," dedim. Hemen onunla sarmaş dolaş olmak istemiyordum. Serkan babamın geleceğini biliyor, kapıdan arabasıyla sürekli Ali Güven'in o dinlemekten gına getirdiği yolcu şarkısıyla geçiyordu. Tabii bu durum cin gibi olan cici kız kardeşimin gözünden kaçmamıştı.

"Birileri sana şarkı gönderiyor galiba," dedi. Gülüyordu. Ben de güldüm ama karşılık vermedim. Eşyaları toplamamız bitince salona geçtik. Samet henüz durumun farkında değildi. Kalktığımızda o da geleceğini düşünerek annemden montunu istedi. Ona doğru eğilip, "Samet biz babayla okula gidiyoruz. Senin okulun bugün tatil. Sen bizi evde bekle biz hemen gidip geleceğiz tamam mı ablacığım?" dedim. Acıklı ayrılık konuşması yapmaktansa böyle bir yalan uydurmak daha iyi olur gibi gelmişti.

"Tamam, ama gelirken bana polis arabası getirin," dedi o tatlı sesiyle.

Annemin gözleri dolmuştu. Babam Samet'i kucağına aldı. "Tamam oğlum, ben sana en güzellerini alıp getireceğim. Sen uslu uslu derslerini çalış, anneni üzme yeter."

Ben nedense duygulanmamıştım. İçimde her şeyin daha iyi olacağına dair bir his vardı. Kapıya çıktığımızda, Serkan, balık Erhan ve Emre ile birlikte bizim evin karşı tarafında Serkan'ın arabasının yanında durmuş konuşuyorlardı. Muhtemelen benim gidişimi bekliyorlardı. Babamın varlığından ötürü yanlarına gidemedim. Sadece o tarafa bir kez bakıp başımı annemlere doğru çevirdim. Babamın şoförü İhsan amca eşyalarımı alıp bagaja yerleştirdi. Ben annem ve Samet'i öpüp arka koltuğa geçtim. Çaktırmadan Serkan'a bakmaya çalışıyordum. Babam İhsan amcanın yanına, cici kardeşim de benim yanıma geçti. Artık veda vaktiydi. Çocukluğumu geçirdiğim sokağı, annemi, kardeşimi, o eski püskü evimizi bırakıp gidiyordum. Yeni bir hayat beni bekliyordu. Önce arabanın arkasına bakıp annemlere, sonra da yandan ve çaktırmadan Serkan'lara el salladım. Tabii Tülay'ın gözünden yine kaçmadı. Çaktırmadan bana bakıp gülümsedi. Beni evde annem gibi bir kadının bekliyor olmasını umut ettim.

Babam yolda, onlara taşınıyor olmamdan ötürü bir kutlama ve tanışma yemeği yiyeceğimizi söyledi. Eve vardığımızda üvey anneciğim olan Nur teyze giyinmiş süslenmiş bizi bekliyordu. Öyle içten sarılmıştı ki bir an kadına anne diyesim geldi. Kötü birine benzemiyordu. Eğer rol yapmıyorlarsa ana kız cidden çok iyilerdi. Nur teyze annemden daha kısa, daha kilolu ama daha bakımlıydı. Sarışındı. Tülay'ın sarışınlığı ve şişmanlığı demek annesinden geliyordu. Ayrıca annemin adının Melek, onun adının Nur olması bana garip gelmişti.

Nur teyze ile dubleks olan evimizi gezdik. Tülay'ın odası ile benim odam üst katta; babamların odası, salon ve misafir odaları da alt kattaydı. Ayrıca salonun yanındaki bir oda boştu. Nedense burayı ileride doğabilecek çocukları için boş bıraktıklarını düşünmüştüm. Nur teyzenin karnı normalden biraz büyüktü ama kilodan mı yoksa bir bebek taşıdığından mı anlamamıştım. Bugün sorup öğrenmek ve moralimi bozmak istemiyordum.

Benim odam da Nur teyzenin zevkine göre döşenmişti ve Tülay'ın odasının aynısıydı. Belki de aramızda kıskançlık olmasını istememişlerdi. Babam, "Mobilyalarını beğenmezsen yenilerini alırız," dedi odama eşyalarımı koyarken. Beğendiğimi söyledim. Kutuları daha açamadan evden çıktık. Eve yakın şık bir restoranda güzel bir akşam yemeği yedik. Her şey istediğim gibi hatta istediğimden daha iyi gibiydi. Babam yemekte beni okula İhsan amcanın götüreceğini, ortaokulum bitince de liseyi hemen evimizin karşısındaki Ataköy Lisesi'nde okuyacağımı söyledi.

"Tamam," dedim. Artık zengin bir hayatım vardı. Kendime ait lüks kaloriferli bir odam, yepyeni mobilyalarım.

Hatta gardırobuma üzerinde etiketi olan birkaç elbise bile koymuşlardı. Okula özel arabayla gidip gelecektim. Kızlar kim bilir nasıl kıskanacaktı. Bir anda hayatımın böyle değişmiş olması rüya gibiydi.

Yemek sonrası evde çay içtik. Çok yorulmuştum. Dinlenmek istediğimi söyleyip odama geçtim. Kafamı gece tozpembe boyalı, bembeyaz tavanlı sıcacık odamdaki yastığa koyduğumda tek düşündüğüm dede yadigârımız gecekondu evimizde bıraktığım annem ve Samet'ti. Üşüyorlardı ve eminim ki bensiz çok daha mutsuzlardı.

BİN GÜN SONRA

Sabahın derin sessizliğiyle uyandım. Annem yoktu, işe gitmişti. Samet de okuldaydı. Başım çatlayacak gibi ağrıyordu. Hâlâ dün geceki rüyanın etkisi altındaydım. Rüyamda Bahadır'ı görmüştüm. Benim odamın kapısında bir gölge gibi sessizce bekliyordu. Karanlıktı. Kapı aralığından belli belirsiz yüzünü gördüm.

"Gelsene, neden orada bekliyorsun?" dedim. Hiç sesi çıkmadı. Tepki vermedi. Öylece ayakta dikiliyordu. Sonra uyandım. İçimi büyük bir acı kapladı. Pişmandım. Bahadır'a yaptığım her şeyden ölesiye pişmandım. Düşünecek hiçbir şey yoktu. Benim kalbimin sahibi oydu. Ben neden bu okuldaydım? Günlerdir kimin yokluğuyla mücadele ediyordum? Bu Serkan bile olsa aramıza girmesine izin veremezdim. Onu arayıp seni seviyorum demenin vakti gelmiş, geçiyordu. Artık ayrılık yoktu. Başka biri yoktu. Kalbim kesin kararını vermişti. Tüm içimdeki bu güzel duyguları anlatmak için heyecanla Bahadır'ı aradım. Telefonu bir adam açtı. Bahadır'ı istemeye çekindiğimden yüzüne kapattım. Muhtemelen babasıydı. İşin garibi etraftan uğultulu sesler geliyordu. Sanki ağlama sesleriydi...

Acaba tekrar arasam mı diye düşündüm. Ağzım, dudaklarım kupkuruydu. Mutfağa gidip evdeki en büyük su bardağıyla kana kana su içtim. Elimde boş su bardağı, dışarıdan gelen gümbür gümbür kapı sesine irkildim. Kesin kötü bir şey olmuştu. İlk aklıma gelen yine Bahadır'dı. Kapıya koştum. Gülşen ağzı burnu şişmiş, gözleri ağlamaktan kızarmış bir hâlde, bir elinde kâğıt, bir elinde kırmızı bir başörtüsü kapıda ruh gibi dikiliyordu. Şaşkınlıktan elimdeki bardağı yere düşürdüm. Kafamdan bin tane düşünce aynı anda geçiyordu. Bizim evi nereden öğrenmişti? Neden benim kapımdaydı?

Kafamı toparlamaya çalışıp, "Neyin var Gülşen? Ne oldu sana?" diye sordum.

Gülşen tepkisizdi. Çok kötü bir şey olduğu kesindi. Elimle onu ayakkabılarıyla hızlıca eve doğru çektim. Peşinden kapıyı örttüm. Onu salondaki koltuğa oturtup, titreyen ellerimle alelacele mutfaktan gidip ona da bir bardak su getirdim. Kırmızı başörtüsünü yanına, kâğıdı kucağına koymuş boş gözlerle etrafa bakınıyordu. Suyu uzattım. Elleri titreyerek içti. Bir eliyle boş bardağı, diğer eliyle dizindeki kâğıdı alıp bana uzattı ve elleriyle yüzünü kapatıp çığlık çığlığa ağlamaya başladı. Su bardağını arkamdaki masaya bıraktım. Kâğıdı alıp okumaya başladım.

Dünya üzerindeki ilk ve son aşkım...

Yağmur'um. Beni sevmeni o kadar çok bekledim ve o kadar istedim ki, bu dünyadaki her şeyden daha çok. Ne yaparsam yapayım olmadı işte. Kim bilir belki sen de, benim seni sevdiğim gibi onu sevdin. Sana kızmıyorum. Aşk böyle bir şey. Seveceğin kişiyi beynin değil, kalbin seçiyor. Ayrı kaldığımız zamanlarda, senden vazgeçmek, seni unutmak, başka birini sevmek için neler yaptım bir bilsen. Tabii olmadı. Kimse yerini zerre kadar dolduramadı. Kimsenin gözleri seninki gibi değildi çünkü. Kimse senin gibi bakmıyor, senin gibi konuşmuyordu.

Biliyorsun Yağmur'um, ben senin için her şeyi göze aldım. Koluma adını, kalbime seni kazıdım. Annem ve ablam kolumun hâl*ini ilk gördüklerinde çok kızdılar ama bendeki aşkı sana bile yeterince anlatamamışken, onlara nasıl anlatabilirdim ki? Masamda sınıfça çekildiğimiz fotoğrafın, kolumda adın, defterimin arasında saç telin var ya, bunlar senin yokluğunda beni nasıl mutlu etti bilemezsin. Sadece şunu iyi bil ki sen benim ilk ve son aşkımsın ve öyle de kalacaksın.*

Biliyorum. Şimdi çok şaşkınsın ve bana çok kızıyorsun. Sana verdiğim sözü tutmadım ve seni yalnız bıraktım. Benden zaman istedin, beklerim dedim ama olmadı. Oysaki seni her aradığımda bulmayı ve her anında yanında olmayı o kadar isterdim ki. Senden çok özür diliyorum.

Senden ayrıldıktan sonra çok düşündüm Yağmur'um. Eve gittim. Dolaptaki mermiyi tabancaya koydum. Seni aradım. Evde yoktun. Sonra Gülşen'i aradım. Ona seni sevdiğimi söyledim. Seni ona emanet ettim. Sana bu mektubu ve bir türlü veremediğim al yazmayı bırakıyorum. Yağmur'um sana bunu yapmamam gerekiyordu ama inan buna mecburum. Bazen ne yaparsan yap olmuyor. Senden sonra başka birini hiç sevmedim. Sen benim ilk ve son aşkımsın. Annemlere de hatıra olarak bir mektup yazdım. Mektupta beni sizin evin karşısındaki mezarlığa gömmelerini söyledim. Umarım bu son dile-

ğim gerçek olur. Bundan sonra sen istesen de istemesen de hep senin yanındayım. Seninle olduğum her dakika beni sevemediğini gözlerinde görmeme rağmen inan çok mutlu oldum. Seni dünyalar kadar sevdim. Senden son isteğim ağlama ve benim yaptığımı sakın sen yapma. Mezarıma gel, bu bana yeter.

Mustafa Bahadır

Kâğıdı yere düşürdüm. Elim ağzımda kusmak için tuvalete koştum. Tüm bunlar koca bir yalandı. Böyle bitemezdi. Bahadır birazdan kapıyı çalacak ve aptalca bir şakaydı özür dilerim diyecekti. Gerçek olamayacak kadar acıydı. Kustuğum hâlde midemin bulantısı hiç geçmedi. Yüzüme defalarca soğuk suyu çarptım. Yanaklarımı tokatladım. Saçlarımı yoldum. Titreyen vücudumla mavi tabureye çıktım. Minik aynada o iğrenç yüzüme bakıp çığlık çığlığa bağırdım. Üşüyordum. Ellerim üşüyordu, kalbim üşüyordu. Salonda az sonra Gülşen'i de, mektubu da görmeyecektim. Bunların hepsi deli bir kâbustu. Ağladım. Hıçkıra hıçkıra içim dışıma çıkana kadar ağladım.

Tekrar salona gittim. Gülşen kıpırdamadan elleri yüzünde ağlıyordu. Telefonu elime aldım. Hangi tuşlara basacağımı bir müddet düşündüm. Aklım durmuştu. Sonra Bahadır'ın telefonunu tuşladım. Az önceki aynı kişi açtı telefonu. Ağlayarak, "Bahadır ile görüşecektim," dedim.

"Bahadır yok evladım, bir daha da hiç gelmeyecek," dedi telefonun ucundaki ses. O da ağlıyordu.

"Nereye gitti? Ne demek gelmeyecek?"

Babası olduğunu düşündüğüm kişi daha fazla konuşamadı. Kem küm bir şeyler söyledi ve telefon yüzüme kapandı. Gülşen ayağa kalktı. Bana sımsıkı sarıldı. Onu titreyen, buz gibi ellerimle sardım. Öylece dakikalarca ağladık. Ne yazık ki her şey gerçekti. O yoktu. Melek olup gitmişti. Yanımda olamayacağını düşünüp ruhuyla benim yanımda kalmayı seçmişti. Koltuktaki al yazmayı alıp başıma bağladım. Yerden Bahadır'ın son mektubunu aldım. Gülşen'i salonda bırakıp odama gittim. Bana hediye ettiği yüzüğü cüzdanımdan çıkarıp parmağıma, Y harfli kolyemi de ellerim titreye titreye boynuma taktım. Mektubu alıp yatağıma uzandım ve göğsüme bastırdım. Gözlerimi derin ve bana çok acı veren sonsuzluğa kapadım. Artık Bahadır'dan tek farkım sadece nefes alıyor oluşumdu...

SON

DÜŞ VE GERÇEK

Kundakla başlayıp kefenle biten
Ezanla başlayıp namazla biten
Yalan dolanla geçen
Ben bu düşün neyine inanayım

Dünyada tek gerçek var o da ilim
Uğraş sen de kazan bir bilim
Boş şeylerle kandırma kendini
Hayat hepten film

Mustafa Bahadır, 1997